Collection dirigée par Glenn Tavennec

L'AUTEUR

Sociologue et philosophe de formation, Alexandra Ughetto est coach auprès d'entreprises et de particuliers pour les accompagner dans la réussite de leurs projets. Passionnée de développement personnel, elle s'est engagée dans la transmission de ses connaissances en créant le podcast *La p'tite chronique lumineuse.* Avec *Chloé des loups,* Alexandra utilise la fiction pour proposer aux jeunes adultes des méthodes et des modes de raisonnement aidant à répondre aux questions de la vie.

ALEXANDRA UGHETTO

CHLOÉ DES LOUPS

LA SÉRIE LUMINEUSE

roman

R

NOUVELLES ÉCOUTES × Robert Laffont ÉDITIONS

Alexandra Ughetto est l'une des trois romancières
de la série du podcast littéraire Primo.
Un an avant la parution de son livre,
les auditeurs ont pu suivre le processus
de création de bout en bout,
de l'écriture du manuscrit à sa parution en librairie.

Découvrez le podcast :
https://www.nouvellesecoutes.fr/primo/

ISBN : 978-2-221-24040-3 ISSN : 2258-2932

Dépôt légal : octobre 2019

Chère lectrice, cher lecteur,
je vous souhaite de déployer vos ailes,
en grand.
Très grand.

À Hippolyte et Louis

Des ténèbres nul ne peut s'évader
sans éprouver sa lumière.

Première partie

La nuit, j'ai peur.

L'angoisse s'infiltre en moi pour tailler des tranchées bien à vif.

J'entends les loups hurler, ils se déchaînent derrière leurs barreaux et leur rage me glace le sang. Leur destin scelle le mien.

Je n'ai ni l'envergure ni le courage d'incarner la loi de notre lignée, mais comme je n'ai pas non plus la force de m'y soustraire, je subis le sort que me confère notre histoire familiale.

Mes nuits sont longues, tellement longues.

Bienvenue dans ma vie. Je suis Chloé, j'ai dix-sept ans, et j'ai tellement peur.

Enfin, surtout la nuit.

Quoique.

Le commencement des temps était équilibre
entre élan et vacuité.

Nul ne saurait affirmer laquelle des deux puissances
invita l'autre à danser,
mais à l'origine de toutes choses,
il y eut cette ronde.

Les deux forces égales,
portées par la grâce du mouvement,
oublieuses de leur âme,
fusionnèrent infiniment.

De leur féconde étreinte
surgit la matière,
et l'univers.

Au détour d'une courbe,
Anturia l'ardente tentait la vie.

Nulle autre matière originelle
ne put égaler
l'audace de cette parcelle enflammée
d'un tel désir de créer.

Pensées, formes, chairs bien vite jaillies,
aussitôt effacées,
somptueuse chorégraphie,
mille fois achevée, mille fois démantelée.

Telle profusion ne put se contenir
en une même substance.

De gigantesques soubresauts
en prodigieuses déflagrations,
Anturia fut disséminée
en spirale d'éclats de roche…
… et trois étoiles.

Anturia, tiers 1 de l'an 800

Le jour, je m'en sors bien mieux, la lumière chasse mes terreurs nocturnes.

Je prends le temps de sentir la présence de ma base jumelle. Elle est de petit diamètre, ses blocs de granit scintillent et s'enchevêtrent en une sorte de pyramide inversée bien dessinée. Elle est là, ma löcelle, juste sous mes pieds, sa fraîcheur minérale traçant des flux nets dans tout mon corps. Chacune de mes cellules se souvient que je suis née double : une moitié de chair, l'autre moitié de roche. Je ne suis qu'une partie d'un moi plus grand qui englobe aussi cette matière ; je pense être la seule à ne pas l'avoir oublié. Les autres semblent considérer la leur comme un simple plateau rocheux sur lequel ils construisent leur habitation. Pas moi. Elle et moi, nous créons de l'harmonie. Nous sommes un tout petit fragment du monde magnifique qu'est Anturia.

Anturia, je l'aime d'amour. C'est la galaxie dans laquelle je vis. Elle forme une spirale avec ses trois grands bras courbes – appelés révolutions – composés de milliers de löcelles comme la mienne et de plateformes sauvages. Ces dernières sont en général de très grande taille et couvertes de végétation. Elles génèrent de nombreux animaux, contrairement à nos löcelles qui n'engendrent qu'un seul Anturien. Les plateformes sauvages sont très variées ; l'une peut ressembler à un cône inversé, l'autre à un cylindre aplati, une autre encore à un cube un peu grossier. Leurs roches ou minerais se déclinent à l'infini : granites aux multiples couleurs, tourmaline, azurite aux dégradés de bleu, grès en teintes rosées, obsidienne aux noirs brillants... Toutes nos löcelles sont suspendues dans le vide et abritent la vie ; c'est une loi de la physique anturienne, qu'il s'agisse de nos petites personnes, d'animaux, d'insectes ou de végétation. Seule notre étoile-cœur est déserte ; elle me fait rêver avec sa surface argentée parsemée de larges cratères. Elle et ses deux soleils – un au-dessus, un en dessous – forment un axe à partir duquel les trois révolutions sont propulsées en une lente rotation.

En périphérie d'Anturia, les milliers de plateformes sauvages, serrées les unes contre les autres, créent une sorte d'anneau. Elles sont mes préférées car chacune comporte une forme de vie unique. Cette diversité me bouleverse, le mot n'est pas trop fort. Toutes ces cellules qui s'agencent avec autant d'harmonie, c'est juste... merveilleux. J'aime cette perfection de notre monde. Un miracle qui pousse les atomes à s'arranger ensemble pour produire de la beauté.

J'ai la chance d'être née tout au bout de la première révolution, là où les löcelles se font rares et cèdent la place à ce monde indompté qui n'a pas l'intention de se laisser dominer. Quelques ruines de-ci de-là attestent de sa résistance aux tentatives de domestication, je suis très admirative de cette liberté.

Sur quinze mille kilomètres de diamètre, les Anturiens cohabitent plus ou moins avec ce monde sauvage.

Au-delà de l'anneau, il y a le Grand Néant. Là où les choses s'arrêtent pour nous mais commencent pour l'univers.

Dans notre galaxie, une chose me chiffonne : il paraît que nos deux soleils meurent peu à peu. Certains disent qu'avant – avant quoi ? – ils brillaient de mille feux. Aujourd'hui, ils ne sont plus qu'à moitié enflammés. La nuit grignote le jour. Qu'adviendra-t-il de nous si elle gagne la bataille ? J'ai essayé de glaner des explications auprès des professeurs ; la réponse fut sans appel : on ne pose pas de questions.

Ne pas poser de questions, je ne m'y ferai jamais. Moi, j'en ai plutôt mille en tête : qui suis-je vraiment ? Pourquoi suis-je moi-même et pas quelqu'un d'autre ? D'où vient Anturia ? Sommes-nous seuls dans l'univers ? Pourquoi suis-je née dans cette famille de fous ? J'ai bien l'intention d'obtenir des réponses, et les bibliothèques interdites que j'ai récemment découvertes pourraient bien m'en fournir quelques-unes.

Je les ai trouvées juste derrière le bâtiment principal de notre lycée, là où s'étend un grand bois dans lequel j'aime me promener à l'heure du déjeuner. La rumeur raconte que ce lieu est maudit, pourtant je n'en crois rien. J'ai appris à me méfier des étiquettes anturiennes, faute d'avoir pu comprendre comment elles sont attribuées. Il y a les choses taboues (on n'a pas le droit d'en parler) et les choses maudites (on risque gros à les côtoyer). Dans les deux cas, elles sont liées, soit à notre histoire, soit au monde sauvage. Quelle folie ! Pire encore, les Anturiens sont assez dociles pour ne pas braver ces interdits… Moi, je n'aime pas obéir, j'ai déjà assez de couleuvres à avaler en famille. De fait, je ne me gêne pas pour continuer mes explorations secrètes.

J'ai peu à peu trouvé mes repères dans cette nature assez dense et osé aller plus loin sans peur de me perdre. Un jour, je suis tombée sur des grillages auxquels sont suspendus des panneaux rouillés signalant « Défense d'entrer ». Évidemment, ils m'ont donné envie d'en savoir plus. J'ai déniché sans difficulté une brèche dans les barbelés de ce site abandonné, me suis faufilée à l'intérieur pour entrer dans ce qui ressemble à un ancien lycée. Les salles de cours sont en partie écroulées et envahies par la végétation, les bancs comme les pupitres sont vermoulus et les bibliothèques attenantes sont vides. Mais pas toutes. J'ai repéré un petit passage vers une pièce très isolée, puis vers une autre, puis encore une. Là, des livres, il y en a par milliers. Un vrai trésor. Pas des livres pratiques tels que ceux dont on nous parle en cours, non, plutôt des livres pour réfléchir à l'existence. Je pensais naïvement que ce genre de contenu n'existait pas sur Anturia… Je comprends qu'on nous empêche d'y accéder.

J'ai même pris ma part de ce butin extraordinaire : un carnet relié de cuir fin qui était là, en équilibre sur une étagère, et semblait n'attendre que moi. Il avait fière allure quand je l'ai dépoussiéré ! En effleurant la couverture, j'ai senti un motif en relief ; une sorte de salamandre. Puis je l'ai feuilleté et j'ai découvert une centaine de pages vierges un peu froissées. Comme ça, sans réfléchir, j'ai pris un crayon et inscrit mon prénom sur le premier feuillet. Ce carnet est devenu le mien, voilà. En quelques instants, il m'a catapultée dans un univers merveilleux. J'ai imaginé qu'il était le passeur d'un monde oublié et me suis inventé des histoires de privilèges secrets et de lettres mystérieuses. Un vrai coup de foudre… Hop ! Je l'ai fourré dans mon sac. J'espère que les gardiens des lieux, s'il y en a, ne m'en voudront pas. De toute façon, ils ne doivent plus être à ça près : je suis une drôle de visiteuse.

Lorsque je rejoins ces bibliothèques secrètes, je vis par tous les pores de ma peau. Je caresse le dos des ouvrages et laisse leur énergie m'envahir. Mon cœur s'accorde au rythme de la pièce et… je danse. Je perçois un appel qui m'étourdit, je perds la notion du temps, mon corps se met en mouvement de lui-même. Je le laisse faire. Parfois, je lis quelques pages et ressens les mots sans les comprendre. C'est une expérience assez dingue, un peu comme si mes cellules saisissaient le sens des phrases à la place de mon cerveau.

Quand sonne l'heure du retour, je respire doucement pour rassembler mes pensées, puis je regagne discrètement le lycée. Mes absences ne doivent pas être remarquées, je veille à ne jamais perdre ce très secret privilège. Peut-être qu'un jour ces échappées belles m'aideront à affronter le sinistre de ma vie ?

Le soir, après le douloureux repas familial, j'aime retrouver Annabelle. Nous nous donnons rendez-vous chez elle car je n'aimerais pas qu'elle découvre mon secret. Quelquefois nous étudions, souvent nous parlons. Nos moments à deux sont comme des bulles iridescentes, joyeux et tellement légers qu'ils nous emmènent tout en haut dans le ciel. J'oublie alors mes entraves. Et des entraves, je n'en manque pas.

Parce qu'il y a la nuit…

Anturia, du temps d'Oisin

Aelig n'avait pu fermer l'œil de la nuit, troublée au plus profond d'elle-même par la répétition secrète de la veille. Bientôt, elle serait chamane et guide de la *lignée des Esprits.*

Face au miroir, elle regardait une dernière fois la jeune novice qu'elle ne serait bientôt plus ; les responsabilités l'attendaient, tout comme le danger, bien qu'elle n'ait que dix-sept ans. Elle connaissait ses forces et ne doutait pas de ses capacités à investir ce rôle prestigieux. Pourtant, un léger tremblement de mains trahissait son inquiétude.

Le fait était inédit, jamais le Grand Conseil n'avait interrompu le mandat d'une guide ni choisi sa fille pour lui succéder. Aelig ne se réjouissait pas de cette exception, elle devinait qu'il serait douloureux pour sa mère de lui confier une mission qu'elle incarnait de tout son être depuis quinze ans. La nomination avait été décidée avec précipitation ; les graves bouleversements politiques à l'œuvre sur Anturia ne pouvaient y être étrangers.

En soupirant elle glissa l'enveloppe de feutre rouge dans la poche de sa robe, arrangea ses longs cheveux couleur de rouille et enfila son épais manteau de laine bouillie. Lacé serré à la taille, il lui donnait une allure folle. Sur la manche gauche étaient brodés au fil d'or les emblèmes de son clan : la libellule, la salamandre et le loup. Elle était prête pour la première étape du rituel, prendre possession du collier de pouvoir.

Anturia, tiers 1 de l'an 800

Le soir, comme je n'arrive pas à dormir, je réfléchis. Des heures. À ma journée, à la vie, à mes soucis. (D'ailleurs, plus la nuit avance, plus je pense à mes soucis.) Le jour, je réfléchis aussi. Avec moins d'angoisse mais tout autant de frénésie. En permanence, je scrute, je scanne, je déduis. Et puis j'enchaîne. Une incontrôlable turbine à réflexion s'est logée dans ma tête, prend toute la place et sature mon cerveau de son bruit d'enfer.

Dans toute cette masse de cogitations, j'entr'aperçois parfois une pensée lumineuse. J'arrive rarement à la saisir, dans le brouhaha général elle s'estompe, puis disparaît. Je pense néanmoins avoir trouvé une parade à ce problème : lorsqu'une pensée surgira, je la capturerai dans mon joli carnet. Une fois couchée sur le papier, elle ne pourra plus s'enfuir.

Anturia, tiers 1 de l'an 800

Annabelle est entrée dans ma vie dès le premier jour de lycée. Je redoutais la pause entre deux leçons : aborder les autres, ce n'est pas mon fort. Elle m'a simplement souri. Un sourire grand comme Anturia, avec de l'amour dedans. Ça m'a épatée. Depuis, nous ne nous sommes plus quittées.

Entre elle et moi, il n'y a que des contrastes. Sa peau est aussi noire que la mienne est blanche. Ses cheveux sombres s'éclatent en pétard mousseux tout autour de son visage, les miens sont roux et raides comme des baguettes. Sa frimousse fait l'effet d'un soleil, on dirait que ses pommettes rebondies réfléchissent la lumière comme des éclats de mica. La mienne ne respire pas la joie, avec ses joues taillées à la serpe et son air de n'avoir pas dormi depuis un siècle.

Le plus joli, dans cette histoire d'amitié, c'est que nos différences se complètent et s'emboîtent bien.

Et puis ses mots, comme ils sont choux ! Elle les tient de sa grand-mère, Mamie Rose, qui parlait à l'ancienne. Je les adore. Elle dit « sapristi » ou « carabistouilles », elle n'en fait pas « une tartine » et n'aime pas qu'on se « crêpe le chignon ». C'est tellement craquant, cette façon de parler, que je n'hésite pas à la copier. Ma grand-mère à moi était une vraie harpie, jamais elle n'aurait utilisé des mots aussi poétiques.

J'aime beaucoup aller chez Annabelle. Sa löcelle n'est en rien comparable à la mienne. Sa roche d'obsidienne est brillante et surmontée d'un haut cône de terre recouvert d'herbe. Une moitié du cône a été évidée pour créer une esplanade, l'autre flanquée d'une façade de pierre d'opale derrière laquelle se trouve sa chambre, creusée à même la terre. Le soir, nous papotons des heures. Enfin, je l'écoute, plutôt, parce que cette fille est un puits de savoir. Elle connaît mille choses, celles qu'on ne nous apprend pas en cours et qui permettent de comprendre comment faire avec la vie. Ces précieuses idées, elle les tient de son père, monsieur Griot, qui se trouve être mon professeur d'univers (raison pour laquelle, d'ailleurs, nous ne sommes pas dans la même classe). Elle en parle peu, pourtant je vois bien à quel point elle l'admire. Moi, je le trouve assez particulier. Il a cette façon de me scruter qui me met mal à l'aise. Je n'ai pas encore pu décider s'il était bizarre avec les autres élèves ou seulement avec moi.

Un autre sujet m'inquiète : Annabelle me donne beaucoup, mais je ne sais pas quoi lui offrir en retour. J'espère que mon amitié lui suffit.

Anturia, tiers 1 de l'an 800

J'aime ma base jumelle, malheureusement je n'en maîtrise pas toutes les fonctionnalités ; je ne sais pas comment l'expliquer.

Ma naissance s'est pourtant passée de manière très ordinaire : une minuscule excroissance est apparue sur la löcelle de ma mère. Elle a poussé en même temps que j'ai pu le faire de mon côté, lovée dans son ventre. Juste avant la délivrance, cette plateforme miniature s'est séparée d'elle par un petit pont. Lorsque je suis née, un second pont s'est déployé vers la löcelle de mon père. Ces deux liens fixes vers mes parents sont parfaitement normaux. Il n'y a à ce propos rien d'étrange à signaler.

Ma mère m'a gardée jusqu'à ce que je sois en âge de pouvoir vivre seule. C'était doux, nous passions notre temps à jouer et à rire. Mon père était souvent absent, je ne m'en plaignais pas, j'avais trop peur de lui.

J'avais sept ans quand j'ai dû quitter ma mère pour rejoindre ma roche. La chambre que mes parents avaient bâtie pour moi était construite selon le modèle de la première révolution. Elle était très mignonne avec sa base ronde surmontée d'une demi-sphère en bois, pourvue comme à l'arrière d'une façade plate percée d'une fenêtre. La porte d'entrée se trouvait à l'avant, sur le côté ouvert vers les plateformes sauvages, ce qui m'inquiétait et me fascinait à la fois. Le jour, j'aimais faire le tour de ma maison en courant ; le passage était large de deux mètres, pas plus, après, c'était le vide. Il n'y avait ni barrière ni garde-corps car une enfant de mon âge était préparée à la prudence.

Mon petit rite était immuable : je partais de l'emplacement de ma porte, tournais sur la gauche, laissais glisser mes doigts sur la surface rugueuse du bois arrondi, atteignais le premier angle de la façade arrière et, juste en face, le pont maternel. Puis, sur l'angle suivant, le pont paternel. Je terminais alors mon petit tour jusqu'à retrouver la façade avant. Et ainsi de suite. Je tournais comme une folle. Certains tours, je pointais tous les pontons de ma löcelle et m'arrêtais pour les inspecter : une caresse sur la base de pierre lisse, un décompte à voix haute des accroches. Deux en tout. Et hop ! je virevoltais jusqu'au suivant. Quant à mes pontons d'ouverture et d'amour, il ne me fallut pas longtemps pour trouver leur emplacement, bien qu'ils n'aient pas encore poussé. Sur le pourtour, quelques centimètres de roche très lisse laissaient deviner leur future position. Je les encourageais de tout mon cœur, l'un à me faire découvrir des pays merveilleux, l'autre à m'apporter un bel amoureux. Sur ce point, je n'étais pas non plus différente des autres enfants.

La nuit, ce fut une autre histoire, et ce d'aussi longtemps que je m'en souvienne. Un sentiment de menace m'assaillait dès que la lumière du jour déclinait. Je me glissais sous les draps sans oser occulter ma lampe à lucioles. Les yeux écarquillés par la peur, je tentais d'oublier cette idée affreuse : quelque chose allait se manifester. Quoi, je ne savais pas.

Peut-être que toute cette peur est la source de mes problèmes.

Au cours de ma douzième année, mon ponton d'ouverture a poussé normalement. Ma löcelle en était pourvue, comme celle des autres. Le système était correctement doté d'une pierre lisse et de deux accroches. Tout était en place pour permettre à la passerelle de transport de se déployer. Cette passerelle, c'est le moyen indispensable pour se déplacer sur Anturia. Elle se matérialise à la demande. On se place à l'avant, les pieds sur la première latte de bois et les mains agrippées au garde-corps. Après, elle file droit vers notre destination, au-dessus du vide. Enfin… en théorie. Parce qu'en pratique je ne parviens pas toujours à la faire apparaître. Il m'arrive encore de rester comme une idiote face à mon ponton, sans que rien ne se passe.

À l'époque, ma déconfiture fut à la mesure de la joie de mes camarades. Je m'en souviens comme si c'était hier. Le sujet avait envahi toutes les conversations. Tous imaginaient des voyages extraordinaires. Je n'avais pour ma part rien à raconter : je me déplaçais encore avec ma mère. Je reste marquée par cette année scolaire ; j'étais devenue une espèce de curiosité – personne n'avait jamais entendu parler d'une passerelle qui ne fonctionnait pas. J'avais surpris quelques conversations gênantes, on se demandait si je n'étais pas atteinte d'une sorte de difformité. Ce tiers d'année fut certainement le plus long de ma vie. Cent journées qui me parurent une éternité. Pour les autres, l'exercice allait de soi, ils pensaient à leur destination et la passerelle se matérialisait d'emblée. Pour moi, ça n'était pas fluide, les leçons de passerelle n'y changeaient rien.

Pourtant, la manœuvre est aisée : il suffit de vouloir se rendre à destination. Le reste – la passerelle, son cheminement et l'accostage au ponton d'accueil – opère naturellement. Simple manœuvre, donc, que je n'arrivais pas à exécuter. Ça mettait mon père en rage, et sa colère renforçait mon incapacité à me concentrer. Une multitude de peurs envahissait mon esprit : et si mon amarre cassait ? Et si ma passerelle s'arrêtait en chemin, suspendue au-dessus du vide ? Et si je me trompais de destination ?

Je l'entends encore :

— C'est pas possible que tu ne puisses pas faire une chose aussi évidente ! Tu penses à la destination, la passerelle se déploie, et tu t'engages sur les lattes de bois. Merde !

Ou encore :

— C'est le vide sidéral dans ton crâne, ma pauvre Chloé !

J'ai surmonté en partie la difficulté pendant les vacances de fin d'année, en m'entraînant comme une dingue. Sans la détermination calme et patiente de ma mère pour m'enseigner la technique, je serais aujourd'hui encore incapable de me déplacer par moi-même.

À ce problème s'en ajoute un autre : mon ponton d'ouverture ne semble pas aimer le mode « accueil de visiteurs ». Lorsqu'il décide de n'en faire qu'à sa tête, personne ne peut venir chez moi. Or, sur Anturia, une passerelle ne se matérialise pas si la destination n'est pas d'accord pour l'accueillir. Le processus est le suivant : la passerelle du visiteur prend contact avec la löcelle d'arrivée, qui accepte (ou pas) la demande, selon un arbitrage encore incompris par les scientifiques. En cas d'accord, ce qui est le plus fréquent, les accroches s'ouvrent et envoient un signal magnétique à la passerelle, qui se déploie. En cas de désaccord, personne ne peut accoster. Avec les plateformes sauvages, ça fonctionne de la même façon. Chez moi, le processus marche rarement. Je ne sais toujours pas si ce problème est lié à une défaillance de ma löcelle ou à une incompétence de ma part. Mon père dirait probablement que je suis un désastreux cumul des deux.

Annabelle, elle, s'en amuse beaucoup. C'est son challenge et sa fierté de pouvoir accoster chez moi. Elle brave le danger de son rire puissant, descend le long de sa passerelle ballottée par les vents – comment fait-elle pour naviguer sans destination ? – et balaye mes blocages avec quelques pitreries.

Fort heureusement, il y a mon lien d'amour. Ce petit ponton exclusivement destiné à accueillir notre âme sœur a poussé avec beaucoup d'avance. Il était déjà prêt pour mes quinze ans. Celui-là, je peux le verrouiller ou l'ouvrir sans l'ombre d'une difficulté. Il est mon bon présage secret qui me console de tout le reste.

Je sais ce que je vais écrire en premier dans ce carnet. Je le sais car j'ai compris qu'elle me gâche la vie.

Elle, c'est…

La peur.

La peur est mon poison. Elle s'est insinuée en moi lorsque j'étais petite et ne m'a plus jamais lâchée.

Je me suis juré de ne pas mettre de mots vulgaires dans mon beau carnet, mais, là, j'en écrirais bien une ribambelle (un joli mot en plus dans mon vocabulaire).

J'ai compris il y a peu que cette peste adorait mes faiblesses. Elle les met tout en haut de la liste de mes pensées pour que je ne voie qu'elles. Elle les agite sous mon nez en ricanant bien fort. Elle a l'art de me faire oublier tout le reste. Plus elle ricane, plus elle grandit. Moi, pendant ce temps, je rétrécis à vue d'œil. Je deviens minuscule derrière cette peur géante qui sort de moi pour envahir tout l'espace. Elle est trop forte.

Je suis sûre que, la plupart du temps, les gens la voient, elle, en pensant me voir, moi. Surtout mon père !

J'ai vraiment peur de tout. Ou presque. Je ne l'avouerai jamais à personne, pourtant, c'est un fait.

Le pire, c'est qu'elle dévore même ma joie.

Bon, là, je fais la maligne, mais il m'a fallu un sacré temps de réflexion pour pouvoir écrire tout ça dans l'ordre. Comme je veux que mon beau carnet soit impeccable, je tâtonne d'abord sur un cahier de brouillon pour organiser ma pensée.

C'est grâce à Annabelle – évidemment ! – que j'en ai pris conscience. Hier, elle m'a dit qu'avoir peur était tout à fait normal, mais qu'il ne fallait pas laisser cette émotion prendre le contrôle.

Moi, je lui ai donné tous les pouvoirs depuis bien longtemps.

Elle décide souvent à ma place. Les exemples sont innombrables... Elle choisit si ma passerelle va fonctionner ou pas, elle m'impose de me taire lorsque je voudrais crier, elle modifie mes comportements envers les autres. Elle parvient même à brouiller ma capacité à raisonner : quand elle s'incruste, je réfléchis mal.

Annabelle m'a dit qu'on pouvait très bien avancer malgré elle. (Ou plutôt avec elle, d'ailleurs. Annabelle ne dirait pas « malgré ».)

Je crains que ma peur n'avance malgré moi ! Nous deux, on est allées un peu trop loin. Je dois agir pour la remettre à sa place. (Ou plutôt me remettre moi-même à ma place, c'est-à-dire tout devant et aux commandes.)

Pfff… Comment faire ?

Ça me rappelle une histoire qu'Annabelle m'a racontée il y a longtemps. Il y a des loups dedans, c'est un peu dommage, mais tant pis, elle m'a bien intéressée.

Il est question d'un vieux sage qui explique à un enfant que chacun de nous porte en lui-même deux loups :

- un loup bienveillant, heureux, joyeux et en paix (on voit bien que ceux qui ont inventé cette histoire ne connaissent rien aux loups) ;
- un loup malveillant, honteux, pétri de peur et de colère.

Lorsque l'enfant demande lequel des deux est supposé gagner, le sage répond : « Celui que l'on nourrit. »

Il se pourrait bien que je nourrisse ma peur en lui accordant autant de place…

Il se pourrait bien que je ne nourrisse pas assez ma joie et mon bonheur.

Ça me parle beaucoup.

Pour nourrir mon bon côté (vraiment, le coup du loup, c'est pas possible), je pourrais lister ce qui me rend joyeuse et donner la priorité à toutes ces bonnes choses pour moi.

Alors…

- Danser. (C'est dingue comme bouger me fait du bien.)
- Être avec Annabelle ou Raphaël.
- Me promener en pleine nature sauvage.
- M'émerveiller devant une belle chose.
- Rejoindre la bibliothèque interdite.
- Me connecter à ma löcelle.

En réfléchissant bien, je devrais pouvoir trouver d'autres sources de bonheur. En tout cas, j'ai ce qu'il faut pour commencer à inverser la tendance. La peur n'a qu'à bien se tenir. (Là aussi je fais la maligne, mais ça me donne du courage.)

P.-S. : Il ne faut jamais que quiconque lise ce carnet...

Anturia, du temps d'Oisin

Aelig était très douée.

Elle possédait le talent de réveiller la mémoire des ancêtres et composait à elle seule une sorte de synthèse de tous ceux qui l'avaient précédée. Son pouvoir en était illimité.

Sa mère l'avait accueillie dans sa vie comme on accepte un miracle : avec gratitude et stupéfaction. Consciente qu'elle était promise à une grande destinée, Ebhlinn l'avait protégée et entourée de sa présence autant que sa fonction le lui permettait. La petite fille avait évolué dans un cocon propice à toutes les expériences spirituelles. Sa mère, pour ne pas brider son potentiel, avait encouragé son goût d'apprendre par elle-même et de construire son propre cadre de référence. Aelig s'était emparée de cette liberté avec audace.

Sa grâce et son amour du vivant conquirent les esprits de la forêt. Ils identifièrent en elle un canal de choix et lui portèrent une aide précieuse dans ses recherches. Dans un premier temps, elle tâtonna pour trouver le bon moyen d'entrer en contact avec eux, puis sa manière à elle s'imposa. La connexion au tambour pratiquée par ses prédécesseurs ne lui convenait guère : elle était déconcentrée par le fait d'actionner la mailloche et n'aimait pas l'idée de frapper cette peau de bête. Son moyen à elle, c'était la danse.

Elle le découvrit lors d'une cérémonie de femmes, qu'elle ne manquait sous aucun prétexte tant elle aimait la sensuelle énergie qui s'en dégageait. Loin des hommes, ses congénères laissaient leur corps parler et s'exprimer sans retenue. Ce dialogue féminin éveillait en elle une nature sauvage qui la bouleversait.

Ce jour-là, les rituels habituels avaient été célébrés : le bain dans la rivière, les frictions de fleurs et les offrandes. À la nuit tombée, la fête s'était prolongée autour d'un grand feu. Une ronde s'était formée, des chants de gratitude s'étaient envolés dans les airs tels des papillons dorés, soutenus par la mélodie des luths. Aelig s'était engagée avec enthousiasme dans cette danse, saisissant les mains de ses cousines, portée par la joie toute simple du mouvement. Elles avaient tourné autour du feu et tourné autour d'elles-mêmes, longtemps, jusque tard dans la nuit.

Quand les chants devinrent des mélopées lancinantes, les pas suivirent ce rythme nouveau. Bientôt, Aelig oublia qui elle était. Les sons s'étaient éloignés et, avec eux, la scène tout entière. Sa conscience s'était progressivement dissipée pour l'engager dans une sorte d'expérience de l'infini. Son corps n'était plus délimité par son enveloppe, il s'étendait bien au-delà, dans l'immensité. La jeune fille irradiait quelque chose d'inconnu dans un espace inconnu lui aussi. Son corps était d'une amplitude illimitée, elle pouvait balayer l'univers de ses bras.

Alors une énergie vint à sa rencontre. Elle se dressa droit devant elle en s'imposant si fermement qu'Aelig arrêta de danser. Elle cessa même de respirer. La forme se mouvait lentement, entraînant dans son sillage une myriade de particules luminescentes. La rencontre était d'une telle douceur qu'Aelig n'éprouva aucune peur. Elle tendit les mains, la créature l'enlaça. Puis elle perdit le sens du temps.

Lorsque l'étrange apparition défit son étreinte, Aelig réintégra la scène en un battement de cils. Les femmes étaient rassemblées autour d'elle, les chants s'étaient interrompus, une ancienne lui embrassait les mains. Elles ne dirent mot, cependant la jeune fille vit dans leurs regards qu'elles avaient été les témoins de son incroyable voyage : elle n'avait donc pas rêvé.

Elle tenta d'en savoir plus, mais ses requêtes furent gentiment évincées : elle était trop jeune et devrait attendre pour savoir. Attendre n'était pas dans ses priorités. Elle décida de trouver par elle-même.

Elle s'appliqua avec acharnement à percer le mystère de cette expérience. Il ne lui fallut pas longtemps pour comprendre qu'il s'agissait de s'accorder au rythme secret du vivant. Elle faisait le vide en elle, se concentrait sur la pulsation du monde et laissait son corps s'y joindre, tout simplement. Les cérémonies de femmes ne lui furent plus nécessaires pour se connecter à l'infini, ni même quelque instrument que ce soit. Ses muscles savaient parfaitement s'harmoniser avec le Grand Tout.

Alors elle dansait, elle dansait indéfiniment.

Elle s'évadait dans des lieux de plus en plus sauvages pour tanguer doucement sur le chant brut des arbres, des roches et de la terre. Elle rencontrait parfois des énergies, certaines d'entre elles lui accordaient la grâce d'un pas de deux, d'autres lui étaient indifférentes.

Elle avait découvert la transe, cet état modifié de la conscience qui la portait vers l'invisible.

Ces échappées belles développèrent en elle d'étranges facultés. Elle saisissait désormais toutes les vibrations du monde, y compris celles de ses proches. Elle pouvait percevoir les ondes brouillées, les nœuds trop serrés, les désordres dans l'énergie.

Elle percevait tout, sans savoir qu'en faire.

Anturia, tiers 1 de l'an 800

Encore une nuit sombre à souhait. Les heures passent, ponctuées de hurlements et de crissements de bois lacéré. Deux loups rôdent, ils tournent autour de ma bâtisse, reniflent par-dessous ma porte et grattent le battant avec entêtement. Le gros verrou résiste aux charges successives, comme un héros. Il tressaute sous les chocs, son pêne tape dans la gâche à l'en arracher, pourtant il tient bon. J'ai bien fait de resserrer les vis hier, comme chaque semaine, pour m'assurer qu'elles sont solidement fixées au mur.

Une pensée me traverse l'esprit et me frappe par son manque de logique : ce verrou, c'est mon père qui l'a posé. J'oublie un instant le raffut à ma porte pour réfléchir. Mon père me protège tout en m'exposant à sa folie… Cherchez l'erreur ! Soit il est complètement tordu, ce qui n'est pas exclu, soit il souhaite me terroriser sans me tuer. Les deux hypothèses me répugnent.

Un gémissement déchire la nuit, la bête enrage de ne pouvoir entrer. Son cri me vrille l'estomac, l'angoisse monte, comme chaque fois. Bien que je tente de contrôler mes peurs, ma raison embrouillée de fatigue me conte des histoires terrifiantes. J'imagine la douleur des morsures, les crocs plongés dans ma gorge, ma peau lacérée. C'est plus fort que moi. Je ne sais pas chasser ces pensées, elles reviennent en boucle. Seule la vision des lucioles dans ma lampe m'apaise. Elles virevoltent d'une feuille à l'autre, dans la grande boule de verre posée sur ma table de chevet. Leur ballet vert acidulé répand une lueur douce dans toute la pièce. Je pose mes mains sur la surface ronde et transparente, les insectes se collent à la paroi, juste sous mes paumes. Ils s'agglutinent en petits tas de lumière sous mes doigts, m'arrachent un sourire dans cette tourmente et m'offrent quelques instants de grâce dans cette vie de chaos…

Les nuits de loups, je ne dors pas. Impossible de fermer l'œil. Mes maigres remparts contre le danger – une barricade, une porte verrouillée – ne suffisent pas à me rassurer. Seul l'épuisement m'offre parfois le sommeil en cadeau. En général, j'attends le lever du jour. Cette heure de la délivrance, lorsque mon père violente ses bêtes pour les ré-enfermer.

Alors le silence revient.

Et ma vie reprend son cours.

Anturia, tiers 1 de l'an 800

Ce matin, je rejoins Annabelle chez elle pour qu'on aille ensemble au lycée. Le temps du parcours nous permet de discuter avant les cours, j'aime bien. Il me fait oublier mes nuits de folie. Elle mène le voyage à un train d'enfer, j'arrive les cheveux complètement ébouriffés. Je n'ai pas à m'en préoccuper, ils reprendront vite leur tombé lisse. C'est l'avantage qu'ils soient raides : ils résistent à toute tentative de les discipliner. J'ai depuis longtemps accepté de les aimer tels quels et, avec eux, cette jolie partie de moi qui refuse la contrainte. Je la bichonne et lui promets de lui dédier un jour toute la place… Je sais qu'elle a confiance en moi, elle m'attend.

Nous accostons sans problème, malgré la foule. La base d'accueil-relais fait bien son travail de gestion des flux, nous pouvons arriver en masse puis emprunter dans le calme le large pont qui mène au lycée.

Le site est barré d'une grande falaise en granit. La majorité des salles de cours sont creusées dans la roche.

Pour les espaces plus grands, des modules complémentaires en pierre de sodalite ont été fichés dans la paroi ; ça donne une façade extraordinaire, mêlée de gris et de bleu. Dans ce lycée troglodyte, tout a été pensé pour faciliter nos apprentissages : du calme, des lieux de détente, des salles de sport, un restaurant panoramique et même des salles de cours en plein air, avec des pupitres bas disposés dans l'herbe. Tout serait parfait si nous étions libres, or nous ne le sommes pas. Les enseignements qu'on nous dispense sont limités à ce qui est utile et pragmatique. Un peu de sport en plus, et nous avons fait le tour de la question. Rien ne nous permet de réfléchir à la vie, ni de rêver. Ici, on attend de nous que nous soyons des automates bien disciplinés.

Je me demande quand ça a bien pu déraper sur Anturia… et pourquoi. C'est drôle, je pourrais poser la même question sur ma famille. Parfois, j'imagine que nos parents, nos professeurs et nos gouvernants ont créé un nouveau monde complètement fou dans lequel nous serions, nous, les jeunes, des pions à leur service, de la chair à produire ce dont ils ont besoin pour survivre. C'est radical, comme hypothèse, mais pas si absurde que ça.

Comment savoir ?

Si les morts pouvaient parler, je serais au bon endroit pour obtenir des réponses. Parce que des personnes décédées, ici, il y en a plein, juste sous nos pieds. Sur Anturia, toutes nos plateformes collectives sont constituées des löcelles agglomérées de nos défunts. Elles sont tractées à l'aide de grands câbles puis attachées aux espaces communs. Grâce à ce système, nous ne sommes jamais à l'étroit.

Sous la surface, donc, ces personnes sont allongées en position fœtale dans leur alvéole, ce petit espace que notre löcelle nous réserve pour accueillir notre dépouille. Notre nature est ainsi faite, nous sommes un duo roche-chair conçu pour naître, vivre et mourir ensemble. Dès notre naissance, notre löcelle pousse avec cette cavité en son centre, qui est exactement à notre taille et grandit en même temps que notre corps. Lorsque nous mourons, cette cavité s'ouvre afin que l'on puisse y glisser notre enveloppe charnelle. Bien que ce sujet soit hautement tabou (ouh là là, on ne parle pas de la mort et encore moins de nos alvéoles), moi, je trouve que la vie était drôlement bien inspirée lorsqu'elle nous a créés. Ce duo pour l'éternité, n'est-ce pas magnifique ? Me rappeler que j'ai un double m'est d'un grand réconfort quand je me sens seule. Ceux qui ont modifié leur alvéole pour rentabiliser cet espace disponible feraient bien de s'en souvenir. Mon père le premier, qui l'a creusé et agrandi pour y installer sa meute. Moi, je ne ferais jamais ça. Je considère que ma roche est aussi importante que moi-même, il ne me viendrait pas à l'idée de la défigurer (ce qui fait rager mon père, puisqu'il sait que je ne creuserai jamais un souterrain chez moi pour accueillir mon loup, mais c'est un autre sujet). Franchement, reposer dans notre löcelle est bien plus poétique que jeter notre corps dans le vide.

Mais je me suis égarée, j'en étais à la plateforme du lycée. J'ai pris conscience il y a peu que sous le sol reposent sans doute les auteurs des livres des bibliothèques interdites. Depuis, je ne peux m'empêcher de penser à eux. Je me réjouis de fréquenter leur diffuse compagnie chaque jour.

— Salut, Chloé ! T'as encore ta mine froissée du matin !

Lui, c'est Raphaël. De beaux yeux verts, des cils à rallonge, la mèche rebelle et la silhouette élancée, il a tout du beau gosse. Ajoutez un humour décapant et un sourire ravageur, vous obtenez un séducteur… Juste derrière cette façade, ce que je préfère, c'est son cœur très généreux. Il est toujours à mon écoute et se met en quatre pour chasser mes tristesses.

Nous sommes dans la même classe et amis depuis plusieurs années. Rien de plus que des amis, bien qu'entre nous s'entretienne un petit jeu de séduction dont nous ne pouvons nous défaire. Nous jouons avec le feu, en quelque sorte… Je pense que les autres se questionnent souvent à notre sujet, ce qui nous arrange bien car ce doute nous met à l'abri des pots de colle.

— Tu ne peux pas dormir sans moi, c'est ça ?

Voilà, c'est reparti, le jeu est lancé.

— Dis donc, tu en as mis du temps pour comprendre…

— Je fais exprès de te faire attendre…

Il prononce le mot « exprès » sur un ton suraigu, comme par désolation suprême, ce qui lui donne un air tout à fait craquant.

— … t'es pas prête pour le grand amour !

— Non, en effet. Et toi non plus, d'ailleurs.

— Quoi ? Moi, je suis prêt depuis que je suis né, je suis fait pour l'amour.

— T'es modeste en plus, c'est bien.

— Parfaitement, mademoiselle. Je suis un grand romantique, vous feriez bien de considérer l'Anturien formidable que vous avez devant vous.

— Moi, je vois Raphaël, ce qui n'est déjà pas si mal.

Il s'approche de moi, très près, puis me chuchote à l'oreille :

— C'est un bon début ça, Chl…

Il n'a pas le temps de finir sa phrase. Très occupés par notre échange, nous n'avions pas remarqué que nous étions les derniers dans le couloir.

— Chloé ! Raphaël ! Nous n'allons pas attendre que vous soyez mûrs pour commencer.

Je file à ma place, mortifiée, sous les ricanements des camarades et le regard goguenard de l'enseignant.

Pour lutter contre l'ennui, je prends mon joli carnet. Il est assez grand pour passer pour un cahier scolaire, ce qui le met à l'abri de la curiosité du professeur.

— Qu'est-ce que tu fais ?

— Quoi ?

— Le prof nous demande de faire l'exercice et toi, tu rêvasses sur un cahier ! chuchote Raphaël.

— C'est mon carnet de pensées lumineuses. J'y mets tout ce qui est important.

— C'est toi, la lumineuse ! C'est pas ce carnet, déclare-t-il en levant les yeux au ciel.

Le compliment me laisse perplexe ; si seulement il savait ce que je vis…

— Range-moi ça avant que le prof te voie. C'est un coup à choper un blâme chez le proviseur, ton truc.

Je cache le carnet dans mon sac. Le proviseur et ses questions, non merci. Manquerait plus qu'il découvre mon secret de famille.

Mes journées de lycéenne m'offrent le calme pour oublier mes peines. La joie de vivre d'Annabelle et de Raphaël est communicative. Si seulement les enseignements pouvaient m'apprendre à moins souffrir, ça serait un plus. Malheureusement, ce n'est pas le cas.

Anturia, du temps d'Oisin

À force d'entraînement, les transes d'Aelig devinrent plus précises. Un jour, elle put enfin communiquer. Elle comprit comment associer des idées à ce langage fait d'intuitions fulgurantes. Elle posait des questions et obtenait des réponses. Au cours de ces dialogues, elle apprit que le vivant était un grand maillage énergétique possédant ses propres ressources pour guérir les maux. Prise de passion pour le pouvoir illimité des plantes, elle se lança sans relâche dans l'étude de leurs propriétés médicinales.

Sûre d'elle, elle eut tôt fait de mettre en pratique ses remèdes sur son entourage. Ses succès furent immédiats. Au hasard d'une rencontre, elle développa même une méthode pour soulager les sans-roche, ces personnes qui n'avaient plus de löcelle. À leur contact, elle comprit pourquoi les liens entre parents, enfants et conjoints étaient matérialisés par des ponts fixes : ils préservaient les löcelles de l'attraction du vide. Il fallait au moins un pont fixe pour stabiliser deux löcelles. Sans lui, toute roche dérivait vers l'anneau périphérique et plongeait dans le Grand Néant (si elle ne s'était pas écrasée sur une plateforme sauvage avant).

Sa première rencontre avec une sans-roche l'avait marquée. Lors d'une fête, Aelig fut intriguée par une personne dont le corps paraissait avaler l'énergie qui l'entourait, comme un vortex. La jeune femme, pâle et chétive, semblait ne tirer aucun bénéfice de cet énorme brassage énergétique. Au contraire. Aelig avait écouté son histoire avec intérêt. Cette femme avait perdu sa löcelle enfant, lorsque ses deux parents avaient péri dans un accident de passerelle. Depuis, dévorée par une violence qu'elle ne maîtrisait pas, elle s'étiolait lentement. Aelig consulta l'esprit des roches, puis appliqua les consignes avec méthode. Elle rapporta d'une grotte sacrée un cristal de quartz blanc que la jeune femme porta constamment sur elle. En quelques jours, elle reprit des forces et put mener une vie presque normale. Seule sa violence résista aux traitements. Par la suite, les sans-roche affluèrent pour obtenir l'aide d'Aelig. Bien qu'elle sut les soulager, elle resta sans solution pour enrayer leur agressivité.

En pratiquant les soins, elle découvrit que ses patients devaient avoir foi en elle pour guérir. La confiance constituait la clé de voûte de ses réussites. Les résultats devenaient même spectaculaires lorsqu'elle parvenait à les convaincre de leur propre capacité à surmonter la maladie. Leur énergie se modifiait et rétablissait la cohérence organique. Elle franchit ainsi le pas vers la médecine de l'âme et n'eut pas d'égal pour trouver les leçons de vie permettant de rétablir l'ordre dans les esprits.

Les soins prodigués par Aelig devinrent célèbres sur les trois révolutions. Cristaux et plantes n'eurent bientôt plus de secrets pour elle. Sa soif d'apprendre était sans fin. Il était grand temps de donner un cadre à ses apprentissages spirituels. Le Grand Conseil proposa qu'elle fût initiée, bien qu'elle n'eût que douze ans.

Aelig quitta le giron familial pour rejoindre l'internat du noviciat, situé sur une plateforme sauvage en périphérie d'Anturia. Sa mère l'avait serrée bien fort dans ses bras avant de la laisser affronter sa première épreuve d'apprentie : trouver son chemin, sans aide, jusqu'à l'Île sacrée. Le site était protégé par un charme de brume, la jeune fille devait trouver l'accès au lac en franchissant un mur nuageux.

Elle avait caressé la masse blanche en suivant le tour de la plateforme. Habituée à ressentir les vibrations de toutes choses, elle devina la présence d'une barque et s'y installa. Elle vogua vers une destination inconnue, traversant la masse cotonneuse, les joues ruisselantes de vapeur. Arrivée sur la berge, elle fendit machinalement le voile blanc de la main, découvrant l'Île sacrée. Face à elle se trouvait une esplanade circulaire, recouverte de mousses et encadrée de quatre grottes. Trois d'entre elles étaient aménagées en dortoirs. Leurs parois trouées d'alvéoles permettaient aux étudiants de dormir en rechargeant leur énergie ; il fallait compenser leur perte de vitalité liée à l'éloignement des löcelles. Une autre grotte, immense, servait de salle d'étude. Là, les novices se rassemblaient pour assister aux cours.

Trois disciplines étaient enseignées sur l'île : la spiritualité, la connaissance et l'exercice du pouvoir. Accessible dès l'âge de dix-huit ans, l'initiation visait à préparer les futurs dirigeants d'Anturia. Aelig faisait partie des recrues pour la *lignée des Esprits.* Malgré son très jeune âge, elle s'intégra facilement au groupe d'une cinquantaine d'étudiants et sut entretenir des relations profondes avec tous les novices, qu'ils fussent issus de la *lignée du Pouvoir* ou de la *lignée du Savoir.* Pourtant, ces derniers n'étaient que peu présents sur le site. En dehors des enseignements communs, telle l'histoire, par exemple, ils se rendaient chaque jour sur une autre plateforme, nommée l'Académie. Là, ils apprenaient, réfléchissaient et débattaient dans de grandes bibliothèques. Le lieu, qu'Aelig avait eu l'occasion de visiter avec son père, était d'une beauté à couper le souffle. De vastes bâtiments en pierre taillée se dressaient au milieu d'une clairière, leurs toits posés sur de larges colonnes de soutènement. Cette architecture, nouvelle sur Anturia, contrastait avec les espaces aménagés dans des grottes.

Le soir, les étudiants du savoir revenaient l'esprit bouillonnant de questions et théories qu'ils partageaient avec leurs camarades, pour la plus grande joie d'Aelig, qui ne craignait pas de se frotter aux questions intellectuelles. Tous les élèves la respectaient pour ses compétences et sa curiosité enthousiaste. Tous savaient aussi qu'elle était parvenue à sceller d'elle-même une alliance avec les esprits. En cinq années d'enseignement, elle dépassa, de très loin, les attentes de ses maîtres.

Certains camarades avaient le privilège d'être dans la confidence de ses escapades nocturnes pour retrouver Urdighann, son amoureux. Elle l'avait rencontré un jour de danse, sur la Colline sacrée de la plateforme aux Salamandres. Elle tournait à s'en étourdir au centre d'un cercle de mégalithes, propulsée par la transe bien au-delà d'Anturia. Au détour d'une étoile, elle rencontra une énergie d'une puissance inouïe. Vibrante et dense comme la matière, elle se mouvait juste à côté d'elle, aussi malléable qu'une nuée d'étourneaux. L'apparition s'enroula autour d'elle, enveloppant son aura d'une caresse presque imperceptible. Sous le coup de la surprise, Aelig s'enfuit. Puis elle rit d'elle-même. Que pouvait-elle craindre d'une caresse ? Lorsqu'elle se retourna, la présence était restée à distance, sa forme éclatée en trois volutes argentées. Aelig s'approcha, fascinée par la lente rotation de chaque spirale. Elle traversa celle du milieu, s'étira de tout son long pour suivre son mouvement, jusqu'à devenir une vrille elle-même. Tantôt condensée à en imploser, tantôt dissoute dans cette chose inconnue, elle s'émerveillait de cette étrange étreinte. Leurs substances entremêlées dessinaient de longues tresses dont les mèches embrasées auraient pu illuminer l'univers. Leurs chorégraphies parfaitement ajustées s'éparpillaient en milliers d'éventails dorés. À n'en pas douter, ils étaient devenus le monde.

Plus tard, une voix grave l'avait soustraite à cette sensation magnifique. Un jeune homme lui avait souri, puis avait déposé des baisers sur ses paupières, ses joues et sur la commissure de ses lèvres. Elle avait cligné des yeux, recomposé le paysage autour d'elle, l'herbe verte sous ses pieds, les pierres dressées en cercle. Ils s'étaient dévisagés avec intensité, elle l'avait embrassé, leurs corps s'étaient enflammés encore et encore. Nul n'aurait pu dire où s'arrêtait la matière de l'un et où commençait celle de l'autre, nul n'aurait pu les détacher. Elle était Aelig, il était Urdighann, elle la chamane et lui le tailleur de pierres sacrées, deux identités fusionnées en une même ardeur. Ils ne cherchèrent pas à comprendre ce qui leur était arrivé, ils choisirent simplement de ne plus jamais se quitter.

Sous la protection discrète des novices qui ne manquaient pas d'admirer leur audace.

Anturia, tiers 1 de l'an 800

— Chloé, viens ! J'ai un truc dingue à te faire découvrir !

Annabelle est là, face à moi, se tenant à peine au garde-corps, radieuse malgré les mouvements chaotiques de sa passerelle non arrimée. Elle porte un pantalon bouffant bariolé, un chemisier blanc presque transparent et un bandeau qui relève bien haut sa masse de cheveux. On dirait qu'elle a une couronne sur la tête, l'effet est sensationnel. Moi, je fais plutôt pâlichonne avec mes vêtements en dégradé de verts. Le vert, c'est ma passion. Foncé, fougère, émeraude, je le décline sous toutes ses nuances. Parfois j'ose un changement fou, genre je porte du bleu nuit, mais uniquement parce qu'il met en valeur mes cheveux roux. (Teinte dont je suis très fière car, jusqu'alors, je ne l'ai jamais vue sur quiconque.)

Du coup, nous deux, nous ne passons pas inaperçues. D'autant qu'un duo Noire-Blanche n'est pas commun. Sur Anturia, on n'aime pas se mélanger ; chacun reste avec les siens et les vaches seront bien gardées (c'est une expression de Mamie Rose). Nous, on s'en fiche, nos cœurs n'ont pas de couleur.

— Chloé, il se passe quoi sur ta porte ?

Elle pointe du doigt les profondes entailles de griffes dans le bois. Je suis bien embêtée, il me faut trouver une explication vite fait.

— J'ai essayé de la décaper, mais j'ai tout abîmé.

— T'as décapé le mur d'à côté aussi ?

— Je pensais que ça serait plus facile. C'était pas une bonne idée.

Elle n'en croit rien et m'observe d'un air suspicieux. Comme elle sent que je ne dirai rien, elle passe à autre chose.

— Allez ! Grouille-toi !

Je ne me fais pas prier et saisis sa main. Me voilà propulsée à vive allure vers une destination inconnue.

Nous surplombons la deuxième révolution et ses quartiers cossus. La frénésie est palpable, même d'ici. Les pontons d'accueil en étoile du quartier des transactions vomissent des milliers de travailleurs, tous pareils, prêts – ou pas – à affronter leur labeur. Ce monde ne me parle pas, je lui préfère la périphérie d'Anturia et ses plateformes sauvages.

J'ai le souvenir émerveillé d'un voyage sur l'une d'entre elles. Nous avions passé la journée près d'un lac paisible bordé d'arbres majestueux qui laissaient leurs branches souples jouer avec la surface de l'eau. À distance, des centaures nous observaient d'un œil vigilant, manifestement contrariés par notre intrusion dans leur repaire. Fascinée par ces êtres imposants, j'avais tenté une approche prudente, mais ils s'étaient enfuis dès qu'ils avaient saisi mon intention. Amusée, j'avais passé le reste de la journée à guetter leur retour.

— Alors ! Tu traînes !

Perdue dans mes pensées, j'avais oublié Annabelle. L'air frais caresse ma joue, mes cheveux fins dansent dans la brise et me chatouillent le nez, je n'aurais pas dû les couper au carré, je ne peux plus les attacher. Mon amie me donne un coup de coude.

— Chloé ! Regarde autour de toi !

Nous avons atteint un espace surprenant. Rien ne se profile à l'horizon. Nous sommes suspendues dans le vide, immergées dans un bleu infini. Seuls quelques nuages sont percés çà et là par de larges éventails solaires. Nous évoluons en silence dans ce gigantesque espace limpide, les lattes de bois de la passerelle se matérialisent comme par enchantement sous nos pieds.

— Mais… comment est-ce possible ?

— On a basculé dans le Grand Néant.

— Très drôle.

— En fait, nous sommes juste entre les révolutions un et deux.

— Je ne savais pas qu'elles étaient autant éloignées…

— À cet endroit, leurs courbes s'écartent l'une de l'autre. C'est même l'unique espace vide d'Anturia.

Tout ce bleu, quel vertige ! J'ai bien remarqué que l'absence de limites a un effet extraordinaire sur moi : elle atténue les contours de mon corps. Si je me concentre, j'ai rapidement l'impression de me mélanger au décor. Je ne sais pas d'où me vient cette étrange faculté. D'ailleurs, elle n'est pas ma seule bizarrerie. Sur les plateformes sauvages, par exemple, je me sens comme aimantée par certaines roches. J'ai besoin de les toucher. J'essaie de garder le contrôle pour ne pas inquiéter mon entourage, pourtant contrarier cet élan m'épuise. Il doit y avoir quelque chose qui cloche en moi car je ne crois pas avoir déjà entendu parler de ce genre de phénomène. De toute façon, s'il existait, personne n'oserait l'évoquer. Mon père m'a prévenue et, même s'il exagère toujours lorsqu'il s'agit de dangers, pour une fois, je le crois. Un jour, j'oserai en discuter avec Annabelle, je suis sûre qu'elle ne me jugera pas.

J'inspire profondément, je me sens vraiment bien. Ça ressemble à un grand sourire qui m'envahit tout entière. La sensation s'étire longuement. Je perds progressivement le lien avec mes pensées; elles s'éloignent lentement mais sûrement. Je suis happée par ce qui m'entoure et je n'ai aucune envie de lutter contre cette impulsion. Je me laisse faire. Je m'éloigne de moi-même, c'est délicieux. Et puis, au milieu de l'immense, je suis soudain saisie d'émerveillement.

Dépassée.

KO.

Une vague intense naît en moi, se fraie un passage et jaillit de toutes mes cellules. Baignée dans le rien, ou le tout – je ne sais plus –, une joie inconnue fait voler en éclats ma carapace et laisse, enfin, filtrer la lumière.

Ma lumière.

Une lumière qui se mêle à l'immensité alentour.

Cramponnée au garde-corps, je rencontre qui je suis vraiment : une Chloé sans soucis, sans peines, sans chaînes.

Une moi en version lumineuse. C'est géant.

Combien de temps cette sensation a-t-elle duré ? Un instant ? Une éternité ? Je ne saurais dire.

Sur l'invitation d'Annabelle, je reviens doucement à moi. D'un sourire, elle m'engage à poursuivre le chemin. Un peu sonnée, je préfère lui demander de patienter. Je m'allonge et tends les bras en croix, mes mains caressent l'air frais. Je m'abandonne à cette délicieuse sensation tout en la sentant déjà s'estomper. Puis le voile gris enroulé autour de ma vie reprend sa place. Dix-sept années passées sans entrevoir, même un instant, cette joie intérieure me font mesurer l'immense gâchis de mon existence.

Annabelle perçoit mon malaise.

— Ça ne va pas ?

— Pas trop, non.

— Tu veux en parler ?

— Ma vie est vraiment trop pourrie, je voudrais rentrer.

— Je ne vois pas bien le rapport entre le début et la fin de ta phrase.

— Garde la fin, ça suffira.

Mon ton n'est pas très gentil. Je décèle une lueur de surprise dans son beau regard d'ébène. Pourtant, elle ne râle pas et ne me questionne pas non plus. Elle engage le demi-tour tout en prenant ma main dans la sienne pour la serrer bien fort.

— Il y a parfois une telle douleur en toi, Chloé… Ça me fait de la peine.

Dès lors survint le royaume
de l'élan.

Löcelles, plateformes et toutes roches disséminées
ne purent réprimer
le désir initial
d'une danse.

Sur leur axe alignées,
trois étoiles offrirent leur vitalité,
mortifère générosité,
au service de la ronde.

En trois grandes révolutions
Anturia s'était façonnée.

Sur leur axe alignées,
trois étoiles à demi consumées
contemplaient la beauté
autour d'elles lancée.

Ainsi naquit le jour,
ainsi survint la nuit.

La vie choisit ses contours,
toutes espèces dévoilées,
esquisses et merveilles engendrées
de la roche.

Dès lors surgit l'esprit
de toutes choses.

Anturia, du temps d'Oisin

Très tôt, Aelig sut qu'elle avait une destinée. Une certitude qui lui conférait le privilège de l'assurance en même temps que la légèreté. Elle ne s'embarrassait pas des questions existentielles et pouvait se concentrer sur ses apprentissages de manière décomplexée. Elle essayait absolument tout, passionnément, sous l'œil protecteur et vigilant des maîtres du noviciat. Elle accumulait une somme de savoirs astronomique sans l'ombre d'une difficulté ; en matière de connexion avec les esprits, elle n'avait pas de limites.

De fait, personne ne fut surpris lorsque le premier signe se manifesta. Un matin, lors d'une promenade méditative, une louve vint à sa rencontre. Elle n'en ressentit aucune crainte : elle savait que l'animal, lié depuis des siècles à la *lignée des Esprits,* désignait les futurs guides. Elle avait simplement tendu la main pour que la femelle puisse y déposer son museau, ce qu'elle fit, juste avant de se coucher à ses pieds. Les novices assistèrent à la scène, bouche bée. Aelig avait souri, la bête était repartie.

Par la suite, d'autres signes survinrent. Une salamandre s'installa dans son alvéole, au dortoir. Puis une autre dans son sac. Des libellules tournoyaient en permanence au-dessus de l'esplanade du noviciat. Lorsque Aelig méditait, les jambes repliées en tailleur et les mains sur les genoux, les insectes venaient en nombre se poser sur ses cheveux, ses épaules et même ses doigts. De loin, leurs ailes créaient autour d'elle une sorte de halo irisé.

Son statut d'élue ne faisant plus de doute, les maîtres intensifièrent son instruction. Être guide spirituel d'Anturia ne s'improvisait pas : elle devait maîtriser toutes les facettes de cette fonction. Il fallait en premier lieu avoir l'habileté de nouer des alliances, avec les esprits comme avec les guides des autres lignées. Faire coopérer la matière et l'invisible, telle était la première mission du guide. Il fallait aussi savoir guérir et guider les Anturiens : soigner les corps comme les âmes lui permettrait de renforcer sa légitimité auprès de sa communauté. Enfin, il était déterminant de veiller au bon déroulement du noviciat spirituel. Protéger les savoirs, en inventer de nouveaux et s'attacher à ce qu'ils soient transmis aux nouvelles générations relevait de la plus haute importance. Tout guide, quelle que soit sa lignée, avait pour enjeu principal de préserver la culture d'Anturia.

Pour sa plus grande joie, Aelig suivit un enseignement parallèle à celui de ses camarades. On la poussait à se dépasser, ce qui lui convenait parfaitement. Elle bravait ses peurs en dormant la nuit dans la forêt, elle contactait les ancêtres, rapportait de nouveaux savoirs ou appelait l'esprit des éléments. Ainsi vécut-elle une adolescence joyeuse et inspirée, qui la préparait à un destin prometteur. Un destin qui ne semblait pas bien s'accorder avec celui du Grand Ordre.

Anturia, tiers 1 de l'an 800

— Chloé !

Depuis son ponton, ma mère m'appelle à voix haute.

Je ne sais pourquoi cela m'énerve autant. Est-ce le ton ? Le même depuis tant d'années, grave sur le « Chlo », aigu sur le « é », les deux bien séparés. Peut-être est-ce le fait qu'elle ne prenne pas la peine de venir à moi ?

— Chlo-é ! À table !

La simple idée du dîner à trois me comprime l'estomac.

Traversant le pont menant à la löcelle paternelle, nous guettons la silhouette de mon père. Nous avons appris depuis longtemps le langage de ses tensions corporelles et accepté qu'elles créent la pluie comme le beau temps de notre climat familial.

Les quelques minutes de traversée nous offrent un court temps de préparation, chacune à sa façon. Pour ma part, j'ai opté pour la camisole émotionnelle car elle a le mérite de ne pas laisser de prise à ma colère, du moins en apparence. Je pose mon masque bien lisse sur mon visage et déploie mes sens, telles des sentinelles à l'affût du moindre signe annonciateur de désastre. Ma réactivité est sans faille. Je suis la reine de l'ajustement comportemental, ce qui, dans cette famille, représente un atout considérable.

Ma mère, quant à elle, se prépare sans doute à un nouvel affrontement. Le conflit n'a pas l'air de la déranger tant que ça.

À peine ai-je franchi le seuil que mon père m'apostrophe déjà :

— Tu t'es décidée à choisir ta louve ?

Je bafouille une réponse inaudible. Il saisit mes épaules avec brutalité, m'obligeant à lui faire face.

— Regarde-moi quand je te parle ! Il faut te décider parce que c'est pour bientôt.

Je rassemble mon courage pour oser lui dire que je ne suis pas prête. Les sanglots brouillent ma voix lorsque j'avoue mon incapacité à côtoyer cette bête féroce. Un silence crispé accueille ma réponse. J'ai beau river les yeux à mes chaussures, je devine le dédain qui fige ses traits. Sa voix prend un ton méprisant :

— Le loup n'est pas une option dans notre famille. Tu vas te reprendre vite fait.

Il ponctue ses réflexions de silences bien calculés. Je les connais par cœur, nous n'en sommes pas à notre première fois.

— Je ne te laisserai pas me faire honte… Je n'ai pas d'autre héritier, moi. Essaie d'être digne de ton père.

Je retiens difficilement mes larmes tant je suis affligée de devoir subir – encore – cette ordinaire humiliation.

— Regarde-moi cette chouineuse. Pas prête à prendre la relève, celle-là.

Il s'installe à table et nous le suivons sans mot dire. Le silence tombe sur nous telle une chape de plomb.

— Il faudra faire le boulot, comme tous les autres avant toi. Tu n'as pas le choix.

Il poursuit son monologue ; je bois une gorgée d'eau pour tenter de desserrer le nœud dans ma gorge.

— Tu vas t'entraîner à dominer cette louve, et t'as intérêt à réussir… Jusqu'à ce qu'elle te bouffe s'il le faut. Au moins, on saura pourquoi la lignée s'est éteinte.

La menace plane sur moi. J'observe mon père sans savoir que penser de ses propos : menace réelle ou délire colérique ? N'empêche, le doute est là. Ce doute qui est venu à moi le premier soir de l'initiation. Lorsque j'ai vu la peur s'emparer de ma mère, j'ai compris qu'il se tramait quelque chose de douloureux pour moi, et me suis accrochée à sa main. Je n'ai pu tenir longtemps ; mon père tira sur mon bras à m'en déchirer la manche. J'entends encore la voix tremblante de ma mère :

— Mais c'est une fille !

— Elle est dans une lignée de mâles. Faut qu'elle s'y fasse.

Je me rappelle qu'elle a baissé la tête, une larme a roulé sur sa joue. Après, elle a lâché ma main.

— Maman !

Il y a eu cette nuit, et puis toutes les autres. Et cette peur qui s'est incrustée en moi.

Le dîner se poursuit dans une ambiance lugubre, je me force à avaler mon repas pour ne pas me faire remarquer davantage. Je suis née dans cette famille, quel cauchemar ! Ça aurait pu arriver à mille autres enfants et pourtant, c'est tombé sur moi. Pourquoi ? Ce pourquoi déclenche une longue chaîne d'autres pourquoi, restés sans réponses à ce jour et certainement à tout jamais. Pourquoi chercher à dominer un loup ? Pourquoi perpétuer cette ineptie dans le plus grand secret ? Quels dangers sommes-nous censés nous préparer à combattre ? Mes questionnements s'arrêtent d'un bloc lorsque j'entends mon père ajouter :

— On n'est pas rendus, avec cette naze.

Naze… Le mot n'a aucun mal à se frayer un chemin bien défriché en moi. Ma mère débarrasse la table, impassible. Je me sens glisser lentement sur le terrain de la haine. Je n'aime pas ça. Je ne dois pas prendre le risque de ressembler à cet homme qui est mon père.

J'ai à peine le temps de me ressaisir qu'il m'assène le coup de grâce :

— De toute façon, si c'est pas toi qui viens aux loups, les loups viendront à toi. J'y veillerai.

Les loups viennent déjà la nuit, merci, j'ai compris qu'ils ne rôdent pas chez moi par hasard. J'aimerais lancer cette réplique à voix haute, mais à quoi bon ? Argumenter ne mènera nulle part. Je préfère me concentrer pour chercher une échappatoire à ce délire. Je n'ai pas encore trouvé de solution miracle à ce jour ; qu'importe, je réussirai. Jamais je ne creuserai ma belle löcelle pour y loger une bête furieuse.

Le dîner terminé, je me prépare mentalement à affronter le pont paternel et ses loups en embuscade. Je franchis le seuil avec angoisse ; la nuit est dense. Je prends une profonde inspiration pour me donner le courage d'avancer. Peut-être un loup m'attend-il déjà, mon père se faisant un plaisir d'offrir à ses monstres une virée nocturne chaque fois que je quitte la maison familiale. Il a ses méthodes pour m'endurcir, j'ai compris son manège depuis bien longtemps.

Ma mère sait-elle qu'il fait tout pour me terrifier ? Je n'ose répondre à cette question et, pire encore, imaginer qu'elle puisse être sa complice. Cette pensée m'envahit parfois. Je préfère croire qu'elle ne se doute de rien, ce qui est plausible. D'abord car je n'ai jamais osé lui en parler (je n'arrive même pas à dire à voix haute que mon père est aux commandes, tant l'idée m'est insupportable). Ensuite parce que ces sales bêtes n'empruntent jamais sa passerelle, mais seulement la mienne. Voilà deux bonnes raisons pour qu'elle ignore tout de ses manigances. Tant mieux. Un cruel dans la famille, c'est déjà beaucoup.

Ce soir, je regagne ma löcelle en marchant droit devant moi. Je ne veux plus aller à reculons pour parer les assauts. Après tout, s'ils veulent m'attaquer, qu'ils le fassent. Je n'en peux plus de toute cette peur. On verra bien où ça nous mène.

J'arrive à peine à la hauteur de mon ponton lorsque je perçois une masse sombre qui se déplace à vive allure. Je me dépêche de fermer la barricade quand une incroyable force s'abat sur les planches et pousse en sens contraire. Les grognements féroces emplissent l'air, les griffes lacèrent le bois; une patte se glisse dans l'entrebâillement. Je lutte pour emboîter la clenche dans l'énorme serrure. Je pousse encore, ma force décuplée par la peur. Les cris fusent de part et d'autre de la barrière. La porte écrase la patte, le loup hurle et tente de renforcer sa prise. Il perd l'équilibre un bref instant et me laisse la voie libre pour rabattre d'un coup sec le battant et fermer le verrou. Enfin en sécurité, je m'écroule.

Cette piètre protection de bois, rempart au domaine paternel, résume à elle seule la misérable lutte de mon existence : résister, avec un désespoir tenace, aux assauts de loups acharnés. Accepter que chaque soir mon père ouvrira cette barrière après moi. Puis supporter les loups jusqu'au bout de la nuit.

Voilà.

Anturia, tiers 1 de l'an 800

— Chloé ! Tu es là ?

Annabelle se tient sur mon palier.

— J'avais envie de te voir, ce matin !

Elle est là, devant moi, lumineuse. Le contraste entre nous doit être assez saisissant. Elle jette un regard circulaire et fronce les sourcils.

— Dis donc, il y a de plus en plus de barricades, ici !

— J'en ai ajouté une ou deux ce matin, ça m'a occupée.

— Mais pourquoi ?

— Injonction parentale, cherche pas.

Elle fait la moue.

— Tu te protèges du truc qui s'acharne sur ta porte ?

Je préfère ne pas répondre et hausse simplement les épaules. Elle poursuit, tout en désignant les löcelles de mes parents, toutes deux hérissées de barrières si hautes qu'on ne voit plus les dômes de leurs habitations :

— Apparemment, tout le monde se protège, dans le coin. C'est parce que vous êtes trop isolés ?

Je ne réponds pas ; elle revient à la charge :

— C'est vrai, quoi, y a pas une löcelle dans le périmètre à part les vôtres… Ça doit être flippant.

— Annabelle, tu me fatigues avec tes remarques !

— Bon, j'aurai essayé ! Allez viens, on va être en retard en cours.

En chemin vers le lycée, je ne peux réprimer un sentiment de malaise. Combien de temps vais-je pouvoir cacher ma vraie vie à Annabelle ? Quel est le plus dangereux pour notre amitié : ne rien lui dire et la laisser douter de ma sincérité, ou tout lui avouer ? Comme elle boude, je lance un sujet anodin pour renouer le dialogue :

— Au fait, c'est quand tu veux pour un autre truc de dingue avec toi.

— Quel truc ?

— Tu sais, hier, sur la passerelle.

— Mais on n'a rien fait !

— Parle pour toi…

— Ah oui, c'est vrai, mademoiselle a expérimenté l'extase…

— La quoi ?

— L'extase ! Le fait de se sentir en communion avec le Tout, dit-elle en levant les yeux au ciel.

La communion avec le Tout… C'est exactement ce que je ressens lorsque je me mélange avec le monde et suis envahie par cette joie qui me dépasse. Annabelle vient de mettre des mots sur ces expériences que je n'arrivais pas à décrire. Me cacherait-elle des bizarreries, elle aussi ?

— Chloé, t'as décroché ?

— Désolée, j'étais partie dans mes pensées.

— Je commence à avoir l'habitude.

— Dis-moi… Comment tu sais toutes ces choses-là, toi ?

— Dans ma famille, on aime bien fouiner du côté de ce qui est interdit.

— Vous fouinez où ?

— Par-ci, par-là…

— Tu ne veux pas m'expliquer, c'est ça ?

— Non ! C'est pas ça. Simplement, j'ai promis à mon père de n'en parler à personne. Je veux tenir parole, sinon il ne me dira plus rien.

— T'inquiète, je sais très bien où vous allez.

— Ah bon ?

— Moi aussi, je les ai trouvées !

— De quoi tu parles ?

— Des bibliothèques interdites.

— Tu… tu les as trouvées toute seule ?

— Qu'est-ce que tu crois ! dis-je, très fière de mon petit effet.

— Mais… comment t'as pu entrer ?

— Par la porte.

— Très drôle !

— Remarque, elle n'était même pas fermée.

Elle fronce les sourcils.

— Ne me dis pas que tu as pu convaincre la Banshee !

— C'est quoi, une Banshee ?

— Une sorte de spectre assez dangereux.

— N'importe quoi !

— Je suis sérieuse, figure-toi.

— Arrête, tu me fiches la trouille !

— Il y a de quoi… Ça craint, ces créatures.

Mince, avec mes idées d'aventures et de découvertes, je me suis frottée à un danger sans m'en rendre compte. Les barbelés seraient-ils là pour nous protéger ?

— Elle fait quoi, cette… chose ?

— Difficile à expliquer… Mais quand tu en as approché une, t'as compris.

— Ça t'est déjà arrivé ?

— Avec mon père, oui.

— Quel rapport avec les bibliothèques ?

— Elle protège l'entrée. T'as intérêt à lui poser les bonnes questions pour que les portes s'ouvrent, et gare à toi si tu emportes quoi que ce soit en partant.

Je fouille dans mon sac et lui tends, en tremblant, mon carnet.

— Moi, j'ai rapporté ça.

— Bon sang, Chloé, t'es dingue !

Elle prend mon carnet et le feuillette.

— Mais… je ne vois que ton écriture !

Elle part d'un immense éclat de rire.

— T'as risqué ta vie pour un carnet vierge ! Franchement, je suis pas déçue d'être ton amie, tu sais.

— Je n'avais pas conscience d'être en danger, figure-toi.

— J'avais compris.

— Je ne suis pas sûre d'y retourner, maintenant que je sais. J'ai déjà mon lot de créatures malfaisantes.

— Tu peux préciser ?

— Enfin, je voulais dire que j'ai peur des créatures malfaisantes.

— Ce n'est pas ce que tu as dit.

— Je me suis trompée, voilà tout !

— Je te vois, Chloé. On me la fait pas. Mais je suis prête à attendre que tu me fasses assez confiance pour me raconter.

Je hausse les épaules. Elle passe à autre chose.

— Dis-moi, tu as lu quels livres ?

— Aucun. Enfin si... j'en ai feuilleté un ou deux.

— Qu'est-ce que tu fabriques, alors ? Tu tricotes ?

— Je danse.

— Tu...

Elle s'interrompt.

— Tu sais que je t'adore, toi ?

— Quel est le rapport ?

— Le rapport, c'est que t'es extraordinaire alors que tu penses être quelconque.

— Je ne vois pas de quoi tu parles. Je suis une trouillarde très banale.

— Bon, là, je préfère ne pas te répondre. Quand tu penches de ce côté-là de la vie, tu m'énerves.

Elle lance son rire en trille et me serre fort dans ses bras. Sa douce énergie m'envahit et fait vibrer l'air tout autour. Cette fille est une chance : plus je la côtoie, plus mes doutes se dissipent.

— Annabelle, tu me le dirais si tu étais un ange ?

— C'est quoi, cette question ?

— Je ne voudrais pas que tu t'évapores dans le ciel parce que tu as terminé ta mission avec moi.

En guise de réponse, elle me scrute avec intensité.

— Je resterai auprès de toi aussi longtemps que nécessaire.

Un léger tremblement s'empare de mes jambes, je déglutis avec peine. Elle me laisse un peu lambiner avant de partir d'un grand rire sonore.

— Je rigole, oh ! Te laisse pas mener par le bout du nez, Chloé !

— T'es nulle ! Tu me fais peur !

— Peur d'un ange ? Faudrait revoir tes critères, hein, parce que si j'en étais un, je serais quand même là pour t'aider.

— Tu sais bien que je ne suis pas à l'aise avec ces choses-là.

— Eh bien, c'est un signe que tu devrais plus t'y intéresser.

— Il faut toujours que tu prennes les choses à l'envers, toi.

— Non, je les prends à l'endroit, justement. Tu es puissante, je le sens, mais t'as décidé que t'étais une chose minuscule.

Je cherche en moi une trace de force. Sans succès. À la place, il y a l'écho des paroles de mon père : lâche, trouillarde, indigne.

— Tu es la seule à pouvoir t'aider, Chloé. C'est une décision que tu dois prendre.

— Bon, on peut passer à autre chose ?

— D'accord, mademoiselle qui danse dans les bibliothèques secrètes et trouve ça tout à fait normal.

Anturia, du temps d'Oisin

Sur la troisième révolution, loin du calme du noviciat, se nouait un drame. Une poignée d'Anturiens au caractère bien trempé menèrent une contestation locale contre un chef de clan aux méthodes autoritaires. Depuis plusieurs mois, ce dernier s'était éloigné des pratiques consensuelles du pouvoir et ne rendait plus compte de son activité au guide de la *lignée du Savoir*, l'autorité des chefs des trois révolutions. Renforcée par le soutien de la population, cette rébellion s'était affirmée et organisée jusqu'à représenter une alternative crédible au pouvoir en place.

Lorsque le Grand Conseil, autorité suprême d'Anturia, prit la mesure de la situation, il était déjà trop tard. Le mouvement avait gagné de l'ampleur, la moitié des clans avaient basculé sous la gouvernance du Grand Ordre, nom que ce petit groupe s'était attribué. Il avait aussi créé un blason d'un genre nouveau : de simples initiales jaunes sur fond rouge. Deux lettres pour balayer d'un revers de bannière les symboles traditionnels ancestraux. GO.

À ces bouleversements s'ajouta la mort annoncée de l'étoile-cœur. Une majorité d'Anturiens considéraient que cette perte – dont personne ne saurait prédire les conséquences – ne pouvait être qu'une calamité. Malgré le nombre croissant de cérémonies, les esprits des ancêtres demeuraient muets sur le sujet, ce qui amplifiait l'angoisse de tous et diffusait le désarroi dans la communauté. Quant à l'esprit de l'étoile elle-même, il n'exprimait plus qu'une plainte déchirante.

Cette actualité dramatique représenta une aubaine pour le Grand Ordre, qui inventa sa propre explication du phénomène et clama haut et fort que la société anturienne touchait à sa fin. La réforme fut brandie comme une solution miracle, réforme selon laquelle toute chose liée à la culture ancestrale devait être éradiquée. Instruction, spiritualité, mode de vie, organisation de la famille… rien ne serait épargné.

Aelig, pour sa part, s'étonnait de l'agitation suscitée par l'étoile-cœur. Elle était convaincue que cet événement résultait d'une parfaite logique de l'univers ; la pulsion de vie avait ses raisons que l'entendement ne pouvait pas toujours déchiffrer. L'exploitation par le Grand Ordre de cette hypothétique catastrophe ne lui disait rien qui vaille ; quant à la grande opération de nettoyage culturel, elle en devinait les objectifs : affaiblir pour dominer.

Les novices suivaient à distance ces évolutions politiques. Leur quotidien oscillait entre enseignements et nouvelles peu rassurantes du monde.

Un jour, Oisin vint sur l'Île sacrée. La classe d'histoire avait commencé ; il s'agissait d'un cours commun à toutes les lignées. Assis en demi-cercle face au maître, les étudiants avaient été les premiers à voir les brumes se déchirer pour laisser passer une barque et son passager à la stature hors du commun : très grand et large d'épaules, il formait une masse compacte dont se détachaient une chevelure hirsute et une barbe broussailleuse. Tous le reconnurent. L'émoi des étudiants fut à la hauteur du personnage, tant il était rare de rencontrer la plus haute autorité d'Anturia.

Oisin salua les jeunes puis convoqua son assemblée des sages, le Grand Conseil, composée des trois guides des lignées ancestrales et des maîtres du noviciat. L'entrevue, menée à huis clos dans une petite grotte avoisinant la vaste esplanade, dura une journée entière et plongea les jeunes dans une grande perplexité. Tous les enseignements du jour avaient été annulés, l'affaire semblait relever de la plus haute importance.

Au crépuscule, l'intendant du noviciat vint chercher Aelig. Sous les regards intrigués et inquiets de ses camarades, elle suivit, le cœur battant, celui qui l'avait accueillie sur l'île cinq années plus tôt. Elle pénétra dans la petite caverne et découvrit les maîtres assis sur des coussins posés par terre, autour d'un feu. Dans le crépitement des flammes, elle distingua leurs visages teintés de tristesse. Pour se rassurer, elle chercha des yeux sa mère, Ebhlinn, qui lui sourit avec tendresse et l'invita à s'asseoir près d'elle.

Oisin prit la parole pour lui annoncer son élection à l'unanimité en tant que guide de la *lignée des Esprits*. Aelig pensa avoir mal compris, le mandat de sa mère n'étant pas encore arrivé à son terme – il restait deux années au moins, si ses calculs étaient justes. Elle l'interrogea du regard ; la réponse affirmative fut sans équivoque. Trop préoccupée par la recherche d'explications à cet événement, Aelig ne pensa ni à s'en réjouir ni à remercier l'assemblée. Elle resta muette, perdue dans ses pensées, au milieu desquelles surgit une conviction : un danger planait.

Elle rassembla son courage et exposa calmement ses réserves : les membres des lignées ne devraient-ils pas rester en retrait, le temps de voir comment les choses allaient évoluer ? Oisin accueillit son inquiétude avec fermeté : dotée de grands pouvoirs et désignée par les esprits, comment pourrait-elle se soustraire à son destin ? Aelig comprit qu'il serait vain de contre-argumenter.

Pourtant, l'entrevue n'était pas terminée. Afin de ne pas attirer l'attention du Grand Ordre, Oisin lui proposa de fusionner la cérémonie de son intronisation avec celle de son mariage. Aelig écarquilla les yeux, médusée qu'on puisse connaître ses projets : les amoureux avaient récemment décidé de s'unir dès que la jeune femme aurait terminé le noviciat. Sa mère précisa sur un ton espiègle que, pour écarter tout doute, elle confirmait qu'il s'agissait d'épouser Urdighann. La remarque eut le mérite de dérider l'assemblée, à Aelig près. Elle accepta sans joie cette proposition raisonnable et se consola à l'idée que son union permettrait au moins d'éviter la tristesse d'une cérémonie clandestine. L'intronisation était un rite spectaculaire qu'on lui avait maintes fois décrit.

Bouleversée par ces nouvelles, Aelig demanda congé au Grand Conseil. Étonné qu'elle ose une telle requête, Oisin la lui accorda dans un éclat de rire. Rentrée au dortoir, elle annonça la nouvelle de manière assez laconique. Son élection en tant que guide ne surprit personne, même si la précipitation qui l'entourait en alarma plus d'un. La jeune femme se blottit dans son alvéole et ne tarda pas à sentir la salamandre se faufiler entre les draps pour se lover au creux de sa paume. Elle pensa à Urdighann, à sa peau, et oublia le reste.

Anturia, tiers 1 de l'an 800

À la fin du cours, je rejoins Annabelle pour déjeuner.

— C'est malin, j'ai pensé à la Banshee toute la matinée. Je n'oserai jamais y retourner seule, maintenant !

— On ira ensemble, alors.

— Tu sauras quoi faire si elle apparaît ?

— Je crois, oui…

— Bon, on y va, alors, dis-je d'un air déterminé.

— Mais c'est trop loin, on n'aura pas le temps de revenir !

— Traverser le bois, ça va pas nous prendre des heures, on a largement le temps.

— Quel bois ?

— Tu te moques de moi ?

— Non… pourquoi ?

— Le bois qui est juste derrière le bâtiment principal !

— Tu veux dire que tes bibliothèques sont sur cette plateforme ?

— Évidemment !

Je fronce les sourcils.

— Attends, attends… ta bibliothèque n'est pas ici ?

Là, elle réfléchit si fort qu'elle ne peut me répondre que d'un signe de tête.

— Et toi, tu es en train de me dire que tu en as trouvé d'autres ?

Surexcitées par cette découverte, nous nous écrions en même temps :

— Dépêche ! Montre-moi !

En chemin, elle murmure pensivement :

— Il est pourri, notre univers.

— Pourquoi tu dis ça ?

— Regarde-nous ! On se réjouit d'avoir découvert des bibliothèques… Tu trouves ça normal ?

— Moi, la normalité, je ne sais pas trop ce que c'est en vrai.

— Attends, TOUT devrait être disponible ! C'est quoi, ce monde dans lequel on nous interdit de réfléchir et de lire ? On ne sait rien. Rien sur notre histoire, rien sur nos ancêtres. Rien de rien !

— Vu comme ça…

— On n'apprend que des trucs utiles… Dès qu'il s'agit de savoir d'où on vient, y a plus personne !

— Tu te demandes d'où on vient, toi ?

— Évidemment ! On n'est pas sortis de nulle part, quand même !

— C'est drôle, que tu te poses ces questions…

— Pas toi ? me demande Annabelle.

— Si… mais je pensais être la seule.

— En effet, on ne doit pas être nombreux, c'est bien le problème. Cavaler vers des bibliothèques à notre âge, c'est pas normal. On devrait rouler des pelles aux garçons à la place.

— On peut faire ça aussi. Moi, ça me tente bien.

Elle pouffe de rire alors que nous entrons dans ledit bois. L'atmosphère s'assombrit d'un coup, les branches craquent sous nos pieds.

— C'est sinistre, ici, dit-elle.

— Non, c'est sauvage, ce qui n'a rien à voir.

Elle a une moue dubitative, bute dans une souche et s'affale sur la mousse. Je l'aide à se relever. Je ne la sens pas très rassurée et lui prends la main. Nous nous avançons dans la masse verte jusqu'à atteindre le grillage.

— Franchement, je ne sais pas à quoi servent ces barbelés. Personne n'oserait traverser un bois maudit.

— Personne sauf toi, Chloé.

Derrière un bosquet, nous rejoignons le premier bâtiment, le plus imposant de tous malgré les dégâts causés par le temps. Le fronton se dresse fièrement parmi les décombres. Paré de lianes aux feuilles immenses, il semble bouder les ruines pour nous raconter son prestige d'antan. Je conduis Annabelle vers un minuscule passage entre deux linteaux affaissés et nous pénétrons dans la première salle de cours.

— Waaaaouh ! C'est ma-gni-fique !

— Tellement ! J'adore venir ici.

— Je comprends.

— Je pense que c'était un lycée.

— À mon avis, c'était plutôt une université, les salles sont super grandes.

— Possible… Viens, les bibliothèques sont de l'autre côté.

Nous traversons les édifices en veillant à ne pas nous blesser. Il faut parfois grimper sur des amas de pierres et de roches pour accéder aux salles suivantes. L'avancée est un peu pénible, la végétation recouvre tout, et plus d'une fois nos jambes s'enfoncent jusqu'aux genoux dans les brèches du sol. De gigantesques racines ont déplacé des blocs de pierre sur plusieurs mètres. Même en se concentrant, il est assez difficile de se représenter la construction d'origine, mais le résultat est d'une beauté à couper le souffle. Des arbres bien lisses, larges de plusieurs mètres, jaillissent du sol pour percer les plafonds et déployer leur branchage par les fenêtres et les portes. Leur calme puissance me fascine : ils brisent tout sur leur passage, même les blocs de construction les plus impressionnants. Sans efforts. La pierre se tord et se fend sans broncher, elle n'a pas cherché à lutter. Annabelle n'est pas très à l'aise dans ce décor délabré ; moi, je m'y sens chez moi. Quand le sauvage reprend ses droits, je suis dans mon élément.

Je retrouve sans peine la porte qui mène à la première bibliothèque. Son épais vantail de bois a résisté aux moisissures, probablement grâce aux parements de roche qui le recouvrent.

— C'est là !

Annabelle recule d'un pas et m'attrape le bras.

— Attends, Chloé, c'est trop facile.

— Comment ça ?

— Ce n'est pas normal que l'accès soit si simple.

— C'est toi qui dis ça ? D'habitude, je suis celle qui complique tout.

Elle recule encore.

— Ces endroits sont protégés par des charmes.

— Tu vois des Banshees partout, maintenant !

— Non ! Je sais simplement que les endroits tabous sont préservés des indiscrets, c'est tout.

— Qui te dit que c'est tabou, ici ? Il y a ces grillages, déjà.

— Je ne te parle pas de ce genre de…

Elle soupire d'exaspération, puis me lance sur un ton acide :

— Comment as-tu repéré cette porte ? On la distingue à peine.

— La première fois que je suis venue, il y avait une salamandre sur le côté.

Elle fronce les sourcils.

— Et puis ?

— Elle était belle, je me suis approchée pour mieux la voir. C'est là que j'ai trouvé la charnière et la poignée.

Elle m'adresse un regard que je n'aime pas trop, le regard qui veut dire que tout ça est bien trop louche pour qu'elle s'en contente.

— Annabelle, tu ne vas pas recommencer !

— Bon ! On n'a qu'à entrer, alors.

Elle me suit sans commentaire, sur ses gardes. La vision des centaines de livres chasse d'un coup toutes ses inquiétudes. Elle souffle doucement sur les tranches des étagères, à la recherche d'un repère ou d'une indication.

— Dingue ! C'est quelle discipline dans cette salle ?

— Aucune idée.

— Ah oui, j'avais oublié que tu étais là pour danser.

Je ne relève pas cette remarque sarcastique tant je suis fascinée de la voir à l'œuvre : en quelques secondes, elle a activé ses neurones et cherche des informations, c'est son mode de fonctionnement. Elle empile les données, les trie, les classe, jusqu'à ce que le tout prenne sens. Elle montre du doigt l'espace au-dessus de la porte d'entrée.

— Il y a une inscription, là !

En effet, on distingue une lettre, sur la droite. Annabelle ressort, arrache une branche puis revient dans la pièce et frotte en douceur le mur. L'inscription apparaît alors : « Philosophie ». Elle se tourne vers moi d'un air triomphant.

— Bien joué ! Tu sais ce que c'est ?

— Non… Philosophie… Jamais entendu parler.

Elle balaye de la branche le dos des ouvrages. Elle murmure des noms inconnus, ouvre certains livres et lit quelques passages à voix haute.

— Chloé, ce sont des livres de pensée, tu te rends compte ?

— Ben oui… Je danse, mais j'ai aussi un cerveau.

Alors qu'elle continue à épousseter les ouvrages, elle devient frénétique. Elle retire des volumes, les range en pile, réexamine les étagères. Puis sort de la pièce, revient avec une grosse pierre, l'utilise comme marchepied pour atteindre des rayonnages plus hauts, descend à nouveau, marmonne dans sa barbe et ajoute d'autres écrits à la pile, qui grandit à vue d'œil. Je l'observe, mi-intriguée, mi-amusée. J'ai bien l'impression que cette découverte va l'occuper un bon moment. J'anticipe déjà le nombre d'heures de lecture qu'elle va m'infliger. Elle prend son sac et range un livre, puis deux, puis cinq, jusqu'à ce qu'évidemment plus rien ne rentre.

— Annabelle, tu vas nous faire repérer avec ton sac plein à ras bord !

— Donne le tien, alors !

— Calme-toi, on reviendra.

— Et si on ne pouvait pas revenir, hein ?

Je l'attrape par les épaules et la force à s'asseoir sur son marchepied.

— Écoute-moi bien : il est hors de question qu'on prenne le risque d'être démasquées. Parce que ce lieu, c'est MON lieu, OK? Celui dans lequel je me ressource et viens chercher de l'énergie. Alors tu te reprends et tu obéis.

Médusée par ma réaction, elle obtempère sans discuter. Je replace quelques livres et nous rentrons en toute discrétion.

— Moi, je file, j'ai mieux à faire ! me dit-elle en me lançant un clin d'œil.

Quelque chose me souffle que je n'en ai pas fini avec cette histoire de philosophie.

Le milieu des temps connut la puissance
des ténèbres.

Pour sa constance éprouver,
toute lumière doit sa part d'ombre
endurer.
Telle est une fatalité
qu'Anturia dut embrasser.

L'étoile du milieu,
la première impliquée,
en cœur de spirale épuisé,
rendit son ultime clarté.

Deux étoiles ne purent préserver
le subtil équilibre jadis instauré.

Tourments et larmes,
crimes et cruautés,
pour asservir Anturia
s'étaient ligués.

En sages, les esprits
ne prirent parti.
La matière comme l'élan de vie
avaient un chemin à suivre.

Anturia, tiers 1 de l'an 800

Le loup a hurlé. Je me suis assoupie une fraction de seconde et il a hurlé. J'ai le dos collé aux barreaux, dans le coin de la cage. Ça empeste l'urine, j'ai du mal à respirer. La bête halète tout en me surveillant du coin de l'œil : je suis sur son territoire. À quelques maillons de chaîne près, je serais à la portée de ses crocs. Mon père l'a attachée juste assez court pour qu'elle ne puisse pas m'atteindre. Je n'ai pas osé bouger depuis des heures, mes jambes repliées sur le côté me font horriblement mal. Je glisse la main sur ma robe souillée de crasse, retiens mon souffle pour ne pas faire de bruit et tente un appui sur mon bras pour me redresser. Hier soir, ma mère a lâché ma main. Une larme a glissé sur sa joue, puis elle a lâché ma main pour laisser mon père m'emporter. J'étouffe un sanglot. Le loup relève la tête, babines retroussées, sans un son. C'est encore pire que s'il grondait. Sa gencive noire bordée de rouge sang est à quelques centimètres de mon pied. J'ai tellement mal aux jambes ! Je dois bouger. Je pousse sur mon bras pour me relever, ma respiration s'accélère, ma chaussure racle le sol, la bête recule puis se jette sur moi dans un déferlement d'aboiements. La bave dégouline de sa gueule grande ouverte, les maillons de la chaîne s'entrechoquent chaque fois qu'elle reprend son élan pour m'atteindre. À un moment, elle étire tant le cou que je peux sentir son haleine fétide.

Peut-on être aussi seule dans une vie ?

Je ferme les yeux pour tenir. Ça fait des plis autour de mes paupières, je sens les muscles autour se contracter et m'accroche à cette sensation de toutes mes forces. En me concentrant, j'oublie un instant que mon père m'a poussée dans cette cage avant d'y attacher son loup.

La douleur dans mes jambes est lancinante, je dois changer de position ou me relever pour les soulager. J'arrive à me mettre à genoux. Le poids de mon corps sur mes pieds engourdis m'arrache un cri. Le loup se cabre de colère, il secoue la tête de gauche à droite pour tenter d'enlever son collier, il se fait mal et couine avec rage. Dans le souterrain, toutes les bêtes se mettent à crier. Devant moi, les pattes griffent l'air, puis ma robe. Je m'écrase dans le coin de la cage, la roche d'un côté, les barreaux froids de l'autre. Je suis trop petite. Tellement petite. J'ai sept ans et je ne suis pas assez courageuse pour supporter ça. Le loup réussit à saisir le bas de ma robe et tire jusqu'à le déchirer. Je me retiens aux barreaux pour ne pas me laisser emporter.

En partant, mon père m'a simplement dit :

— Tu ne crains rien.

Alors je m'accroche, dans le vacarme assourdissant des bêtes qui gémissent et grondent, le dos collé à la roche comme si je voulais m'y dissoudre pour disparaître. Dans ce chaos, mon esprit se perd. La cage s'estompe, la roche dans mon dos n'est plus si froide. Mes pieds s'enfoncent dans un sol moelleux, la sensation est étrange. Je tente de remettre de l'ordre dans cette réalité, mais plus rien ne colle, tout est décalé. Un mince filet de lumière partage la pièce en deux. Où suis-je ? Je grimace en dépliant mes jambes endolories, la fenêtre de ma chambre apparaît comme un miracle. Mon carnet sur la table, mon lit, tout reprend place autour de moi. La frontière entre cette nuit et ce souvenir reste floue. Au milieu, il y a ce cauchemar – toujours le même – pour me rappeler la folie de mon existence.

Anturia, du temps d'Oisin

Aelig s'apprêtait à franchir la première étape de son intronisation en tant que guide de la *lignée des Esprits* : la passation du collier de pouvoir.

Elle avait quitté le noviciat quelques jours plus tôt. On frappa à la porte de sa chambre. Ebhlinn se tenait sur le seuil, parée de ses plus beaux atours. Elle portait une cape de velours bleu nuit nouée d'une broche d'or circulaire. La capuche laissait échapper sa chevelure flamboyante mêlée à de lourdes boucles d'oreilles de grenat. Sur la peau nacrée de son décolleté se détachait l'éclat rougeoyant du collier.

Il en était toujours ainsi lorsque Aelig côtoyait sa mère, une vague sensation de malaise s'emparait d'elle. Ses sentiments étaient paradoxaux : elle l'admirait tout en lui reprochant d'être si parfaite. Cette femme spectaculaire et puissante était inégalable. Elle excellait dans le rôle que le destin lui avait assigné quinze ans auparavant et appréhendait sa fonction de guide en gardienne du temple, dans le souci constant d'entretenir une relation sereine avec le monde invisible. Depuis peu, elle consacrait toute son énergie à la préservation de leurs connaissances. Sous son impulsion, l'instruction des novices avait atteint un niveau d'exigence sans pareil : choix de maîtres exceptionnels, détection de talents, résurgence de savoirs oubliés… Rien ne lui avait échappé. Rien, mis à part ce qui la pressait aujourd'hui de céder sa place.

Aelig ne put réprimer un soupir d'angoisse. Sa mère la serra dans ses bras avant de prendre du recul pour lui faire face. Elles se dévisagèrent longuement, avec amour, appréhension et respect. Les deux femmes avaient conscience que cet instant demeurerait à jamais marqué d'une grande émotion. Puis Ebhlinn dénoua le fermoir du collier. Elle resta quelques instants le bijou en main, caressant le poli des pierres de la pulpe des doigts. Cet objet magique appartenait à leur clan, celui de la première révolution, depuis des centaines d'années. Il scellait leur pacte avec l'esprit des ancêtres.

Selon la légende, les pierres furent trouvées par une prêtresse de leur lignée au pied d'une cascade sacrée. Lorsque cette femme découvrit que les rubis permettaient de communiquer avec les défunts, elle les conserva dans un pochon en peau de loup, qui fut transmis d'une génération à l'autre dans la plus grande discrétion. Un jour, un jeune guide audacieux de la *lignée des Esprits* décida de les faire sertir. Il parcourut le monde à la recherche d'un alchimiste afin de lui commander un alliage secret. Le collier, réalisé selon les plus hautes lois de la matière, devint si puissant qu'il fallait une grande force spirituelle pour le porter. L'énergie des rubis fut décuplée par le serti métallique, au point de tuer quiconque ne saurait la maîtriser.

Aelig s'était préparée à cette étape dangereuse. Sa mère l'avait autorisée à toucher le collier lorsqu'elle le portait et en contrôlait la force. Ensuite, elle lui avait proposé de prendre en main une pierre, puis deux, puis tout le bijou. Bien sûr, Aelig avait franchi chaque épreuve avec brio.

Les guides de la *lignée des Esprits* issus des autres révolutions ne pouvaient hériter de ce collier. Celui-ci était donc resté la plupart du temps dans un coffre, dans l'attente d'une prochaine élection au sein de la première révolution. Jamais il n'avait été transmis d'un guide en fonction vers son successeur, car leur clan n'avait jamais eu l'honneur de fournir deux guides d'affilée.

Pour la première fois, ce bijou allait évoluer d'une peau à une autre et non du confinement d'une malle poussiéreuse à la lumière. Aelig avait demandé au maître du noviciat si ce changement pouvait modifier le rituel, mais sa réponse avait été énigmatique : les esprits savent. Aelig préférait toujours savoir par elle-même et soupçonnait les enseignants d'utiliser le mystère pour cacher certaines de leurs lacunes. Elle n'avait pas hésité à chercher, sans succès. Elle dut donc s'en remettre au processus appris.

Il s'agissait de faire alliance avec les pierres pour s'approprier leur puissance sans les laisser prendre l'ascendant. La jeune femme devait dans un premier temps les imprégner de sa propre volonté, puis les laisser déposer en elle l'empreinte de ses ancêtres.

Ebhlinn tendit le bijou vers sa fille, puis le glissa d'un geste solennel autour de son cou. Aelig posa ses mains sur son plexus solaire pour le protéger du contact de la plus grosse pierre. Celle-ci était taillée en forme de poire de manière à se loger sous le sternum. Malgré l'épaisseur de ses mains posées l'une sur l'autre, la jeune femme sentait la pierre propager une chaleur diffuse dans son corps. Elle se concentra de toutes ses forces pour envoyer un flux d'énergie contraire vers le rubis, sans parvenir à l'arrêter. Allait-elle échouer ? Elle tenta d'instaurer le calme en elle, visualisa une lumière sortir de son corps pour faire écran, mais son inquiétude la déconcentrait : une énergie rouge vif se répandait déjà jusque dans ses membres. Sa mère lui caressa la joue.

— Ne cherche pas à faire quoi que ce soit. Fie-toi à ton intuition, en toute confiance.

Troublée, Aelig ne sut que décider : respecter la méthode apprise de son maître ou suivre le conseil d'Ebhlinn ? Celle-ci perçut son embarras et lui sourit en arrangeant machinalement sa chevelure.

— Être guide, quelle que soit la lignée, c'est faire la part des choses entre ce dont on hérite et ce que l'on crée. Trace ton propre chemin. Tu en as les capacités, tes talents sont immenses.

Aelig devrait donc inventer sa propre voie. Elle se sentit guide pour la première fois, et cette sensation fut de loin la plus exaltante qu'elle ait jamais éprouvée. Créer, c'était son affaire. Elle déploya sa lumière intérieure, oublia la présence de sa mère et s'offrit au collier. Un immense cercle énergétique se matérialisa autour d'elle, bouillonnant de rouge rubis et de son aura dorée. Aelig entrevit en haut de cette sphère un passage, comme un étroit goulot, et s'y engouffra. Elle remonta un tunnel blanc dont la forte luminosité lui fit cligner des yeux. Elle déboucha sur une vaste salle blanche et se trouva debout face à des centaines de personnes vêtues de blanc. Elle salua d'une révérence ses ancêtres ; ils lui répondirent d'un sourire bienveillant. Elle avait réussi à établir le lien avec eux. Elle avait franchi l'étape. D'un battement de cils, elle retrouva sa mère, sa chambre et le collier. Elle ajusta sa coiffure, saisit d'autorité Ebhlinn par le bras et se lança de toute son âme dans sa nouvelle vie.

— Je suis prête pour la suite.

Anturia, tiers 1 de l'an 800

— Bonjour, beauté !

Le sourire de Raphaël me réconforte. L'air nonchalant, le bras appuyé sur la rambarde de la plateforme d'accueil du lycée, il semble guetter mon arrivée.

— Tu m'attendais ?

— Je te vois pas beaucoup, tu t'échappes dès la fin des cours. Tu me manques.

Le ton qu'il emploie est aussi touchant que ses mots. Mon cœur chavire un peu.

— Je n'ai pas l'humeur bavarde, en ce moment…

Raphaël ne sait rien de mes peines, et c'est très bien ainsi. Il est ma bulle de joie, hors de question de la ternir. Mais il est fine mouche…

— T'as des problèmes ?

— Non.

— Chloé la mystérieuse…

— Tu sais, ma réalité est assez décevante.

— C'est pas la grande forme, à ce que je vois !

Je n'ai pas le temps de répondre, nous sommes interrompus par Annabelle.

— Salut, Chloé !

Son arrivée impromptue n'est pas du goût de Raphaël, je le vois bien. Je pense qu'il jalouse notre amitié et surtout le temps que je lui consacre. Il fait la moue, marmonne un bonjour à peine audible et se ferme comme une huître. Je choisis de ne pas entrer dans son jeu et me tiens à l'écart des deux.

Alors que nous cheminons vers nos salles de classe, j'aperçois au loin, en bordure du parc, un groupe d'étudiants assis en tailleur en demi-cercle autour d'un garçon de leur âge.

— J'avais complètement oublié que ça commençait ce matin ! s'exclame Annabelle, surexcitée.

Je la regarde en point d'interrogation.

— C'est le cours de méditation. Allez, allez, venez !

Raphaël hausse les épaules.

— Sans moi…

— Tu crois qu'on peut se joindre à eux ?

— Ben oui ! Il suffit de se présenter à l'heure pour ne pas perturber le cours.

— Mais il a déjà commencé…

— C'est pas grave, c'est le premier. Thibault nous pardonnera.

— Tu connais le prof ?

— C'est pas un prof, c'est un étudiant. Il est tellement fort en méditation qu'il propose des initiations, maintenant. C'est un élève de mon père, ils se voient tout le temps.

— Il n'a pas de problème avec le service d'ordre ? Ça doit pas plaire au surveillant, son histoire de méditation.

— Si, mais il s'en fiche.

Un peu impressionnée, j'hésite à m'approcher. Le regard bleu marine du garçon accroche le mien. Son visage grave est magnifiquement dessiné. Il vient droit vers moi :

— Bienvenue, je suis Thibault.

Ses gestes sont bien accordés à ses paroles, il prend mes mains dans les siennes, me conduit dans le cercle et m'engage à m'asseoir.

— As-tu déjà médité ?

— Non, jamais.

— Si tes jambes te font mal, décroise-les. Pense à ta respiration et ne t'inquiète pas des idées qui tournent et virent dans ta tête. Concentre-toi sur ton souffle, c'est tout.

Je suis surtout concentrée sur les douces notes chocolatées de son parfum. Je sursaute lorsqu'il met sa main bien à plat dans mon dos. La chaleur qu'il dégage est si intense que je peux percevoir chacun de ses doigts très distinctement. Un millier de petits picotements viennent titiller ma peau.

— Trouve une posture bien ancrée, ça te facilitera la tâche.

Je ferme les yeux et prends une grande inspiration. Ancrée… Je ne sais pas ce que ça veut dire. Pas grave, je vais improviser. Encore une chose à ajouter à mon carnet. Pour m'aider, j'imagine l'ancre d'un bateau plonger dans l'eau. Comme sur cette plateforme-mer que j'ai visitée avec mes parents. Je me souviens de l'ancre que nous avions larguée, une fois que nous nous étions éloignés de la berge. En réfléchissant un peu, je pense à son rôle étonnant : établir l'équilibre entre le fond et la surface. Entre les deux, il n'y a qu'un lien. Il n'est même pas nécessaire de l'attacher à quoi que ce soit. L'idée, c'est justement de ne rien faire après avoir déroulé la chaîne. C'est tout.

Je prends conscience de toute la beauté de cette image : un soutien sûr, mais souple. On déroule et, si l'envie de changer nous prend, on remonte la chaîne pour recommencer un peu plus loin. La confiance et la liberté en même temps. Sidérant.

Trouver l'ancre en moi, voilà ce qu'il me faut. L'évidence est si forte que j'en ouvre les yeux.

Je prends plaisir à contempler le calme autour de moi puis… mon regard s'attarde sur Thibault. Son visage dégage une lumière qui diffuse une brume légère autour de lui. Ses cheveux sombres et bouclés donnent à sa peau claire un aspect presque bleuté. Ma gêne est immense lorsqu'il me surprend en train de l'épier. Je ferme les yeux pour me soustraire à cette situation délicate, malheureusement le rose qui m'est monté aux joues dénonce mon forfait. Thibault conduit alors la fin de la méditation. Juste avant de me lever, je trouve un minuscule grelot à côté de mon pied, il tinte joliment lorsque je le prends en main, comme des gouttes de pluie sur du métal.

— Thibault, dit Annabelle, je te présente mon amie Chloé.

— Nous avons déjà fait connaissance, quoique mademoiselle n'ait pas jugé utile de me donner son prénom.

Évidemment, je rougis comme une tomate. (Sinon ce n'est pas drôle.) Ce qui ne l'empêche pas de montrer son intérêt.

— Ce premier essai t'a plu ?

— Pour être honnête, j'ai complètement oublié mon souffle, en revanche, j'ai aimé ce qui s'est présenté à moi…

Sentant l'ambiguïté de mes propos, je rougis encore. Annabelle me dévisage en douce.

— … l'ancrage, je veux dire !

— C'est une chance de l'avoir trouvé dès la première méditation.

Je ne sais pas quoi ajouter, ce qui est parfaitement lamentable. À la place, mes joues cramoisies racontent tout ce que je voudrais cacher.

— Reviens mardi prochain. Le cours, c'est chaque semaine.

Il regarde mes mains.

— Oh ! Tu as un grelot ?

Je l'avais complètement oublié, bien que je sois en train de le triturer machinalement depuis plusieurs secondes.

— Je l'ai trouvé à mon pied. C'est le tien ?

— Non…, me dit-il d'un air surpris.

— Tu crois que je peux le garder ?

— Un grelot n'appartient qu'à celui qui l'a dans la main, répond-il sur un ton énigmatique.

J'acquiesce d'un air embarrassé et glisse la trouvaille dans ma poche ; elle ira très bien avec mon joli carnet. J'aime bien ces cadeaux inattendus, si ça continue, je vais accumuler un véritable trésor.

À peine nous sommes-nous éloignées qu'Annabelle se plante droit devant moi.

— Chloé, Chloé, Chloé !

— Quoi ?

— Je crois que Thibault te fait plus d'effet que la méditation !

— Non, pas du tout.

— Je te préviens, il y a de la concurrence. Toutes les filles de sa section lui courent après.

— Tu te fais des idées !

— Hum hum. Bon, j'aime autant te le dire, il est tellement occupé qu'il en oublie de s'amuser.

— Tu m'as l'air d'en savoir beaucoup sur lui, c'est louche !

— Pfff, je ne l'intéresse pas, malheureusement.

— Cachotière…

— C'est bien le problème, je n'ai rien à te cacher. Allez, à plus, avec tous mes retards, je me suis fait repérer, j'ai intérêt à filer droit, maintenant.

— Filer droit, toi ? Je voudrais bien voir ça !

Elle ne m'entend pas et court déjà vers sa salle de classe. Je fais chanter le grelot dans ma poche, ce qui me déclenche un frisson géant.

Grâce à Thibault, j'ai découvert l'ancrage.

C'est un état intérieur calme, doux et serein.

Calme, car il a arrêté le brouhaha de mon mental.
Doux, car il a mis à distance mes émotions.
Serein, car il a stoppé la pression de mes jugements.

Dans cet état, je ne suis ni heureuse ni triste, je suis juste là. C'est tout.

Il porte bien son nom : en vrai, l'ancre empêche un bateau de dériver. L'ancrage, lui, me permet de trouver une stabilité intérieure et d'arrêter d'être chahutée par mes pensées.

Ce qui me frappe le plus, c'est la méthode de l'ancre : elle ne fait rien du tout. Elle ne lutte pas, ne dépense aucune énergie. Son poids la plonge droit vers les profondeurs pour se poser, sans aucun effort. Si les courants la poussent un peu, elle se laisse faire et se pose plus loin. C'est tout.
Je trouve ça totalement génial.

Lorsque je suis calme (ce qui est rare), je trouve mon ancrage en quelques minutes. Je fais le vide en moi en me concentrant sur ma respiration, et ça suffit. Je sens mon ancre intérieure s'installer dans mes hanches, je ferme les yeux et ne pense à rien. Dans ces cas-là, je suis très fière de moi (Annabelle aimerait lire ça !). Me mettre en pause de moi-même me fait un bien fou. C'est comme des vacances, pour reprendre des forces et y voir plus clair.

Malheureusement, l'ancrage me donne souvent du fil à retordre. C'est justement quand j'ai vraiment besoin de lui que j'ai le plus de mal à le trouver. Dans ce cas, j'avoue, je dois me forcer. C'est pénible, je respire mal, mes pensées partent dans tous les sens, je dois sans cesse revenir à ma respiration, chasser mes pensées encore et puis respirer à nouveau. Mais je m'accroche, car je sais que je vais mieux après.

J'ai repéré trois cas dans lesquels j'ai le plus besoin d'ancrage :

- Lorsque mon mental a décidé de s'emballer :

Soit mes pensées partent dans tous les sens et je n'y comprends plus rien.

Soit elles choisissent toutes le même cap négatif et je vois tout en noir.

Soit elles décident de ressasser inlassablement la même scène et je tourne en rond.

Bref, non seulement je m'épuise moi-même, mais en plus je ne risque pas de trouver comment sortir de mon bazar intérieur.

- Lorsque mes émotions m'entravent :

Je suis paralysée par la peur ou aveuglée par la colère ou encore noyée dans ma tristesse.

J'ai perdu ma capacité d'analyse car mes émotions ont pris les commandes et me font faire n'importe quoi, ou du moins pas ce que je veux. Parfois, après, je regrette...

• Lorsque mes jugements maquillent la réalité :
Je suis tellement convaincue d'avoir raison et occupée à juger l'autre ou la situation que j'en perds tout discernement. L'autre a tort, forcément !
J'en oublie de me mettre à sa place (tiens, je ferais quoi, moi, si j'étais lui ?) ou de regarder la situation sous un autre angle (et si je regardais la moitié pleine du verre ?). En fait, je me suis égarée sans m'en rendre compte.

Dans ces trois cas, c'est la surchauffe interne ! Pour faire baisser la température, j'ai trouvé plusieurs moyens (leur point commun est que je dois pouvoir m'isoler) :

• Mon préféré est la méditation, mais quelquefois il ne marche pas car je suis trop agitée pour réussir à m'asseoir calmement. La tempête qui gronde en moi me demande de bouger !

• Si je sens que la méditation ne marchera pas (je me fais confiance, je sais !), alors je fais du sport. À fond. Je me concentre sur mes muscles, sur mon souffle et sur l'effort. J'oublie tout le reste. Et ça marche. Après m'être défoulée, je suis super calme et je peux voir les choses avec plus de recul, c'est magique !

• Si je ne peux pas faire de sport, j'écoute une musique qui me calme ou qui me donne envie de danser. Rien ne résiste à la joie de danser, ou de chanter, ou de battre le rythme avec mon pied. Lorsque le calme est enfin revenu, je ferme les yeux et peux trouver l'ancrage.

• Si j'en ai un sous la main, je caresse un animal. Résultat garanti, j'oublie tout ! Dans le bois du lycée, j'ai repéré quelques écureuils pas trop farouches. Leur donner des noisettes est une vraie prouesse d'ancrage ! Je dois me concentrer pour ne pas faire de gestes brusques et attendre le bon moment pour tendre la main vers eux. Une fois la noisette conquise, certains se détendent un peu et acceptent (récompense suprême !) une ou deux caresses. L'animal est un antidote puissant à la surchauffe.

Finalement, je ne manque pas de moyens pour m'ancrer (ou me recentrer, c'est pareil). Le plus magique, c'est qu'ils ont aussi le pouvoir de faire reculer mes peurs.

P.-S. : J'adore ce carnet ! Tellement chouette de tout noter ! Tiens, je vais relire la note sur la peur.

Anturia, tiers 1 de l'an 800

La nuit s'annonce mauvaise, je suis très agitée. J'ai entendu du bruit sur mon ponton et me suis rapprochée en silence de la fenêtre. Je tente d'en savoir plus en regardant par un petit trou creusé dans le volet. J'ai eu cette idée après un face-à-face épouvantable, moi dans ma chambre, un loup grattant des deux pattes de l'autre côté de la vitre, avec ce regard fou et ses yeux exorbités. Il tapait si fort sur le carreau avec son museau qu'il en avait blessé sa babine et laissé des traînées de sang partout. Je m'étais recroquevillée dans un coin de la pièce pour ne plus voir cette bête au cerveau vrillé par les années de captivité.

Depuis le trou dans mon volet, donc, je vois ma barricade exploser sous la poussée d'un animal terrifiant. Les lattes de bois déchiquetées volent en éclats sous l'impact. Le loup tourne autour de mon logis, j'entends son corps frotter la façade en bois. Soudain, il se jette de toute sa masse sur la porte. Ça fait un vacarme assourdissant, l'onde de choc se propage dans tous les murs. Complètement paniquée, je tire mon lit pour le caler derrière la porte, qui s'entrebâille sous chaque nouvel assaut. Je m'y assois pour ajouter du poids. Les attaques sont si puissantes que la première me déséquilibre et me fait tomber. La porte tient, mais pour combien de temps ? Je n'ai pas le temps de me relever ; le lit fait un bond en avant, me cognant l'arcade sourcilière de son pied de métal. La douleur me torpille le front. Alors qu'un filet de sang perle sur ma paupière, je me relève pour appuyer de tout mon poids sur le matelas. Les griffes creusent le bois dans un grincement sinistre, les gonds se tordent sous la poussée. À ce moment-là, je me dis que je ne veux pas mourir, pas comme ça, pas aujourd'hui. Je me dis aussi que mon père l'a fait exprès, que finalement il me veut du mal et qu'il a bien choisi sa bête. Cette pensée me fait horreur. Je saisis ma table pour la basculer sur le lit et gagner du temps. Je dois réfléchir vite. Je fouille la pièce du regard, mon œil se pose sur la caisse d'entretien des pontons, dont je retire à la hâte une masse pour la brandir en direction de la porte. Cette dernière, déformée sous la poussée, laisse passer une patte aussi large que ma main. Je pose l'outil, découragée. Aucune arme ne viendra à bout de ce monstre-là. Dans un élan désespéré, je pousse de toutes mes forces la lourde malle en fer pour renforcer mon barrage misérable… Sans issue ni le moindre moyen de m'échapper, je m'assieds par terre, terrassée par la peur.

Alors s'ouvre mon alvéole.

Les yeux écarquillés de stupéfaction, j'observe la cavité grande ouverte. C'est la première fois que je la vois, d'habitude, elle est cachée par mon lit. Une forte odeur de roche envahit ma chambre. Pétrifiée par la peur, je comprends qu'elle se prépare à m'accueillir, ce qui suppose que ma fin est proche. Cette pensée m'arrache un rire un peu fou, moins fou que cette vie, certes, mais bien ravagé quand même. « Ci-gît Chloé, déchiquetée par un loup élevé par son père. Son alvéole super performante a même anticipé le boulot en s'ouvrant juste avant qu'elle ne meure. » Un craquement dans le bois me ramène à la réalité et là, d'un coup, sans réfléchir, je me jette dans la cavité. J'ai à peine le temps de m'y glisser qu'un voile de roche se referme sur moi, ça fait un crac au-dessus de ma tête. De son côté, le loup est parvenu à entrer dans la pièce. J'entends des bruits de meubles traînés au sol, je me suis échappée pile au bon moment. Il renifle le sol avec frénésie, devine que je suis cachée et, contre toute attente, ne s'acharne pas. Le silence s'installe, dense et lourd du poids de toute mon existence.

Installée dans mon alvéole, il me traverse l'esprit que je suis prise au piège. L'éventualité m'angoisse et me rassure en même temps. La mort ne serait-elle pas une issue à la lutte ? Je laisse la pensée m'envahir et gagne un calme inespéré. Apprivoiser cette idée balaye toutes mes craintes. Ne plus avoir peur de mourir, c'est ne plus avoir peur de rien. Quelle évidence ! J'en ris tout haut et me moque gentiment de mon ignorance.

Immobile dans ce qui pourrait être un moule parfaitement ajusté à ma taille, j'attends. Quoi, je ne sais pas. Pendant ce temps s'installe une paix profonde en moi. Je bascule doucement vers une sorte de sommeil, qu'aucune pensée ne vient déranger. La roche diffuse dans ma chair un froid réconfortant, je descends lentement vers une destination intérieure inconnue. Je perçois des vibrations bien accordées avec mon pouls. Un drôle de lien s'instaure entre moi et ma löcelle, quelque chose proche d'un langage, sans les mots. Les messages sont clairs, notre conversation est fluide, il s'agit de transfert d'énergie entre elle et moi, avec le sentiment que nous sommes parfaitement mélangées. Ma löcelle me raconte des histoires de puissance retrouvée et de fusion avec le minéral. Elle m'envoie beaucoup d'amour.

Je prends conscience que l'interdiction d'inspecter notre alvéole nous coupe d'un trésor inestimable : l'expérience d'être complets. Comme nos alvéoles sont des tombes, on nous martèle qu'elles sont des lieux défendus. On les cache sous des meubles, on les comble parfois de terre pour construire des planchers. De fait, nous ignorons tout d'elles. Moi, je viens de découvrir que, sans la communion avec ma roche, je ne vivais qu'à moitié. Décidément, les tabous et interdits d'Anturia méritent tous d'être bravés, ce n'est pas ma chère bibliothèque qui dira le contraire.

J'ai dû m'assoupir un peu. Je reprends conscience, le corps chargé de vitalité. Lorsque j'ouvre les yeux, le voile de roche s'entrebâille instantanément. J'attends quelques instants, à l'affût de bruits inquiétants, mais le silence règne dans ma chambre. Je pousse sur mes bras pour m'extirper de la cavité et m'assois sur le bord, les jambes pendant dans l'ouverture. Je caresse le sol et remercie de tout mon cœur ma löcelle pour cette expérience. Les deux mains en corolle devant ma bouche, je souffle doucement pour lui envoyer tout mon amour. Je me sens forte, je suis complète, je peux retourner vers ma vie. Je range le bazar dans la pièce tout en veillant à laisser l'alvéole libre d'accès. Je place le lit contre le mur du fond, la table sous la fenêtre et la malle d'entretien dans un coin. Ce nouvel agencement me plaît beaucoup. Ma porte ne ferme plus, le verrou est arraché, je travaille jusqu'aux premières lueurs du jour pour le réinstaller un peu plus haut sur le battant. Depuis le temps que je le renforce chaque semaine, je vois bien quoi faire. Une fois les trous percés dans le bois et le mur, je n'ai plus qu'à visser. Un jeu d'enfant qui m'amuse bien.

Maintenant, j'ai moins peur, car je sais où me cacher. Je passe machinalement ma main au-dessus du voile de roche, qui s'écarte aussitôt. Je tente le même geste pour le fermer, et ça marche, mon alvéole me répond. Je m'allonge sur le lit, soulagée. J'improvise une petite danse de joie, je remue les bras et les jambes dans tous les sens, je gigote sur le lit comme un scarabée sur le dos, j'ai dans la bouche un goût de revanche et de victoire. Non, on n'en a pas encore fini avec moi. Je crie NON ! bien fort, et puis je recommence. Non ! Dans mon agitation, le grelot glisse de la poche de mon pantalon et tombe par terre. Son tintement crée une sorte de signal qui me rappelle que dans la cavité, j'ai rêvé. Un rêve étrange, comme si j'assistais à distance à une scène de vie. Il y avait des gens rassemblés dans une grotte, une jeune femme aux longs cheveux roux en train de signer un registre et un rapace qui tournoyait au-dessus de la foule.

Les gens ressemblaient à des Anturiens, mais d'une autre époque, je ne saurais dire s'il s'agit du passé ou du futur. Leurs tenues étaient confectionnées dans des tissus magnifiquement brodés, ils portaient des bijoux extraordinaires, des boucles de ceinture en or, des broches et colliers ornés de pierres précieuses. Tout un attirail qui n'existe pas de notre temps. La chevelure des femmes était maintenue par des bandeaux faits de mèches entrelacées et d'épingles dorées. Je me promenais dans la scène comme une spectatrice émerveillée, j'aurais pu effleurer du doigt les guirlandes de fleurs accrochées aux parois de la caverne.

Ce rêve n'est pas anodin, je sens qu'il a de l'importance pour moi, mais pourquoi ?

Anturia, tiers 1 de l'an 800

Un grincement d'essieu me réveille en sursaut ; il se passe quelque chose de l'autre côté du mur de ma chambre. Peu rassurée, je regarde par le trou dans le volet. Le jour est à peine levé, il est difficile de voir au loin. Je colle mon œil à la vitre, ma respiration fait des marques de buée sur le verre froid. Je m'habitue peu à peu à la pénombre et distingue la silhouette de mon père sur le pont qui relie nos löcelles. Il me faut du temps pour comprendre ce que je vois : des barres, une sorte de socle en mouvement, mon père dans le fond. Je cligne des yeux, nettoie le carreau avec ma manche et me concentre. L'image se précise, les choses se rangent les unes devant les autres selon la bonne perspective : il pousse une grande cage devant lui. Elle ressemble en tout point à celles qu'il a installées dans ses geôles. Il peine sous la charge, bien qu'il l'ait posée sur un plateau à deux roues.

Je me précipite vers la porte et, au moment de tourner la poignée, suis saisie par l'angoisse. Je me tiens là, figée, raide de haut en bas, la main crispée sur le métal.

Je déteste l'idée bien qu'elle soit évidente : il apporte la cage pour ma louve.

Je déglutis avec peine. Ça s'entrechoque dans ma tête : la peur d'avoir un loup jour et nuit chez moi, la honte qu'Annabelle découvre la cage et mon affreux secret, l'humiliation d'avoir à subir sans broncher la volonté de mon père, la peur viscérale que ça se sache au lycée.

Je voudrais retourner me coucher, faire en sorte que ce jour n'existe pas. Je me concentre bien fort : ce jour n'existe pas. J'y mets tout mon cœur. S'il vous plaît, non, je n'en suis pas capable, c'est impossible, je n'y arriverai jamais. Pourtant, rien ne change. Je suis là, la porte est devant moi, et je dois l'ouvrir.

Je pose mes pieds nus sur le palier, la pierre est glacée. Un souffle froid s'engouffre dans ma chemise de nuit et la plaque contre mon ventre. Le tissu se gonfle dans mon dos et claque au vent. Mes jambes tremblent, j'ai du mal à les faire obéir. La distance à parcourir n'est pas très grande, je dois juste rejoindre l'arrière de mon habitation, là où se trouvent les pontons d'accès aux löcelles de mes parents. Ce n'est pas très loin et pourtant je ne suis pas sûre d'y parvenir. Une main sur la façade en bois pour garder l'équilibre, j'avance. Je suis l'arrondi de la bâtisse, un pas après l'autre, les doigts traînant sur la surface de bois et piqués par les échardes. J'entrevois le ponton maternel, qui est vide. J'hésite un instant à courir pour aller la chercher, mais à quoi bon ? Je tourne encore un peu en suivant la façade, je marche lentement, comme pour retarder le face-à-face. Je n'avais jamais remarqué à quel point mes barricades étaient hautes. J'ai l'impression d'avancer dans un couloir sinistre. Je suis sur ma löcelle, là ? Vraiment ?

Et puis, je les vois. Mon père et la cage. Elle me paraît plus imposante maintenant que je suis tout près. Il la fait glisser par terre en la tenant avec des sangles. Elle est lourde, je le vois bien, ses genoux ploient sous l'effort.

— Qu'est-ce que tu fais ? dis-je d'une voix chevrotante.

— J'innove. Tu ne veux pas creuser ton alvéole ? Pas de problème. Je fixe la cage à ton mur.

— Je croyais que tout ça devait rester secret !

— T'as plutôt intérêt à ce que ça ne se sache pas.

— Mais…

Il me coupe la parole :

— N'invite plus personne. Ça te changera pas beaucoup.

— Annabelle vient souvent à l'improviste, tu le sais bien !

— Défends ton territoire et ça ira mieux. Et puis une roche noire n'a rien à faire chez nous.

Défendre mon territoire… voilà une idée stupide qui lui ressemble bien. Moins stupide, cela dit, que ce qu'il pense des roches noires. Je préfère ne pas m'y attarder, c'est trop moche. Il continue son monologue :

— Si je la fixe ici, c'est pas pour rien. T'emmènes pas tes potes à l'arrière de chez toi, quand même ?

Je sens que la partie est perdue d'avance. La panique sécrète une sueur abondante le long de ma colonne vertébrale, elle prend le froid et le répand jusque dans mes os. Je claque des dents, mes mâchoires échappent à tout contrôle. Je balbutie :

— S'il te plaît, ne fais pas ça. Tu sais bien que je n'en suis pas capable.

— On l'a tous fait et on en a tous été dignes.

Il répond ça sans se tourner vers moi, puis reprend sa besogne. D'abord il trace à la craie les points d'accroche, puis il creuse des trous dans le revêtement pour y glisser le mortier. La cage est tellement grande qu'elle recouvre toute ma façade, même la fenêtre. Je n'ai toujours pas osé m'interposer. Il insère les chevilles avec méthode, une dizaine en tout, sans me regarder une seule fois. Peut-être n'est-il pas fier de ce qu'il fait ? Quant à moi, je ne suis pas fière non plus. Je m'en veux de ne pas me battre, d'être anesthésiée par la peur. Je m'en veux tellement.

Avant de poser le premier module de la cage contre le mur, il me demande :

— Volets ouverts ou fermés ?

— C'est-à-dire ?

— Une fois la cage posée, tu ne pourras plus changer, alors choisis.

— Fermés.

Manquerait plus que ma chambre ait vue sur des barreaux et une bête enragée.

La structure est si lourde qu'il s'y reprend à plusieurs fois, il pousse avec colère, un carreau de fenêtre se brise, ce qui ne l'arrête pas. Lorsque le tout est assemblé et scellé, il rentre chez lui en me lançant, toujours sans se retourner :

— T'as un demi-tiers pour te préparer.

Je fronce les sourcils. Un demi-tiers? Pourquoi? La réponse ne tarde pas à s'imposer : dans cinquante jours, j'aurai dix-huit ans. Voilà.

Une fatigue infinie m'envahit. Hier, j'avais cru être tirée d'affaire en trouvant une cachette pour me protéger. Je m'étais emballée, car rien ne s'oppose à la volonté de mon père. Je sens mes dernières forces me quitter. Un demi-tiers! C'est trop peu pour trouver une solution. Je me sens vide. Le moment tant redouté est arrivé.

Je m'approche de la cage et glisse mes doigts sur les barreaux. J'ouvre le loquet de la trappe de nourriture. J'imagine les cris, jour et nuit. Et puis l'odeur, aussi, dans ma chambre comme sur mes habits. J'ai tellement honte. De cette famille, de moi.

Dans un sursaut de bravoure, je me ressaisis. Depuis que notre lignée existe, tous ont accepté ce destin, pourquoi pas moi? Je ne veux pas être l'exception. Je vais apprendre à supporter les hurlements nocturnes et les accès de rage de la bête. Je vais surmonter la terreur qu'elle m'inspire et réussir à la dominer. Je vais creuser ma löcelle pour cacher cette horreur, juste à côté de mon alvéole, pour ne pas l'abîmer. Je suis forte, bien plus forte qu'ils ne le pensent, et je vais le leur montrer.

Enfin, il faudra d'abord m'en convaincre moi-même. En attendant cette prouesse, je vais pleurer un peu.

Deuxième partie

Anturia, tiers 2 de l'an 800

— Chloé ?

Annabelle frappe doucement à ma porte.

— Tu n'es pas venue en cours ce matin, je suis inquiète.

Silence. Mon cerveau embrumé tente de trouver une solution au problème. Enroulée dans mon chagrin, je ne suis ni présentable ni en état de parler.

— Chloé, ouvre-moi !

De là où elle est, elle ne peut pas voir la cage. C'est bien.

— Je sais que tu es là. Laisse-moi entrer, s'il te plaît.

— Je suis fatiguée, je préfère être seule.

— Depuis quand ça aide, la solitude ?

— Je n'ai pas besoin d'aide.

Elle marque une longue pause, puis reprend :

— Chloé, laisse-moi te prendre dans mes bras.

Les sanglots rappliquent dare-dare. La bienveillance, je n'y résiste pas. Suis pas habituée.

— Tu pleures, ma Chloé !

Une petite plaque jaune se forme sur la porte. En la tapotant, je perçois un fluide chaud traverser mes doigts et devine que, de l'autre côté, elle a collé son front. C'est étonnant de savoir sans voir, ça doit être encore une de mes bizarreries. Une vague d'énergie atteint mon visage, circule entre nous, puis s'amplifie jusqu'à nous englober toutes les deux. Je me détends peu à peu, mes larmes cessent de couler. Une pensée minuscule profite de l'accalmie générale pour se faire entendre : « Et si tu arrêtais de te cacher ? » Elle est futée, cette pensée, elle doit attendre son heure de gloire depuis longtemps, à l'affût du bon moment pour percer, parce que la mascarade, c'est mon fort. Je suis la championne du déguisement.

Au lycée, je suis légère. Personne ne sait d'où je viens, on n'imagine pas plus les loups dans les geôles que ceux à ma porte. On ne sait pas qu'à la honte d'être l'enfant de cette lignée s'ajoute la peur de ne pas réussir à m'en affranchir. Tout ce noir-là, je le laisse derrière moi dès que je m'éloigne de mes parents.

En famille, je suis sinistre. On ne connaît pas la Chloé qui ricane avec Raphaël ou boit les sages paroles d'Annabelle. Mon père me croit inconsistante et ma mère, si par hasard elle pense quoi que ce soit de moi, ne le clame pas suffisamment fort pour que je l'entende.

Enfin, quand je suis seule (pas la nuit, hein, la nuit, c'est différent), je suis cette Chloé qui danse dans les bibliothèques. Celle-là, personne ne la connaît, pas même Annabelle, qui en a juste entendu parler. C'est dommage, car elle est de loin la meilleure version de moi-même. Ma préférée. Elle dégomme mes peurs et laisse de petites étoiles à la place. Lorsqu'elle surgit en moi, c'est la fête ! Je vois le monde en couleurs, j'entends des pulsations dans la roche, je pourrais presque parler aux arbres. Bref, je fais tout un tas de choses étranges qui – c'est incroyable – me rendent très heureuse. Si cette Chloé prenait toute la place, je crois que je serais tirée d'affaire. Mais je ne sais pas comment l'apprivoiser, elle a l'art de décamper en moins de temps qu'un battement de cils. Elle doit être fâchée que je la cache.

Je devrais essayer, pour voir, d'être sinistre avec mes amis, légère avec mes parents et étrange tout le temps ! Ça serait détonnant.

— Chloé… Allez ! Ouvre !

Bon… C'est le moment ou jamais d'oser me montrer telle que je suis. J'ouvre la porte et me réfugie dans ses bras.

— T'en as mis du temps !

Inquiète qu'elle découvre la cage, je l'attire à l'intérieur. Je me tiens face à elle, bien droite, les yeux rougis et gonflés, la mine pitoyable. Je suis partagée entre le malaise et le soulagement. C'est bien, aussi, de ne pas faire semblant.

— Maintenant je te vois tout entière. C'est pas trop tôt, dit-elle en soupirant.

Cette phrase me fait l'effet de la foudre. Mille détonations qui créent autant de petits trous dans ma carapace. Du coup, je lui déballe tout : la lignée des loups, mes nuits d'enfer, mon père et ses ancêtres abominables. Mon aveu fait son petit effet, elle écarquille les yeux, me dévisage, réfléchit un peu, puis fronce les sourcils.

— Je croyais que ces anciennes lignées avaient disparu !

— Notre secret est bien gardé. Mon père et moi sommes les derniers.

— Waouh !

— Ce n'est pas waouh du tout.

— Tu es la descendante d'une lignée ancestrale et tu ne trouves pas ça géant ?

— Non.

— Je savais bien que tu avais quelque chose de spécial !

— Arrête…

— J'ai toujours su que tu étais à part !

— Maintenant, tu sais que ma famille aussi.

— La lignée des loups, tu dis ? Ça consiste en quoi ?

— On domine des loups.

— C'est-à-dire ?

— On apprend à ne plus avoir peur en les affrontant.

— Des vrais loups sauvages ?

— Oui et non. Des vrais, mais reproduits en captivité.

— Vous les apprivoisez ?

— Surtout pas. Il faut qu'ils restent bien méchants. Ceux qui ramollissent sont tués.

— Non !

— Si…

— Vous les mettez où ?

— On creuse des souterrains dans nos löcelles.

— C'est glauque.

— Très glauque.

— Et… ça marche ?

— De creuser ?

— T'es bête… Je voulais dire, on n'a plus peur après ?

— Pour les autres, ça marche. Pas pour moi. Suis terrifiée.

— Moi aussi je le serais…

— Depuis toute petite, j'espère qu'un frère ou une sœur prendra ma place, pour qu'on confie toute cette misère à quelqu'un d'autre.

Après un silence, j'ajoute :

— En même temps, si j'avais une petite sœur ou un petit frère, jamais je ne les laisserais vivre un truc pareil…

Un sourire tendre lui barre le visage, il me réchauffe le cœur. Je lui avoue :

— Je ne suis pas de taille pour ça, tu comprends ?

— Je te rassure, je ne le serais pas non plus…

D'un geste, elle m'invite à prendre place à côté d'elle, sur mon lit. Nous restons l'une contre l'autre sans parler. Des images m'apparaissent : la cage, les loups aux babines retroussées, la galerie de portraits dans le grand escalier chez mon père, avec tous ces hommes au regard de glace.

— Depuis tout petits, on subit des épreuves pour nous préparer à avoir notre loup à l'âge adulte.

— Genre ?

— Genre on nous enferme une nuit dans une cage avec une bête enchaînée aux barreaux. La chaîne est juste assez longue pour qu'elle puisse s'approcher sans nous mordre.

— Bon sang, Chloé ! On t'a fait ça ?

— La première fois, j'avais sept ans.

— C'est horrible !

— Après ça, je n'ai plus jamais supporté la nuit.

Elle prend ma main dans la sienne.

— Tu n'es pas obligée de me raconter, tu sais.

— Ça me fait du bien, en fait…

— Alors, dis-moi.

— Parfois je devais nettoyer les cages, avec les loups déchaînés enfermés juste à côté. Je tremblais comme une feuille. Et puis l'odeur était infecte ! Un soir, j'étais en train de laver quand j'ai vu que le loquet de la cage d'à côté était mal fermé. C'était la panique… Dès que je m'approchais de la serrure, les loups se jetaient de toutes leurs forces sur les barreaux. Je voyais bien que la serrure allait céder. J'ai pris une dague et tapé de l'autre côté de la cage pour faire diversion. C'était une brillante idée. Pour une fois, la trouille ne m'avait pas empêchée de réfléchir. Ça a marché ! Juste le temps de fermer le verrou. Après, j'ai vomi.

— Je ne sais pas comment tu as pu supporter tout ça.

— Mal.

— Mais qui sont-ils, ceux qui le supportent bien ?

— Mon père, son père, son grand-père avant lui…

L'angoisse comprime mon thorax et m'empêche de respirer. Je continue à expliquer :

— Je ne vais pas y arriver.

— On va trouver une solution, Chloé.

— C'est pour bientôt. Je vais avoir dix-huit ans, j'ai l'âge qu'il faut, maintenant.

Ma voix est un peu éraillée, j'ai de plus en plus de mal à respirer normalement.

— On va te sortir de là, dit-elle d'un air convaincu.

— On a cinquante jours…

— Cinquante jours avant ton anniv, c'est ça ?

— Oui. Après, j'aurai une louve chez moi.

Elle se met en mode réflexion. Elle plisse le front et les sourcils, prend son air concentré, marmonne un peu. Puis arrivent les questions, méthodiques et dans le bon ordre pour bien cerner le sujet. Annabelle pense toujours de cette façon, ce jour-ci ne fait pas exception.

— Je ne comprends pas... À quoi ça sert de ne plus avoir peur ? Quel est le danger ?

— Voilà la question à laquelle je n'ai aucune réponse, figure-toi. Mon père n'est pas du genre à s'expliquer.

— Qui pourrait savoir ?

— Personne. Mes grands-parents paternels sont morts et ma mère n'est pas issue de la lignée.

— Vous n'avez même pas un écrit, rien ?

— Je ne crois pas. Je n'ai jamais creusé le sujet. Faut être cinglé pour perpétuer tout ça.

Elle marque une pause et réfléchit à voix haute :

— Mais ce n'est pas parce que tu ne sais rien qu'il n'y a rien à savoir.

— Même si je savais, ça servirait à quoi ?

— À mieux comprendre... ou à trouver un autre héritier, par exemple. T'es peut-être pas la seule.

— Mon père serait au courant...

— T'as rien découvert dans les bibliothèques interdites ?

— Non... pourtant j'ai un peu cherché.

Subitement, sa réaction au tout début de la conversation me revient en mémoire.

— Tout à l'heure, tu as parlé des lignées ancestrales... Tu voulais dire qu'il y en a d'autres ?

— Je crois... Il faudrait que je demande à mon père.

— Non, ne dis rien ! Il va se douter de quelque chose.

— T'inquiète ! Mais avant de lui demander, on va essayer d'avancer par nous-mêmes.

— C'est ça, commençons juste nous deux. Je ne veux pas que ton père soupçonne des trucs sur moi. C'est mon prof d'univers, je te rappelle.

— OK, Chloé, me rassure-t-elle en me tapotant la main.

— Tu sais… Parfois, ton père… j'ai l'impression qu'il me sonde. Qu'il cherche des informations.

— Je le reconnais bien là ! Il fait ça aussi avec moi. Il me teste.

— Ah bon ?

— Oui. Par exemple, dans les bibliothèques, il lui arrive de me planter devant une étagère, sans consigne. Après, il vient voir quel livre j'ai choisi. En fonction de sa mine, je comprends si j'ai fait le bon choix ou pas. Lorsque je lui demande ce qu'il attendait de moi, il ne répond pas. Il fait diversion, par un bisou ou en parlant d'autre chose.

— Ça ne t'embête pas ?

— Non, je me dis que c'est son côté prof… Il veut voir jusqu'où je peux aller…

Je ne fais pas de commentaire, mais plus j'en apprends sur monsieur Griot, son père, plus il m'inquiète.

Annabelle se retourne vers moi et prend mes mains dans les siennes.

— Merci pour ta confiance, Chloé.

Je lui souris d'un air gêné. Elle en sait des choses sur moi, maintenant…

— Je te comprends tellement mieux ! Il y a cette tristesse en toi. Tout au fond. Tu as beau la cacher, moi, je la vois.

Suis trop embarrassée pour lui répondre. Je fixe sa main. La peau est si fine que je peux suivre du doigt le tracé de ses veines. C'est vrai, il y a ce quelque chose au fond de moi. Je ne suis pas sûre que ce soit de la tristesse. Je ressens plutôt du découragement. Elle me coupe dans mes pensées :

— Au fait, ta mère, elle fait quoi ?

— Rien. C'est un sujet tabou.

— Ah, c'est pratique, les tabous. Un bon truc d'Anturien pour se planquer.

— En plus, elle pense que je dramatise tout.

— Parce qu'elle trouve ça normal d'enfermer sa fille avec un loup ?

— C'est la tradition dans la famille de mon père. Elle ne se pose pas la question.

— Tu parles d'une tradition !

— Une chose est sûre, les loups ne passent jamais chez elle.

— Ah bon ?

— Injuste, mais vrai…

Elle réfléchit encore, puis ajoute :

— Je suis fière de toi, ma Chloé.

— Fière ? Pourquoi ?

— Toute cette peur ne t'a pas empêchée de devenir une belle personne !

Elle a ce sourire lumineux, grand comme l'univers, avec ses dents blanches bien détachées sur sa peau foncée.

En plus de toute la souffrance, la vie m'a quand même envoyé Annabelle. Elle a dû estimer qu'elle y était allée un peu fort.

— Tu trouves que je suis une belle personne ?

— Bien sûr que oui ! Tu as choisi de rester sensible à tout ce qui est beau alors que tu aurais pu te recroqueviller comme un animal blessé.

— Pourtant, je lutte, si tu savais comme je lutte.

Mes larmes perlent à nouveau.

— Maintenant, je sais, murmure-t-elle en posant son front sur mon épaule.

— Ne le dis à personne, s'il te plaît.

— C'est notre secret.

Épuisée par cette discussion, je n'ai pas le cœur à lui parler de la cage. Elle la découvrira bien assez vite. Elle se lève d'un air décidé.

— Il nous faut trouver de l'aide.

— Eh ben, bonne chance !

— Si on commençait par en savoir plus sur ta lignée, ça nous donnerait peut-être des pistes.

— Cette idée m'angoisse.

— Si tu ne fais rien, tu auras bientôt une louve en cadeau.

— Je n'ai qu'à m'enfuir !

Ma réponse est si stupide qu'elle ne lui accorde pas la moindre attention.

— Il y a bien un endroit où l'on trouve beaucoup d'informations…

D'un bond, elle disparaît, revient en arrière, passe son minois dans l'encadrement de la porte et me lance d'un air enjoué :

— Allez, c'est parti !

— On va où ?

— À la plateforme du N'importe quoi.

— La quoi ?

— Pfff, cherche pas et suis-moi.

Elle déclenche son rire en trille.

— Allez, détends-toi, ça va être cool !

— On y va maintenant ?

— Pourquoi on reporterait à demain ce qu'on peut faire aujourd'hui ?

— T'as vu dans quel état je suis ?

Elle me pince les joues et arrange mes cheveux.

— Voilà ! T'es belle, maintenant.

Le temps qu'elle bondisse sur le ponton, sa passerelle était déjà prête.

Anturia, du temps d'Oisin

De mémoire d'Anturien, aucune cérémonie d'intronisation n'avait suscité autant d'espoir que celle d'Aelig.

Mère et fille avaient longé la première révolution jusqu'à la périphérie d'Anturia, pour rejoindre la plateforme cérémoniale, nichée au cœur de la mer de roche. Elles furent accueillies par le père d'Aelig, un maître de la *lignée du Savoir*, et par le chef de leur clan. Pour accéder à la grotte aux Sacrements, ils empruntèrent un sentier bordé d'une végétation engloutie sous de vastes toiles d'araignée. Aelig s'arrêta pour en tapoter le tissage et rit de bon cœur lorsqu'elle vit une minuscule créature noire surgir d'un tunnel de soie, les crochets projetés en avant. La maîtresse des lieux, prête à en découdre pour défendre son territoire, fixait la jeune femme de ses quatre paires d'yeux. Aelig, attendrie par son air revêche, tendit la main vers elle et patienta. En ce jour de transmission, la future guide espérait obtenir la protection de ce symbole des liens tissés entre les membres des lignées. Elle reprit son chemin dès que l'araignée eut daigné grimper le long de sa manche pour se cacher dans ses cheveux. Ebhlinn observa la scène avec satisfaction. Elle se réjouit d'avoir fait le bon choix. Sa fille entretenait une connexion hors du commun avec le vivant, le vivant dans son ensemble, les Anturiens en tête. Elle surpasserait assurément tous les guides l'ayant précédée.

Le sentier déboucha sur une immense clairière, barrée sur toute la largeur d'une haute falaise. La grotte aux Sacrements se trouvait en contrebas de la muraille de roche, son entrée magistrale protégée par quatre Anturiens. Dès qu'ils les aperçurent, les autres chefs de clan vinrent les saluer chaleureusement, puis les escortèrent jusqu'à l'entrée.

La grotte s'ouvrait sur une salle immense surplombée d'une voûte haute de plusieurs dizaines de mètres. Des centaines de torches fichées dans la roche semblaient en faire danser les parois. Un chemin de guirlandes fleuries fendait la foule jusqu'à un trône de pierre situé au fond de la cavité. Des bouquets de lys blancs disposés en demi-cercle délimitaient l'espace sacré. Une atmosphère de profond recueillement émanait du lieu. Aelig, bouleversée, n'aurait su dire s'il s'agissait d'un rêve ou de la réalité.

Dans l'assemblée, l'émotion était palpable. La majorité des territoires étaient représentés, bien que le Grand Ordre ait interdit les déplacements sur la troisième révolution. La présence des chefs de clan constituait un acte de rébellion qu'Oisin avait encouragé : une communauté soudée sur ses croyances serait plus forte pour affronter l'adversité. Afin de ne pas attirer l'attention des autorités, les familles avaient été priées de ne pas les rejoindre. Ignorant la consigne, les Anturiens arrivaient depuis des jours. Sans doute étaient-ils portés par l'urgence de partager ce rite immuable de leur culture. Sans doute espéraient-ils que cette jeune femme saurait trouver une échappatoire aux troubles politiques en cours.

Ils se serraient les uns contre les autres en s'inclinant avec respect au passage des deux guides de la *lignée des Esprits* : celle qui les avait accompagnés avec ardeur depuis tant d'années, et l'autre, en devenir. Tous étaient subjugués par la présence d'Aelig. Enveloppée d'une robe de velours violine soulignée de broderies dorées, elle irradiait une lumière diffuse. Sa peau de nacre contrastait avec sa chevelure de feu. À son cou, le collier de pouvoir aimantait tous les regards.

Portée par la ferveur de l'assemblée, Aelig avançait vers son destin, le souffle court. Soudain, son cœur cessa de battre. Urdighann, son bien-aimé, se tenait à quelques mètres devant elle. Il avait fière allure dans son costume traditionnel : une chemise blanche barrée d'un caftan posé sur l'épaule, un pantalon immaculé, une large ceinture de cuir fermée par une boucle dorée aux motifs de son clan. Le tout soulignait à la perfection sa silhouette musclée. Comme il la contemplait avec une ardeur à peine dissimulée, elle sentit cette chaleur se diffuser dans son ventre et lui picoter la peau. Leurs étreintes, d'une intensité à peine supportable, laissaient en eux des traces d'émoi ne demandant qu'à s'embraser. Il inclina la tête à son passage tout en lui lançant un clin d'œil complice. Son amante allait devenir l'un des êtres les plus puissants de leur communauté, il savourait sa chance tout en restant à sa place. Elle saisit le sens de cette discrète marque de déférence et en fut bouleversée. Préserver leur flamboyant amour ferait partie de ses priorités, elle s'y était engagée. Le poids des responsabilités ne la ferait pas ployer.

Elle n'oublierait pas non plus ses amis et camarades du noviciat. En remontant le chemin fleuri, elle surprenait le visage familier de l'un ou de l'autre, au milieu de la foule. Cinq années d'internat les avaient liés comme les doigts de la main. Elle pensait à leurs rires, à leurs jeux et aux interminables conversations pour réinventer le monde.

À l'entrée de l'espace sacré, sa mère lui embrassa les mains avant de s'installer au premier rang de l'assistance, au côté de son époux. Oisin, le maître de cérémonie, tendit la main à Aelig pour la conduire au fond de la grotte, où trônait le siège taillé dans la roche. Son air attendri ne manqua pas de la surprendre. Cet homme dur, inaccessible et de deux fois son âge, validait avec émotion son entrée dans le monde des dirigeants.

Elle prit place sur l'assise et posa les mains dans les coupelles creusées dans les accoudoirs. Le dos bien droit contre le dossier, elle balaya la foule du regard, mesurant l'étendue de leurs attentes. Tous l'observaient avec espoir. Elle ferma les paupières pour ne pas être submergée par le poids des responsabilités, et demeura concentrée.

On lui déposa une couronne de lierre sur la tête et un bouquet de gui sous les pieds. Elle entendit les chants sacrés s'élever en tresse dans l'air saturé de fumées d'encens. Surgies de toutes parts, les phrases musicales s'entremêlaient en un canon harmonieux. Aelig sentit les sons pénétrer ses chairs et s'abandonna à la musique. Son cœur se mit à battre si fort qu'elle eut la sensation d'imploser. Elle se cramponna au siège pour rester ancrée, alors que son être entier fusionnait avec le décor. Elle devenait immense, tellement immense qu'elle se répandait en une onde circulaire dans toute la grotte, puis au-delà de la plateforme, au-delà même d'Anturia. Elle percevait à la fois son corps assis sur la roche et son onde gigantesque. Un instant, elle crut se perdre et eut si peur de ne pouvoir revenir qu'elle interrompit le processus. Elle ouvrit les yeux et rencontra le regard rassurant de sa mère : tout se déroulait comme prévu. Elle ne l'avait pas encore remarqué, mais le collier dégageait une chaleur à peine supportable sur sa peau – les pierres précieuses annonçaient la suite du rituel.

Alors, Ebhlinn entra en scène. Elle souffla sur une coupelle d'eau de source en conviant les esprits de la nature à communier avec la nouvelle guide. Elle invita sa fille à boire pendant que les novices de la *lignée des Esprits* dansaient une ronde, plaçant des fleurs, des branches et des lichens autour d'elle.

Puis vint le temps des éléments. Ils entrèrent en scène pour confirmer leur assentiment. Une brise se leva dans la grotte, fit vaciller les flammes des torches et vint disperser les cheveux d'Aelig. Le vent s'était manifesté.

Il souleva une poussière ocre pour la faire tourbillonner au-dessus de l'assemblée. Des volutes dorées se déployèrent sous la voûte, essaimant leurs particules sur la foule. La terre s'était manifestée.

Puis un grand courant d'air souffla toutes les torches. Le vent prit le contrôle de la cérémonie pour signifier à la jeune guide qu'il serait son allié. Plongés dans le noir, les Anturiens attendaient l'intervention du feu. Aelig entendait leurs chuchotements fébriles, l'ambiance avait basculé du solennel vers la communion exaltée. Elle prit le temps de savourer cette pause dans le rituel. Quel chemin parcouru ces dernières années ! Elle vit la louve, les libellules, les étoiles et Urdighann. Sa mère et la Colline sacrée encerclée de mégalithes. Oisin et le Grand Conseil. L'Académie et ses somptueuses bibliothèques, souvent arpentées avec son père. Elle vit Anturia, si belle, avec ses plateformes sauvages suspendues dans le vide…

Soudain, une lumière aveuglante l'extirpa de sa rêverie. Un éclair venait de fendre la pénombre, rallumant d'un coup les torches, sous les cris stupéfaits de la foule. Le feu s'était manifesté.

À ce stade du rituel, le temps était suspendu à l'arrivée de l'eau, qui tardait à s'exprimer. Le silence s'était emparé de l'assemblée ; tous guettaient le dernier signe. Aelig lança un coup d'œil inquiet à sa mère, qui lui répondit d'un sourire : elle devait patienter. La jeune femme préféra prendre les devants en proposant à l'eau un dialogue. Par une goutte froide tombée sur sa joue, elle comprit que le contact était établi. Elle fit le vide en elle pour s'assurer de transmettre des messages clairs. Elle se présenta, elle, la fille d'Ebhlinn et de Cennmhar, désignée par les esprits dans le temps d'Oisin pour être guide. Elle envisagea de demander si l'eau voyait un obstacle à sa nomination, mais se ravisa. Elle était guide et n'entendait pas qu'on lui dise le contraire. À l'eau, elle proposa plutôt de faire alliance. L'eau resta muette. Longtemps. Alors, Aelig se reprocha son orgueil : comme elle était présomptueuse de ne pas solliciter l'avis d'un élément ! Quelle sotte ! À ce moment précis, l'eau se mit à ruisseler sur les parois rocheuses. La jeune femme s'inclina pour marquer son allégeance. Elle prenait sa première leçon de guide : l'humilité. Son apprentissage avait été si facile qu'elle n'avait jamais douté d'elle-même, ce qui était une force… et un défaut. Elle resterait vigilante sur ce point. Depuis la nuit des temps, la *lignée des Esprits* portait la responsabilité d'un pacte de protection réciproque entre le monde matériel et l'invisible. Elle devait en assurer la pérennité.

Dans l'assemblée, tous s'agenouillaient pour saluer l'intronisation de leur nouvelle guide, lorsqu'un cri perçant déchira l'air. Une clameur envahit l'espace : un faucon tournoyait dans la grotte, l'œil rivé sur Aelig. Elle tendit machinalement le bras ; il vint y poser ses griffes acérées. Elle n'eut pas l'idée d'en souffrir, la rencontre était trop inattendue. Le rapace et la jeune fille s'observèrent intensément avant qu'il ne reprenne son vol. Elle resta un moment interdite, le bras levé. Les ancêtres étaient intervenus par le biais de leur messager. Jamais ils ne s'étaient manifestés lors d'une cérémonie, s'exprimant plutôt lors de la désignation des guides avant de retrouver leur silence bienveillant. Aelig pressentit que cette apparition n'était pas de bon augure, sans savoir s'il s'agissait d'une intuition ou d'une simple angoisse. Être guide dans ce contexte politique l'inquiétait au plus haut point. Comme des chants de gratitude s'élevaient de l'assemblée, elle choisit la confiance.

Sa mère l'invita à sortir de l'espace sacré pour reprendre le chemin de guirlandes en sens inverse. Concentrée sur le rituel, Aelig n'avait pas vu qu'on y avait installé un pupitre, sur lequel était posé le *Grand Livre des lignées*. Elle caressa de la main la couverture de cuir, ouvrit le volume et parcourut la longue liste des guides l'ayant précédée. Autant de destinées menant à cette ligne vierge, qu'elle devrait noircir de sa signature… Le fait lui sembla vertigineux. Elle s'agenouilla pour remercier ses prédécesseurs de lui accorder ce privilège. Elle les pria de lui donner la force nécessaire à l'accomplissement d'un destin qu'elle pressentait aride. L'assemblée perçut son trouble et s'agenouilla à son tour. Une intense communion rassembla ces êtres chahutés par la peur.

Aelig reprit place face au livre sacré. Elle retira de sa poche l'enveloppe de feutre rouge et la plume d'aigle qu'elle contenait, cadeau de son père pour la cérémonie. Elle trempa la pointe biseautée dans l'encre puis signa de son prénom. Les lettres prirent de beaux reflets bleu nuit en séchant.

Aelig tendit les bras devant elle afin que les membres du Grand Conseil puissent joindre leurs mains aux siennes. Ils furent bientôt imités par les autres, chacun posant ses mains sur les épaules de celui se trouvant devant lui, jusqu'à former une assemblée circulaire autour de la jeune guide. Tous, jusqu'au dernier rang, sentaient l'incroyable énergie émanant de la nouvelle guide de la *lignée des Esprits*.

La foule comblait à peine la grotte. Une année auparavant, la plateforme tout entière n'aurait pu contenir les invités. Il faudrait désormais compter sur le courage plus que sur le nombre. Et du courage, en auraient-ils suffisamment ?

Aelig rompit à contrecœur la communion avec l'assemblée pour rejoindre sa mère et passer son habit de mariée. Elle eut le plus grand mal à fendre la foule, chacun voulant s'approcher au plus près d'elle. Les chefs de clan tentaient de faciliter son avancée, mais leur progression restait fastidieuse. La jeune femme choisit de profiter de cette contrainte plutôt que de s'en plaindre. Elle serra les mains tendues vers elle, accorda quelques accolades et s'arrêta un instant pour concentrer toute sa lumière et la répandre sur son peuple. Une onde jaillit de son plexus solaire, traversa le rubis, s'enroula autour d'elle avant d'englober la foule. La stupéfaction saisit l'assemblée, quelques timides applaudissements se firent entendre, puis d'autres, qui laissèrent place à une chaleureuse ovation. De mémoire d'Anturien, personne n'avait jamais déclenché une telle ferveur. Aelig reprit son avancée sous les acclamations.

Anturia, tiers 2 de l’an 800

En chemin vers la plateforme du N’importe quoi, je m’interroge sur la légèreté d’Annabelle. Moi, je suis plutôt du genre plombée.

— Comment fais-tu ?

— Comment je fais quoi ?

— Tout ! Tout ce que tu fais paraît tellement facile…

— En fait, je ne me pose pas de questions.

Annabelle se rend bien compte que je ne vois pas le rapport, alors elle poursuit :

— Par exemple, lorsque je veux lancer ma passerelle, je ne me demande pas si elle va se matérialiser, ou aller vers la bonne destination, ou je ne sais quoi encore. Je la lance, c’est tout.

— Évidemment ! Toi, tu n’échoues jamais… Si tu t’étais retrouvée comme une nulle sans passerelle face à toi, tu douterais !

— Non.

— Comment ça, non ?

— Tu penses à l'envers ! C'est parce que tu doutes au départ que ta passerelle ne marche pas. T'as pas encore essayé que tu doutes déjà.

Touchée. Coulée. C'est vrai.

Je me rappelle le jour où j'ai appris à m'en servir, j'avais tellement peur de ne pas y arriver. D'ailleurs, mon père avait très peur, lui aussi. Il me bombardait de conseils : « Attention, une accroche, ça peut lâcher ! Ne tombe pas dans le vide ! Le Grand Néant, on n'en revient pas… » Avant même le premier essai, je savais que je n'y arriverais pas. Lui aussi le savait. Enfin, je crois. Celui d'Annabelle devait avoir toute confiance en elle, j'imagine.

— Il t'a dit quoi, ton père, quand il t'a appris les modes de transport ?

— Il m'a dit : « Fonce ! On va bien s'amuser. »

— Ah, quand même…

— C'était chouette !

— Il n'avait pas peur que tu tombes ?

— C'est une bonne question, ça…

Elle réfléchit, enroule une mèche autour de son doigt et l'étire à l'infini. Ses cheveux tout resserrés font oublier qu'en fait, ils sont très longs. La mèche reste dépliée, ça fait une virgule dans sa masse capillaire.

— … s'il avait peur, il ne me l'a pas montré.

— Et toi ? Tu te sentais comment ?

— J'avais un peu la trouille, mais pas trop. Je me suis dit que si tout le monde y arrivait, ça irait pour moi aussi.

— Imparable…

— Tu sais, on n'a pas besoin de toujours chercher la petite bête. On se lance et puis c'est tout.

— Mouais. Plus facile à dire qu'à faire.

— Commence par le dire, ça devrait aider.

— OK.

— Ta parole est créatrice, Chloé. Ta pensée aussi.

— J'ai beaucoup de pensées et de paroles à changer, je crois.

— Tu commences par le début, une par une ! Bon, on peut se détendre, maintenant ?

Je ne sais pas pourquoi, mais la seule chose qui m'est venue à l'esprit a été de lui tirer la langue. Elle a ri.

Ce sujet de **la pensée positive**, j'ai bien senti qu'il me parlait, même si je n'en ai rien laissé paraître à Annabelle. Alors, je m'y suis attelée.

Jusque-là, je ne l'avais pas pris au sérieux, il me semblait un peu... naïf. Comme si « penser positif » était une sorte de magie qui embellirait artificiellement ma vie.

Pourtant, en relisant mes notes, je me suis rendu compte qu'Annabelle avait raison d'insister, parce que mes pensées et mes mots sont souvent négatifs. Je ne sais pas si je vais pouvoir inverser la tendance, mais là, quand même, je penche beaucoup trop du côté sombre du vocabulaire!
Je dois faire quelque chose!

Pour une fois, j'ai préféré me renseigner toute seule et ne pas attendre qu'elle me prémâche le sujet : j'ai cherché dans ma bibliothèque. (Cet endroit est un peu dingue... il semble entendre ce dont j'ai besoin et le mettre à ma disposition... Ce matin, par exemple, en arrivant dans la salle, la tranche colorée d'un ouvrage a tout de suite attiré mon attention. Évidemment, c'était celui qu'il me fallait!)

J'ai lu à toute allure, je n'avais pas beaucoup de temps devant moi, et voici ce que j'ai compris :

• Mes pensées créent mon ambiance intérieure. Elles décident du beau temps ou des tempêtes en moi. Lorsque je passe ma journée à ruminer les problèmes d'héritage et de loups, je suis tendue et inquiète. Si je pense à de bons moments avec Annabelle ou Raphaël, je suis en joie.

• Mes pensées créent aussi mon état d'esprit. Si elles sont négatives, je vais tout voir en noir et considérer que la vie est nulle, si elles sont positives, je vais prendre la vie du bon côté.

• Ma vie est donc largement influencée par mes pensées (et pas l'inverse, comme je le croyais).

Mais la bonne nouvelle est que, bien qu'elles aient l'air automatiques et incontrôlées, j'ai le pouvoir de modifier ces pensées.

J'ai dévoré tous les chapitres pour comprendre comment faire. Changer mes pensées, je suis partante !

Voici les recommandations du livre :

• D'abord, je prends conscience de mes pensées négatives. En m'écoutant penser, j'ai mesuré les dégâts...

• Ensuite, je change les mots que j'utilise. En pensée comme en parole. J'essaie de remplacer chaque mot par un mot constructif. (Je vais m'exercer sur mes notes précédentes et barrer tous les mots négatifs pour en mettre de plus constructifs à la place.)

• Je change aussi mes conversations. J'arrête de me critiquer (et de critiquer les autres) en étant bienveillante, y compris (ou surtout) avec moi-même. Par exemple, je ne dis plus : « Je suis nulle », je dis plutôt : « Je ne sais pas encore faire ça », ou bien j'imite Raphaël, qui me rappelle tout le temps que nous n'avons que dix-sept ans et qu'on a toute la vie pour s'améliorer.

• Je change ma façon de réagir :
Face à un problème, je ne perds pas d'énergie à râler (c'est trop négatif), je cherche une solution à la place.
Je n'en fais pas un drame et considère ce problème comme un simple accident de parcours (ou mieux, une opportunité d'apprendre).

• Je m'exerce le plus souvent possible, jusqu'à ce que ça devienne automatique. Le livre insiste sur le fait que pratiquer est essentiel pour changer.

À la fin du chapitre, il parle d'une chose assez folle, que j'ai pour l'instant du mal à croire (mais je peux changer, je ne suis plus à ça près...). Il explique que mes pensées + mon ambiance intérieure + mes émotions créent ma réalité.

Ça, c'est un peu plus dur à croire...

Ma vie serait sinistre PARCE QUE je le suis... Ou ma vie serait trop cool PARCE QUE je suis cool. C'est explosif, comme information ! Mes pensées et mots seraient à l'origine de tout ce que je vis, comme s'ils s'imprimaient dans la matière.

Mais... comment mes mots auraient-ils pu créer la lignée des loups ?

Je crois que je ne suis pas encore prête à répondre à cette question.

Je vais déjà me contenter de suivre toutes les recommandations et, surtout, m'exercer. Ça sera déjà bien.

Anturia, du temps d'Oisin

Dans une grotte secondaire de la plateforme aux Sacrements, Aelig se préparait pour l'autre cérémonie de la journée. Aidée d'Ebhlinn et de ses amies novices, elle défit à regret sa robe de guide. Elle avait à peine eu le temps d'en profiter. Elle observa avec émerveillement le velours brodé d'entrelacs dorés, la ceinture cousue à même le vêtement, le décolleté gansé de cuir blanc. Soudain, elle se sentit submergée par la fatigue et demanda à s'asseoir. Autour d'elle, toutes étaient aux petits soins, conscientes qu'une telle journée représentait de grands bouleversements pour cette jeune fille de dix-sept ans. On lui prépara une infusion d'herbes revigorantes. Quand elle se pencha sur le breuvage, la minuscule araignée surgit de sa chevelure, suspendue à un fil. Aelig, forcée de loucher pour la voir, sourit tendrement. Elle souffla sur son invitée qui, courroucée, remonta le fil à toute allure. Lorsqu'elle saisit délicatement la soie pour poser la créature sur sa main, celle-ci projeta ses crochets en avant. Quel caractère ! Aelig, conquise, lui proposa d'être son hôte pour la vie.

L'araignée resta de marbre. Serait-ce sa façon de dire oui ? La jeune femme l'espérait.

Sa mère la rappela à l'ordre, il était temps de se préparer. Elles s'installèrent à l'abri des regards dans un renfoncement de la paroi. Une novice lui frictionna le corps d'eau de rose, une autre lui baigna les pieds. À l'aide d'une poudre blanche, on lui dessina l'étoile-cœur sur le ventre, afin que l'astre veille sur sa féminité.

Sur un banc taillé dans la roche, une tenue simple et immaculée était déployée. Aelig soupira de déception en la découvrant. Devrait-elle se marier dans cette robe quelconque ? Sa mère n'accorda aucune attention à ses réserves et lui présenta d'autorité le vêtement. Dans l'ourlet des manches, elle glissa, à droite, une labradorite, pierre de protection, à gauche, un jaspe rouge, pierre de fertilité. Une jeune novice arrangea sa coiffure selon la tradition : une guirlande de jasmin posée sur le front. Quelques tresses de lierre aux poignets, un bouquet de pervenches en main, la mariée était prête.

Sa mère comme les novices changèrent de tenue elles aussi ; on rangea à la hâte les costumes de cérémonie dans une malle de cuir. Toutes se dirigèrent vers le ponton d'accueil de la plateforme, prêtes à vivre l'autre grâce de cette journée.

Urdighann, pour sa part, avait quitté les lieux depuis longtemps. Il ne devait en aucun cas voir sa promise avant la cérémonie et avait respecté la tradition à la lettre.

En chemin, des centaines de personnes rejoignirent le cortège de passerelles mené par Aelig. Tous laissèrent éclater leur joie au grand jour. Une future mariée pouvait être acclamée sans crainte, le Grand Ordre ne leur avait pas encore ôté cette réjouissance.

Anturia, tiers 2 de l'an 800

La passerelle s'étire longuement pour survoler la troisième révolution et ses milliers d'ateliers artisanaux. Logés sur une longue plateforme, ils s'étendent à perte de vue en formant un joli patchwork multicolore.

— Ça te dit, un petit shoot de parfum ?

La question m'intrigue, je n'ai pas le temps de répondre qu'Annabelle a déjà réduit la vitesse de la passerelle et guidé sa trajectoire au plus près du sol. Nous nous sommes tant approchées que nous voyons distinctement les artisans. Étonnés par ce genre de pilotage, ils nous saluent dans de grands éclats de rire.

— Comment t'as appris à faire ça ?

— Je fais des tests, et parfois, ça marche !

Devant une échoppe, un garçon me tend du mimosa. Je saisis la branche, surprise par ce cadeau. Comme je plonge mon visage dans les pompons jaunes, je suis toute barbouillée de pollen. Annabelle se moque de moi.

— Allez, on reprend de la hauteur, on a encore un peu de navigation avant d'atteindre la mer de roche.

— Elle se trouve là-bas, ta plateforme ?

— Oui, cachée au milieu des grands blocs.

— Quand même, quel drôle de nom… La plateforme du N'importe quoi !

— C'est un leurre.

— Ah bon ?

— Pour éviter les contrôles, ils ont créé une devanture factice, avec des babioles pour brouiller les pistes.

— C'est qui, « ils » ?

— La résistance.

Je me tourne vers elle, interloquée.

— Faut pas croire, nous ne sommes pas les seules à penser qu'Anturia n'a plus de sens.

— Ça alors ! La résistance… genre, avec des armes ?

Elle pouffe de rire.

— Genre avec beaucoup d'intelligence et de lumière.

— Pourquoi tu ne m'en as jamais parlé ?

— C'était trop tôt.

— Qu'est-ce qui a changé ?

— Tu me fais confiance, maintenant. Voilà ce qui a changé. Du coup, je te fais confiance aussi.

Comme quoi, j'ai bien fait de choisir de ne plus me cacher… Je retiens la leçon. Être authentique, ça paye. Une question me vient à l'esprit :

— Comment tu fais pour savoir tout ça, toi ?

— Disons que mon père est bien informé.

— C'est un résistant ?

— À sa façon, oui.

— Dingue !

— Là où je t'emmène, il y a des gens puissants qui détiennent beaucoup d'informations.

Bientôt la mer de roche se dresse devant nous, tel un rideau de plateformes si proches les unes des autres qu'on les croirait enchevêtrées.

— Tu vas faire comment pour naviguer dans cette masse ?

— En douceur. Tiens-toi bien quand même.

— Tu n'as pas peur de te perdre ?

Elle me regarde en fronçant les sourcils.

— Comment veux-tu qu'une passerelle se perde ?

— Ben… je sais pas.

— Chloé, je ne vais pas t'apprendre comment marchent les transports !

— Non.

— C'est ta peur qui te brouille le cerveau.

— C'est ça. Elle m'embrouille.

Le spectacle dressé juste devant nous vire au grandiose. Une muraille de plateformes en suspension semble nous barrer la route. La roche est partout, de haut en bas, comme sur les côtés. À perte de vue. La passerelle serpente au milieu des blocs de granit. De longues cascades s'écoulent sur leurs flancs, projetant des milliers de gouttes dans l'air. Nous évoluons dans un arc-en-ciel géant.

— Waouh…

Je me tourne et retourne sur la passerelle. Nous empruntons un passage très étroit, coincé entre les parois rocheuses. Les pans escarpés sont si rapprochés que je peux toucher les deux côtés en même temps.

— On peut s'arrêter ?

— Si tu veux.

Les bras en croix, chaque main posée sur la pierre, je sens les forces des deux plateformes se rencontrer en moi. Je ferme les yeux. Ça fait des tourbillons d'énergie juste sous mes côtes, j'en ai la chair de poule.

— Eh, Chloé, c'est pas le moment de nous faire une extase !

— Attends encore un peu.

— Pas question ! J'ai l'intention d'arriver à destination, cette fois.

Je fais un effort pour reprendre le contrôle, mais je sens bien que mes cellules ne rêvent que d'une chose : se mélanger à toute cette beauté.

— Allez, allez, on repart !

Nous poursuivons le chemin dans un dédale de roches et de végétation. Subitement, nous accostons sur une plateforme. Elle est apparue au tout dernier moment, je n'ai pas eu le temps d'anticiper la décélération et me cogne l'épaule sur un tronc d'arbre poussé juste à côté de ce qui pourrait ressembler à un ponton d'accueil : une étroite surface plane creusée dans la paroi. Je frotte ma blessure en grimaçant et m'apprête à suivre Annabelle lorsque je m'aperçois qu'elle marche droit vers un épais buisson d'épineux. Alors que j'essaie de la retenir, elle s'enfonce dans le branchage et disparaît. Je marque un temps d'arrêt.

— Annabelle ?

J'entends sa voix, juste derrière le feuillage :

— Viens !

— Mais…

— Allez, grouille !

Cette fille me rendra folle. Pourtant je la suis, parce que la folie, c'est amusant. Je prends une grande inspiration, ferme les yeux et me lance à sa suite. Lorsque je franchis la végétation, ça fait un plop ! dans mes oreilles. Un immense sourire lui barre le visage.

— Bienvenue sur la plateforme du N'importe quoi ! Viens !

Nous nous trouvons dans un petit espace sombre, bordé d'un épais feuillage. Elle m'entraîne sur la gauche. Je mets machinalement un bras devant mon visage pour me protéger des branches, je n'avais pas vu qu'un couloir se trouvait juste à côté de moi.

— Détends-toi…

Nous avançons dans un étroit corridor taillé dans le buisson, qui mène à un hall géant. Le folklore nous happe d'un coup, les stands croulent sous les objets mystérieux : des tambours, des carillons, des cristaux et mille autres choses que je n'arrive pas à identifier. Du plafond pendent des centaines de lanières multicolores. Je suis assaillie par le brouhaha – on sonne un gong, on frappe des cymbales, on chante – et par l'odeur d'encens qui me pique la gorge. Juste devant nous, une personne se tient debout dans un bol doré, les yeux fermés, pendant qu'une autre cogne le métal à l'aide d'un bâton de bois. Ça crée une vibration qui résonne dans tout mon squelette.

— C'est quoi, ce bazar ?

Les mots m'ont échappé.

— Bienvenue ! me lance une jeune femme à la chevelure bleue.

De ses mains couvertes de bijoux elle nous tend un plan et nous explique comment nous repérer. J'ai le plus grand mal à l'écouter. Je suis absorbée par sa tenue de velours carmin : une longue cape sur un justaucorps de la même couleur, serré à la taille par une ceinture de cuivre. Le tout lui donne l'air d'un pantin qu'on aurait un peu trop décoré.

— J'adore l'idée de trouver une solution à mes problèmes dans une fête foraine…

Annabelle affiche son air boudeur.

— Si tu veux trouver quelque chose ici, il va falloir retirer tes œillères.

— Reconnais que c'est farfelu, quand même !

— Oui, c'est farfelu, et je te rappelle que c'est fait exprès.

Elle m'emmène vers une zone de repos recouverte d'un tapis bleu nuit et de coussins bariolés. Nous nous installons confortablement.

— D'abord, écoute les précautions d'usage.

Son air penche vers le grave, ce qui me déconcerte un peu. Je connais son air sérieux, mais pas encore celui-là.

— Ici, on peut tout trouver : des sages, des charlatans, des commerçants et des dangereux.

— Des dangereux ?

— Certaines personnes aiment bien profiter des faiblesses des autres pour servir leurs intérêts.

— Tiens, c'est le sujet favori de mon père…

Elle ne relève pas ma remarque et poursuit :

— Ils t'embobinent avec de belles paroles et puis s'insinuent dans ta tête pour t'empêcher de réfléchir.

— Ils doivent avoir un sacré succès avec les Anturiens…

— C'est bien le problème, on nous apprend si peu à penser qu'on tombe dans le panneau comme des nigauds.

— Comment on évite de se faire piéger ?

— On doute. D'eux et de nous. On vérifie qu'on reste libre, en fait.

— Ça a l'air plus facile à dire qu'à faire, dis donc.

— C'est pas si compliqué si on réfléchit avec logique.

— Oh, moi, la logique…

— T'inquiète pas, je sais de qui me méfier.

— OK. Par quoi on commence ?

— Un truc rigolo, le palais des Croyances limitantes.

— Morte de rire !

— Arrête de faire ton intéressante !

— Pardon. J'arrête.

Elle m'emmène vers un stand fermé. Sur la porte noire est inscrit : « Ce qui existe peut être différent de ce que tu veux voir. Choisis tes lunettes ! » Nous entrons dans une salle obscure, où des rangées de sièges font face à un grand écran. Nous prenons place, Annabelle appuie sur un bouton rouge et me tend des lunettes. Une image s'affiche, couverte de multiples objets. Certains sont en relief, on les distingue très bien. Il y a des couteaux, des images d'agression, des pancartes d'interdiction et le mot « danger » inscrit un peu partout. Cette image m'angoisse, je respire un peu fort pour chasser cette sensation désagréable. Annabelle me tend de nouvelles lunettes. L'image ne change pas, mais d'autres objets et mots apparaissent à l'avant-plan : des cœurs, des bébés, des gens qui s'enlacent et le mot « amour » se dégagent nettement. Je respire beaucoup mieux. Tout s'éteint, de petites lumières au sol nous guident vers la sortie.

— Alors ?

— C'était vraiment la même image ?

— Exactement la même.

Elle a son petit air satisfait, celui qu'elle prend lorsqu'elle vient de me jouer un tour.

— Il n'y a que les lunettes qui changent ?

— C'est ça. Elles ont des filtres qui cachent une partie des objets.

— C'est dingue !

— Aucune paire de lunettes ne t'a laissée voir l'image en entier, en fait.

— Ça alors... Heureusement qu'on ne porte pas de lunettes, en vrai !

— Détrompe-toi.

— C'est-à-dire ?

— Les lunettes, ce sont nos croyances.

Je vois bien qu'elle a ménagé le suspense pour m'emmener à ce point-là, à ce qu'elle va me dire maintenant. Je l'écoute attentivement.

— Ton père, c'est l'exemple rêvé.

Mince, ça commence mal. Qu'est-ce que mon père vient faire dans cette histoire ?

— S'il est convaincu que le monde est dangereux, il va tout analyser selon cette croyance-là.

— Je confirme.

— Même s'il n'y a pas de danger, il va tellement en chercher que le moindre signe inquiétant prendra une importance démesurée.

— C'est ça, une broutille devient suspecte, avec lui. Il m'épuise…

— Ça marche même pour les choses idiotes : tu te teins les cheveux en vert et tu ne vois autour de toi que des filles aux cheveux verts.

Elle marque une pause, j'attends la suite.

— Il n'y a pas plus de filles aux cheveux verts qu'avant. C'est juste que, là, tu les vois.

Je réfléchis un moment.

— Tu crois que ça explique pourquoi je vois la beauté que d'autres ignorent ?

— C'est exactement ça ! dit-elle en frappant dans ses mains.

Parfois, je me demande si elle n'en fait pas un peu trop.

— Toi, tu as décidé de voir ce qui est beau là où les autres ne voient rien. Quand tu es devant une plateforme sauvage, tu n'es plus la même. Tu vibres. Tu oublies tout le reste.

— Pour une fois, j'ai bien choisi, alors…

— Choisir, c'est le plus important de l'expérience. Nous pouvons choisir nos lunettes.

— C'est puissant, ton truc…

Une ombre voile mes pensées.

— Tu crois que j'ai des lunettes de peur ?

— C'est bien possible.

— J'en étais sûre…

— Eh bien, tu les changes !

— Ben voyons !

— C'est peut-être pas aussi difficile que tu le penses…

Elle me prend le bras et m'attire un peu plus loin. Je lui demande où on va.

— À l'essentiel : au carré des Spiritualités.

— Dis donc, ils ne seraient pas justement là, les dangereux ?

— Non, pas plus qu'ailleurs.

Je lui emboîte le pas, mi-amusée, mi-inquiète. L'allée croule sous les objets et breloques en tout genre : attrape-rêves, pierres, planches anatomiques et autres livres très mystérieux. Ce méli-mélo respire le savoir comme le n'importe quoi. Alors que nous poursuivons notre chemin, l'ambiance se fait soudain plus sombre. De drôles de signes s'affichent sur les pancartes, les couleurs virent au rouge foncé, des voiles opaques masquent les stands.

— On est où, là ?

— Au carré des Divinations.

— Tu crois aux oracles, toi ?

— Pas sûr…

Elle réfléchit.

— J'ai essayé une fois, et j'ai été bluffée… Mais quelque chose m'empêche d'y croire complètement, je ne sais pas trop quoi. C'est pas assez rationnel.

— Toi, rationnelle ? Laisse-moi rire !

Elle boude. Il faut que je me rattrape.

— Moi, je pense plutôt que l'idée d'un avenir déjà écrit ne te convient pas.

— C'est pas faux.

Nous avons à peine le temps de débattre qu'une main surgit derrière un voile et m'agrippe en m'attirant à l'intérieur d'un stand. Annabelle s'engouffre avec moi dans l'espace minuscule et regarde la scène, médusée.

Une petite dame s'assoit face à nous et me scrute avec insistance. S'ensuit un long silence qui pèse lourd sur mes épaules, l'intervention musclée pour me faire entrer ne m'ayant pas mise en confiance. Pourtant, son visage doux ne semble pas bien menaçant. Elle croise les mains devant elle. L'attente, de je ne sais quoi d'ailleurs, me plonge dans l'angoisse. Je me tortille sur ma chaise en soupirant. Enfin, elle me dit d'une voix si basse que je dois faire un effort pour l'entendre :

— Écoutes-tu les messages ?

De quoi elle me parle ? Le silence s'étire. Longuement. Puis sa voix calme m'interroge à nouveau :

— Prêtes-tu attention à tes cauchemars ?

Là, ma gorge s'assèche d'un coup, mes mains deviennent moites. Je tente une œillade vers Annabelle, qui elle-même dévisage la femme avec stupéfaction. Pas la peine d'espérer son aide. La vieille dame ne m'a pas quittée du regard depuis qu'elle m'a fait entrer. Elle reprend la parole d'une voix ferme, quoi que non dépourvue de tendresse :

— Entends les messages !

Je n'ose pas lui répondre, elle me fait peur. Elle poursuit :

— Je vois un loup et une salamandre. Il y a autre chose, mais ça n'est pas suffisamment clair.

La seule évocation du loup me plonge dans une angoisse froide comme la glace. La salamandre ne me rassure pas beaucoup non plus. Elle le sent et me prend la main en ajoutant :

— Il est temps, Chloé.

Elle se lève, nous raccompagne vers l'allée et disparaît derrière le rideau, aussi vite qu'elle était apparue. Je m'écrie :

— Elle connaît mon prénom !

— Chut ! Moins fort ! me réprimande Annabelle en posant un doigt sur sa bouche.

Je baisse le ton.

— Tu la connais ?

— Non.

— T'as vu comme elle a bondi de son stand pour m'attraper ? Elle m'a fichu une de ces trouilles…

— À moi aussi !

— Là, j'ai trop peur. Tu veux pas qu'on rentre ?

— OK. C'est mieux.

Nous reprenons le chemin du retour. J'essaie non sans mal de cacher ma déception.

— Ça va, Chloé ?

— Je ne vois pas comment mes cauchemars vont résoudre mes problèmes de lignée…

— On va souffler un peu, après on y verra plus clair.

— Si tu le dis.

— Elle a vu un loup, quand même. Et une salamandre, comme à l'entrée de la bibliothèque et comme sur ton carnet de pensées lumineuses. Ça ne peut pas être une coïncidence.

— C'est bien ce qui m'inquiète.

Je repense alors aux lunettes. Je peux choisir mes lunettes.

Voilà, à ce stade, ce que je retiens de cette journée. Pour le reste, on verra plus tard.

Dans le reste, justement, il y a cette cage… Une fois arrivée chez moi, je me couche et sens sa présence derrière la paroi de bois. Les barreaux de métal envoient des lames d'énergie négative jusque dans ma chambre. J'essaie de m'interdire de penser aux détails logistiques : comment vais-je nourrir cette louve ? Un instant, j'imagine la laisser mourir de faim. Quelle horreur, cette pensée ! Dormir à côté d'une bête agonisante ? Très peu pour moi. Et puis mon père l'aura vite remplacée, de toute façon.

Je tourne en rond.

En découvrant ce que sont les croyances limitantes, je pense avoir fait un grand bond en avant dans ma vie.

Je sens que cette note et celle sur la peur sont au cœur de mes problèmes (ou plutôt de leur résolution*!).

Du coup, je me suis appliquée pour écrire de manière organisée et ne rien oublier.

Tout d'abord, la croyance est un jugement, une idée ou un concept que je crois être vrai. Par exemple : les filles préfèrent jouer à la poupée.

Ce jugement n'est en fait pas partagé par tous. Moi, par exemple, je n'ai jamais aimé jouer à la poupée. Pourtant, au nom d'une généralité, la majorité pense qu'il s'agit d'une vérité.

Je touche là un point important : ce n'est pas vraiment moi qui le crois, c'est plutôt ceux qui m'entourent : ma famille, mes amis, ou même la société.

En fait, j'ai accepté et intégré cette idée sans me poser trop de questions.

Mais cette idée modifie ma perception. Je l'ai bien compris aujourd'hui sur la plateforme du N'importe quoi, elle agit comme des lunettes qui ne me laissent voir qu'une partie de la réalité.

C'est pour ça qu'on l'appelle « croyance limitante » : elle rétrécit ma perception (et mes idées).

Bon... Croire que les filles préfèrent jouer à la poupée, c'est réducteur, mais ça ne fait pas grand mal. (Quoique ! Petite, je me suis sentie différente, voire anormale, puisque je n'aimais pas les jeux de filles.)

Le problème survient plutôt lorsque cette croyance est négative.

En réfléchissant, j'en ai trouvé des tonnes : la vie est dure ; le bonheur n'est pas à portée de main ; les filles sont des chochottes ; les garçons ne pleurent pas ; c'est trop beau pour être vrai...

La liste est longue ! La plupart d'entre elles sont même devenues des expressions (comme ça, on y croit plus fort).

Le vrai souci, c'est que certaines croyances négatives sont non seulement limitantes, mais carrément toxiques.

Comment les repérer ?

- Elles font du mal.

Par exemple, mon père m'a toujours dit que j'étais nulle. À force, je l'ai cru et je suis devenue une personne craintive qui cherche à cacher à tous qu'elle est une incapable.

• Elles empêchent d'être soi-même.

J'ai longtemps cru que je ne pouvais rien faire d'autre de ma vie que poursuivre la lignée des loups. Dans mon horizon, il n'y avait que des dangers et ce sentiment affreux de ne pas être à la hauteur pour les affronter. Rien d'autre.

Le gros challenge, c'est de s'en débarrasser.

Comment faire ? Voici ce que m'a expliqué Annabelle sur le chemin du retour :

1. Ouvrir les yeux

— Savoir, c'est pouvoir changer. (Ça a l'air tout bête, mais si je ne connais pas mes croyances limitantes, je ne risque pas de les dégommer !)

— Pour m'aider à savoir, je peux être curieuse et ouverte à ce qui est différent, pour constater que des choses qui me semblent normales ne le sont pas pour tous.

— Je peux aussi écouter les autres.

2. Douter

— Si quelqu'un a un point de vue différent du mien, je ne cherche pas à avoir raison ou à lui donner raison.

— Je mets en doute ce que je pense ET AUSSI ce que pense l'autre.

— Je compare les deux.

3. Choisir

— Je cherche à trouver ce qui est juste pour moi dans nos deux points de vue, c'est-à-dire ce qui me convient (souvent quelque chose à mi-chemin).

— Si possible, je me base sur des faits et pas sur des jugements.

— Je choisis d'en faire une nouvelle vérité pour moi.

J'ai tenté l'exercice sur la devise de ma famille : « Anturia est dangereuse, il faut se préparer. »

1. C'est bien une croyance : on me l'a transmise dès le plus jeune âge comme une vérité (que je n'ai jamais eu le droit de contester). Cette vérité gouverne (et limite) nos vies : tout, dans notre quotidien, est organisé pour servir cette despote.

2. Cette croyance n'est pas partagée : Annabelle et Raphaël ne comprennent pas où est le danger.

3. Alors… Cette croyance est-elle vraie ? (Oh, la question qui tue !) Si je réfléchis un peu, qu'est-ce qui me semble juste ? Pour moi, Anturia est magnifique ! Elle ne me parle pas, leur notion de danger !
La seule personne dangereuse que j'aie jamais rencontrée dans ma courte vie est… mon père. À part lui, les gens qui m'entourent sont plutôt inoffensifs.

Alors, qu'est-ce que je choisis de croire ?

Que c'est une croyance limitante-super-toxique-totalement-à-côté-de-la-plaque.

Voilà.
Si seulement je pouvais expliquer ça à mon père.

* Je me rends compte à quel point Annabelle avait raison de me bassiner avec la pensée positive : je n'utilise jamais les bons mots !

Anturia, du temps d'Oisin

Aelig n'aurait pu imaginer que son mariage prendrait une telle tournure.

Le cortège cheminait en direction de la première révolution, pour rejoindre le lieu dédié aux cérémonies d'union. Arrivés les premiers, Aelig et ses parents se dirigèrent vers le ponton d'accueil principal, les convives accostèrent sur une presqu'île attenante faisant office de plateforme-relais, avec ses multiples embarcadères.

Le site était conçu selon une forme concentrique. La plateforme, parfaitement circulaire, était bordée de rangées d'ifs qu'il fallait traverser pour accéder à une vaste clairière. Au centre, un cercle de mégalithes en protégeait un second, bien plus petit, composé de pierres rondes posées au sol et surmontées d'un chapiteau de guirlandes fleuries. À sa droite s'élevait un chêne majestueux. Le lieu était empreint d'une grande sérénité, dans son alternance d'herbe verte et de roches brutes. Pour les mariés, on avait créé deux chemins d'accès : l'un de pétales de roses, l'autre de cailloux blancs.

Aelig, arrivée au bord de la clairière, vérifia le bon ajustement de sa tenue. Elle devait enrouler la ceinture de velours vert deux fois autour de sa taille, puis la nouer sur le côté en laissant pendre l'extrémité brodée de spirales dorées. Celles-ci représentaient la rotation sans fin d'Anturia et le bonheur éternel des époux. La jeune femme ne regrettait plus son costume d'intronisation, qui était plutôt austère. La robe traditionnelle que lui avait commandée sa mère était seyante, à défaut d'être ostentatoire. Taillée dans un tissu blanc plissé, elle soulignait élégamment ses formes. Fendue haut sur la jambe, elle s'ouvrait à chaque pas. Son décolleté rond gansé de fil d'or terminait sa course juste au-dessus du sternum, s'ouvrant suffisamment bas pour que l'on devine la naissance de ses seins. Aelig se sentait incroyablement belle dans ce vêtement.

Elle se tourna vers son père qui, d'un clin d'œil, l'encouragea à avancer. Impatiente de retrouver son amoureux, elle marchait le pas léger. Un tremblement parcourut son corps lorsqu'elle franchit le premier cercle de pierres. L'énergie dégagée par les mégalithes était si puissante qu'elle la percevait jusque dans ses os. Elle s'arrêta pour respirer calmement, rassembler son aura toute dispersée, puis reprit le chemin.

Urdighann, quant à lui, était nerveux. Il n'avait pas encore vu Aelig et s'inquiétait pour elle. Le Grand Ordre venait de créer une milice des mœurs pour traquer les pratiques ancestrales. Elle rôdait sur les révolutions, à l'affût des comportements suspects. Dans ce contexte, le jeune homme aurait préféré une union discrète, en famille… Il poussa un soupir de soulagement lorsqu'il entrevit sa belle fouler le chemin de roses. Elle lui fit l'effet d'une apparition, avançant pieds nus, la silhouette ceinte d'un halo de lumière. Elle aurait eu tout d'une fée si ce n'était cette cuisse qui, à chaque pas, surgissait de la robe et lui donnait une allure follement érotique. En cet instant, Urdighann aurait pu l'étreindre comme s'agenouiller à ses pieds ; il s'était habitué au doux paradoxe de l'aimer avec déférence ou déchaînement sensoriel. Pour son plus grand bonheur, sa bien-aimée accueillait ses deux registres amoureux avec autant d'enthousiasme.

Le cœur d'Aelig battait à tout rompre, son amoureux était magnifique dans sa tenue traditionnelle de marié. Une longue écharpe de tartan s'enroulait autour de son buste, traversait une boucle d'étain au niveau de l'épaule et terminait sa course attachée à un bracelet du poignet opposé. Un simple pagne de la même étoffe lui enserrait les hanches. Autant de peau découverte ne laissait pas la jeune femme de marbre, elle avait hâte de s'approcher.

Ils s'avancèrent de concert, chacun sur son chemin, à elle les roses, à lui les cailloux blancs. La foule, massée entre les pierres monumentales, les observait à distance en chantant des mélodies d'amour. Aelig recevait cette célébration avec émotion, quelques larmes perlaient sur ses joues de nacre. Quand elle arriva sous le chapiteau, un frisson lui chatouilla les reins lorsque Urdighann lui glissa à l'oreille le nom d'amour inventé pour elle : « ma lumineuse ». Il posa délicatement la main sur son ventre, elle lui répondit d'un sourire tendre, leur enfant à venir était leur secret bien gardé.

Ebhlinn perçut le geste discret de son gendre, mais ne s'en réjouit pas. Son petit-fils lui était apparu dans un songe noir et alarmant. Depuis quelques mois, les mauvais présages assaillaient ses nuits. Elle appela une fois encore la protection des esprits, puis chassa ses sombres pensées d'un revers de la main.

L'officiant tendit au jeune couple une branche de gui fraîchement prélevée sur le chêne. Il les invita à la séparer en deux moitiés, qu'ils devraient plonger dans une coupe d'eau de source. Il entonna une incantation appelant la roche, l'eau, les végétaux et les étoiles à reconnaître et à fortifier leur amour. Ce chant constituait la première étape du sacrement. Il remit ensuite la coupe aux prétendants qui, l'un après l'autre, burent le breuvage sacré pour sceller leur union. Ils se firent face en se dévorant des yeux. Ils étaient heureux, ils étaient époux. Lorsque Urdighann embrassa fougueusement sa femme, la joie éclata de toutes parts dans l'assemblée. On criait, on sifflait en tapant des pieds pour donner le signal aux cornemuses, qui ne tardèrent pas à jouer les airs traditionnels des deux clans. Le marié lança la farandole, entraînant Aelig dans son sillage, qui saisit de justesse le bras de son père. Les convives sautillaient sur place dans l'attente d'une main tendue pour rejoindre la danse. La liesse s'était installée en quelques instants, électrisée par le besoin d'oublier les ombres qui avaient envahi Anturia.

Accaparés par la fête, ils ne comprirent pas tout de suite qu'un danger les menaçait. La chaîne des danseurs s'était pourtant déjà rompue, des cris de panique se détachaient des chants d'allégresse, la confusion gagnait peu à peu l'assemblée. Aelig, la gorge serrée par l'angoisse, interrompit sa course. Urdighann et son père, surpris et essoufflés, la protégèrent des bousculades. Les milices du Grand Ordre avaient envahi la prairie et frappaient ceux qui leur barraient le chemin. Les hommes vêtus de noir vociféraient des menaces tout en brandissant leur épée. La panique était à son comble sur les pontons d'accueil, submergés de personnes en fuite. Les chefs de clan tentaient en vain de calmer la foule, mais les récentes menaces de mort, proférées lors de rassemblements politiques, avaient coulé une peur sans fond dans l'âme des Anturiens. L'officiant exhortait Aelig et Urdighann à s'enfuir. Un regard lourd et triste leur suffit à accorder leur position : ils résisteraient dignement, ensemble. La jeune épouse porta la main à son ventre pour enrober son enfant dans un cocon lumineux, puis s'avança vers l'homme qui semblait être à la tête des miliciens. Il la toisa longuement avant de lui déclarer que les unions barbares étaient désormais interdites sur Anturia.

Aelig reçut l'injure comme on prend une gifle et dut retenir de toutes ses forces Urdighann, prêt à en découdre. L'homme poursuivit d'un ton menaçant :

— Qui est le maître de cérémonie ?

L'officiant se présenta, l'air défiant ; sa gorge fut tranchée sur-le-champ.

Aelig sentit la main de sa mère serrer son épaule, lui intimant de ne pas bouger. Saisis d'effroi, ils n'osaient même plus respirer. Le milicien s'approcha, tout en pointant son épée dans leur direction.

— Vous aurez compris que vos rites de sauvages n'ont plus leur place ici.

Il rassembla ses troupes et donna l'ordre du départ. Aelig s'agenouilla pour bercer le corps de celui qui les avait mariés. Ebhlinn observait avec désolation le sang se répandre sur la robe immaculée de sa fille, exacte réplique d'une vision qui lui était apparue lors d'un dialogue avec les esprits des ancêtres. L'engrenage était en marche, les ténèbres s'emparaient d'Anturia. Elle se concentra pour reprendre contenance. Cennmhar, son mari, perçut son trouble et la serra contre lui. Il avait compris depuis longtemps qu'elle lui cachait des choses. Il savait désormais pourquoi.

Aelig, sous le choc, réalisait combien sa mère avait eu raison de lui imposer une tenue sans référence à leur lignée. Cette précaution, comme tant d'autres, les avait sauvées. Ebhlinn aurait-elle eu des visions d'avenir ? Elle agissait de façon si surprenante depuis plusieurs mois… Elle avait par exemple exigé des maîtres du noviciat qu'ils rassemblent leurs plus précieux savoirs. Ensuite, elle avait inventé un moyen pour sauvegarder les informations, et obtenu la coopération de la roche pour servir de réservoir à données. La roche n'était pas facile à convaincre, Ebhlinn était très fière de cette négociation réussie, qui en annonçait une autre : les maîtres de la *lignée des Esprits* devaient désormais accepter de décrire les étapes de l'initiation des novices. Cette instruction étant par essence secrète et dédiée aux élus, consigner sa description représentait un sacrilège. Parvenue à ses fins après d'âpres débats, Ebhlinn leur avait montré comment encapsuler des données dans la roche.

Elle avait aussi accepté de mettre un terme anticipé à sa mission de guide.

Elle avait enfin donné des instructions claires à sa fille pour cacher le collier de pouvoir…

La logique de tout cela avait échappé à Aelig. Aujourd'hui, elle comprenait.

Anturia, tiers 2 de l'an 800

Raphaël est un cœur. Il sait que j'adore les virées en pleine nature et nous inscrit à toutes les sorties pour découvrir Anturia. En amoureux des grands espaces, monsieur Griot aime partager son savoir avec ceux d'entre nous qui sont prêts à tenter l'aventure sauvage en dehors du temps réglementaire lycéen. Nous sommes un groupe fidèle de cinq étudiants.

Pour Raphaël, c'est le moyen de prolonger les moments avec moi et, surtout, d'en voler à Annabelle. J'ai bien compris son manège et le laisse faire. Ses petites jalousies me font craquer. Enfin… Je ne sais pas trop si craquer est le bon terme, mais je n'en ai pas d'autre qui me vient à l'esprit. C'est à la fois joyeux et émouvant qu'il puisse faire autant d'efforts pour être avec moi. J'ai un pincement au cœur dès la fin des cours, lorsque je me demande s'il a manigancé une nouvelle surprise. S'il est simplement concentré, ou paraît s'ennuyer, je sais que rien n'est prévu. S'il a son sourire en coin ou son air satisfait, c'est bon signe ! Des centaines de petites bulles de joie éclatent sous mon crâne. J'essaie de deviner la destination (ce qui ne sert à rien du tout, puisque l'enseignant cherche chaque fois à nous surprendre) et m'envole dans mes rêveries anturiennes.

Ce matin, je n'ai aucun doute, l'après-midi sera sous le signe de la découverte. C'est chouette. Je vais pouvoir oublier que, dans quarante jours, ma louve sera livrée.

À l'heure du déjeuner, nous rejoignons le point de rendez-vous. Cette fois, je n'en reviens pas : nous allons visiter une plateforme maudite. Monsieur Griot frappe de plus en plus fort. Aucun enseignant n'est censé nous montrer de tels endroits. D'ailleurs, personne ne devrait s'y rendre. Pourquoi nous emmène-t-il dans des lieux interdits ? Les autorités du lycée sont-elles au courant de nos sorties ? Ces questions me laissent perplexe, juste avant qu'une autre, plus dérangeante, ne pointe le bout de son nez : serait-il en train de nous tester ? Puisqu'il le fait avec sa fille, pourquoi pas avec nous ? Décidément, mon intuition me demande de me méfier de lui. Il a ce regard en coin, cette façon de nous observer qui me met mal à l'aise. J'en ai parlé à Raphaël, qui, évidemment, a bien ri.

— Chloé, t'es encore partie dans tes pensées !

— Désolée.

— Mouais…

Je lui lance mon regard spécial pardon : moitié enjôleur, moitié repentant, mais du fond du cœur.

— OK, miss lumineuse. Je capitule quand tu me souris comme ça.

Voilà, la petite tempête est passée. On va pouvoir reprendre le fil des consignes, ce qui n'est pas une mauvaise idée car le professeur nous fixe d'un œil noir.

— Monsieur, on va être maudits, après ?

C'est Ronald qui a lancé cette bêtise. Il a le chic pour poser les questions idiotes, qui ne semblent pas tellement idiotes pour les autres, si j'en crois les mines inquiètes qu'ils affichent. Monsieur Griot botte en touche.

— Celle-ci a été déclarée maudite par erreur. Il s'agit d'une simple plateforme sauvage.

Ronald insiste :

— Pourquoi vous nous y emmenez, alors ?

— Parce qu'on y trouve une plaine de type unique sur Anturia.

Raphaël me chuchote à l'oreille :

— Si c'est pas du bullshit, comme réponse !

— Vous avez des commentaires à faire, Raphaël ?

— Non, m'sieur.

— Alors, cap sur Ancestria. Deux par deux, le ponton d'accueil n'est pas assez large pour vous accueillir tous en même temps.

Nous nous élançons à sa suite, en formation triangulaire parfaite, comme il nous l'a appris, sur le schéma des vols d'oiseaux. Raphaël m'a placée devant lui pour que je profite au mieux du voyage. C'est assez magique, de ne pas m'inquiéter de la passerelle : j'ai l'esprit libre pour ne pas perdre une seule miette du paysage. Nous voyageons si haut que l'on peut voir la première révolution tout entière : elle forme une grande courbe qui part de l'étoile-cœur et se termine sur l'anneau périphérique. Elle est plus longue que les deux autres, et plus clairsemée, aussi. La deuxième est bien plus dense, surtout au niveau des quartiers d'affaires et des secteurs artisanaux. À cette distance, je suis rassurée qu'on ne puisse pas voir les détails des löcelles, car nous ne tarderons pas à survoler la mienne. J'aurais trop honte qu'on découvre la cage. Quand je pense à l'énergie folle que dépense mon père à se cacher, je me dis qu'il doit être vraiment motivé pour prendre le risque d'afficher cette chose au grand jour. Heureusement, les survols de la première révolution sont assez rares, surtout près de chez nous, proche de l'anneau. Ici, il n'y a rien d'autre que la nature ou le monde maudit. Qui n'intéressent personne, à part moi et ce groupe restreint, fidèles aux sorties de notre professeur d'univers.

Nous venons de dépasser les dernières löcelles et entrons dans les rangs serrés des plateformes sauvages. Elles sont toutes différentes : certaines sont boisées, d'autres pelées, ou marécageuses, ou recouvertes de prairies bien grasses… J'en repère une qui me semble fonctionner bizarrement : elle est entourée d'un anneau d'eau. Je la pointe du doigt. Tout le groupe se penche sur les garde-corps pour l'observer.

— M'sieur ! Comment on fait pour accoster sur celle-là ?

— On ne peut pas. De très forts courants circulaires propulsent plusieurs rivières autour du socle de roche. Il n'y a pas de ponton d'accueil.

— On n'a qu'à sauter !

Ronald est en forme, aujourd'hui. Il a décidé de nous prouver qu'il existe, je sens qu'il va m'énerver. Je ne dois pas être la seule à être exaspérée car le professeur se moque de lui, suivi de près par les rires narquois du groupe.

— Si vous réchappez de la noyade, ce dont je doute, vous m'expliquerez comment vous ferez pour repartir sans ponton ni amarre ! Branchez votre cerveau, Ronald… Branchez !

Voilà une réplique bien placée qui devrait assurer notre tranquillité pour un moment. Moi, je trouve très beau qu'un lieu soit impénétrable. Ça me rappelle que nous ne sommes pas le centre de l'univers et j'en suis comme… soulagée. Je reprends ma juste place, et ma famille avec moi. Être le sujet de toutes les attentes de ma lignée est un poids bien trop lourd à porter.

Soudain, surgit juste devant nous une plateforme unique. Sa base très fine s'étale à perte de vue. On perçoit en son centre un autre socle, bien plus massif, couvert d'un bois. Cet endroit n'est pas sauvage, j'en suis certaine. Mes heures d'observation d'Anturia me permettent de distinguer la qualité des roches sans me tromper. Il ne me faut pas longtemps pour comprendre que celle-ci est pour moitié composée d'une roche sauvage, celle qui se trouve en dessous du bois. Le reste est une agglomération de löcelles. Tiens… Je n'ose pas demander des explications. Fidèle à ma devise, je me tais. Monsieur Griot ne dit rien non plus.

Nous accostons dans le calme, malgré l'allure à laquelle nous avons cheminé. Le ponton d'accueil n'est pas plus grand que celui d'une löcelle, ce qui confirme mon hypothèse. Le sol n'est pas composé de terre et d'herbe, comme on pourrait le croire au premier regard, mais d'un maillage serré de plantes rampantes posées directement sur la roche. Je gratte le sol pour vérifier et sens mon ongle crisser sur la pierre, juste sous la fine couche d'humus. Cette fois, je n'ai plus aucun doute sur la nature de cet endroit : il s'agit bien de löcelles, tenues entre elles par la végétation.

Nous marchons en file indienne jusqu'aux premiers arbres. De nombreuses questions m'assaillent : se pourrait-il que des Anturiens aient vécu collés à des espaces naturels ? Une roche sauvage peut-elle engendrer une löcelle ? Comment est-ce possible ? Mes hypothèses s'emmêlent et se contredisent toutes. Une seule conviction surnage dans mon agitation mentale : cette plateforme n'est pas maudite par hasard, quoi que prétende le professeur. Il y a ici une ambiance chargée de souffrance que je ne sais expliquer. Elle traverse mon corps et m'empêche de respirer normalement.

Lorsque nous atteignons la forêt, l'atmosphère change radicalement. Les oiseaux chantent et les branches craquent sous nos pieds. Je retrouve les sensations normales des balades en plein nature, ainsi qu'un souffle plus apaisé. Comme d'habitude, monsieur Griot nous laisse quartier libre pour découvrir les lieux par nous-mêmes. Nous pourrons lui poser nos questions lors du trajet retour.

— Mademoiselle préfère la plaine ou le bois ? me demande Raphaël sur un ton chevaleresque.

— La plaine !

— Prenez mon bras, je vous prie, l'endroit pourrait être mal famé.

J'accepte avec plaisir, j'aime bien qu'il mette en scène nos conversations.

— Je serai princesse aux pieds nus, si vous n'y voyez pas d'inconvénient !

— Très chère, je connais vos petites excentricités. Faites comme bon vous semble.

Il s'agenouille pour ôter mes chaussures, j'éclate de rire, un peu trop fort, pour masquer ma gêne. Sa façon de prendre ma cheville dans sa main… est… je ne saurais dire. Elle produit en moi une sorte d'éclair qui brûle tout sur son passage.

Nous marchons bras dessus, bras dessous. Les lianes dures massent la plante de mes pieds, c'est agréable mais ça ne chasse pas mon angoisse. Le bord de la plateforme n'est pas loin, je propose à Raphaël d'aller nous y asseoir. Un pan de roche dénudé et poli par l'érosion nous offre une banquette parfaite, avec vue sur un monde en trois couches : une ligne vert et gris de plateformes, coincée entre le bleu du ciel, en haut et en bas. Au-delà, le Grand Néant nous menace de son noir profond.

L'ancrage s'installe en moi ; il n'a pas mis longtemps, quelques minutes à peine. Je ferme les yeux pour en profiter. Je sens une énergie familière se dégager de la roche. Elle remonte le long de ma colonne vertébrale, puis m'enveloppe. Je me lève d'un bond : serait-ce la vibration du mort dans la löcelle juste en dessous ? Raphaël me lance un coup d'œil intrigué.

— Qu'est-ce que t'as ?

— Rien ! J'ai cru voir une bestiole.

Je me rassois, peu rassurée. La sensation recommence aussitôt. Propulsée par je ne sais quelle force, je me lève à nouveau, puis cherche l'alvéole. Je tourne et vire pour deviner les contours de la löcelle et, par déduction, trouver son centre.

— Qu'est-ce que tu fais ?

— Je cherche l'entrée.

— L'entrée de quoi ?

— De l'alvéole.

— Qu'est-ce que tu racontes !

— Nous sommes assis sur une löcelle. T'avais pas compris ?

Il me regarde avec stupéfaction, observe la plaine et hausse les épaules.

— Des löcelles ? Qu'est-ce qui te fait dire ça ?

J'ignore ses remarques. Je gratte, j'arrache les lianes du sol, je nettoie la roche du plat de la main pour déceler une entrée.

— Arrête !

J'aimerais bien lui répondre, mais je suis guidée par une force plus grande que moi. Je dois trouver, je n'ai pas d'autre issue. Enfin, je découvre le voile de roche.

— J'en étais sûre !

Raphaël s'approche, l'air circonspect.

— Ben ça alors ! Qu'est-ce qu'elle fiche là ?

Je m'assois un moment pour réfléchir. En toute logique, il y a un corps à l'intérieur. Ce qui est moins logique, c'est que je ressens le besoin d'ouvrir cette cavité. Pourquoi ? La question s'évapore aussi vite qu'elle m'est venue à l'esprit. Cette alvéole m'appelle, son énergie m'attire. Je pose la main juste au-dessus, pour voir ce qui se passe.

— Tu fais quoi, là ?

Je rapproche ma main de plus en plus près de la surface.

— Chloé, arrête !

Il me prend par les épaules et me secoue. Je suis moi aussi aux prises avec mes questions et ne trouve rien à lui répondre.

— Hé, oh ! Tu délires ?

Comme je ne lui réponds toujours pas, il s'assombrit.

— Faut partir d'ici. Tu dérailles !

Je me dégage de son emprise et appuie sur le voile. Il se rétracte brusquement et libère d'un coup une odeur de renfermé. Raphaël hurle :

— Bordel, laisse cette tombe tranquille !

— Regarde, elle est vide !

Il pousse un soupir de soulagement.

— M'enfin, c'est quoi, cette idée ? T'as perdu la tête !

Je crois qu'il n'est pas au bout de ses surprises, parce que cette tombe, justement, j'ai bien l'intention d'y entrer. Je me glisse à l'intérieur, les pieds en premier. Raphaël cache son visage dans ses mains.

— Ah, c'est dégueu ! Chloé, remonte !

— Arrête de paniquer. Je vais juste voir, et je reviens.

— Si Griot rapplique, on est foutus.

— Il ne saura rien, t'inquiète.

Je sais que tout va bien se passer. C'est un peu comme si j'y voyais clair, comme si je savais tout de la vie et de l'univers. Une puissance illimitée s'est emparée de moi. Raphaël, lui, est mort d'inquiétude. Il fait le guet dans une telle agitation qu'il pourrait bien nous faire repérer. Je dois me dépêcher.

Je m'enfonce un peu plus profondément dans l'alvéole. Une forte odeur de roche sèche emplit mes narines. De loin, j'entends Raphaël :

— Violation de sépulture, ça vaut cher !

Plus tard, je lui expliquerai que nos alvéoles sont plus que des tombes. Pour l'heure, je suis trop bien pour lui répondre. La forme dans la roche épouse à la perfection les contours de mon corps. Je suis installée en position fœtale, le dos lové contre la cavité principale, les genoux repliés sur mon ventre. J'ai à peine la place de loger mes coudes dans les deux petites cavités sur le côté. Je retrouve les sensations de mon alvéole. Exactement les mêmes, ainsi qu'une parfaite sérénité. J'explore de la main la paroi juste au-dessus de moi. Mes doigts s'arrêtent sur une forme gravée dans la roche. Je vois mal, seule une faible lueur parvient de l'extérieur. Je ferme les yeux pour me concentrer et suis du doigt les contours creux. Une salamandre est gravée dans la paroi ! Les paroles de la vieille femme me reviennent en tête. Cette fois, je ne peux plus me voiler la face : on cherche à me transmettre des messages. On m'a poussée à entrer dans cette alvéole pour que j'y trouve cette gravure.

J'entends au loin Raphaël chuchoter :

— Surtout ne bouge pas et ne dis rien !

La pénombre s'installe. J'imagine qu'il a dû recouvrir l'entrée de la cavité avec les lianes que j'avais arrachées. Quelqu'un doit l'avoir rejoint. Dans le noir, je caresse les contours de la salamandre. Que veut-on me dire ?

— Chloé, si tu sors pas de là immédiatement, je te préviens, je te laisse toute seule.

— OK, j'arrive !

Je déplie mes jambes et pousse sur mes pieds pour me dégager. Ça me fait l'effet d'une naissance, la tête en premier pour sortir, puis le reste du corps. En prenant appui sur mes mains pour dégager mes épaules, je sens une forme sous ma paume. Je l'emporte dans mon poing fermé.

— Plus jamais tu me fais un plan pareil ! Qui a dû embrouiller ce fouineur de Ronald ? Hein ?

J'ouvre le poing et découvre un collier de grosses pierres rouges. Le serti de métal est un peu rouillé.

— C'est quoi, ça ?

— Je ne sais pas.

— Pose ça tout de suite ! Ça appartient au mort.

— T'es superstitieux, maintenant ?

— Tu deviens complètement folle.

— Il y a des messages pour moi dans cette alvéole.

— C'est bien ce que je dis !

— Raph, il y a une salamandre gravée sur la paroi.

— Ah ! Encore des salamandres…

— L'alvéole m'a appelée.

— N'importe quoi !

— Oui.

Il ferme les yeux et prend une grande inspiration pour se calmer. Là, je l'énerve vraiment.

— Repose ce collier !

— T'inquiète, son propriétaire est d'accord.

— T'es devenue folle, je te le dis !

— Oui.

— Chloé, t'arrête avec tes « oui » ! C'est pas des vrais « oui ». Tu les utilises pour couper court à la conversation.

— OK.

Il hausse les sourcils et soupire d'exaspération.

— Bon… tu me fais voir ?

Ce qu'il y a de bien, avec Raphaël, c'est qu'il n'est jamais fâché très longtemps. Je déroule le collier, les pierres sont lourdes et poussiéreuses, je les nettoie sur ma manche. Un éclat rouge vif accroche la lumière et se diffuse tout autour de ma main. Il me lance un regard inquiet.

— Cache-le vite !

Je l'enfonce dans la poche de mon pantalon, qui est large, c'est bien. Le bijou passera inaperçu.

— Allez, on s'en va. On doit être en retard, comme la dernière fois.

Nous nous dépêchons de rejoindre les autres, qui nous attendent. Monsieur Griot ne dit pas un mot, il me scrute de haut en bas. Pourrait-il avoir deviné ? Il me fait sursauter lorsqu'il me lance d'un ton de reproche :

— Où êtes-vous allée pour être autant en retard ? Ronald m'a dit que vous n'étiez pas avec Raphaël.

— Je… je me suis promenée dans le bois.

— J'avais donné la consigne de ne pas vous séparer !

— Je suis désolée, j'avais envie d'être seule. Raphaël n'y est pour rien.

— Encore une incartade et je vous interdis de sortie, c'est bien clair ?

— Très clair, monsieur.

— Tous en route, je ne veux pas vous voir traîner !

Raphaël jette un coup d'œil haineux à Ronald. Je le tire par le bras pour qu'il l'oublie et lui chuchote à l'oreille :

— Pardon pour les problèmes… Mais n'en rajoute pas en t'énervant contre ce crétin.

C'est notre tour de nous élancer pour rentrer chez nous.

— Je te dépose chez toi ?

Comme je ne veux pas qu'il puisse voir la cage, je lui réponds sur le ton le plus naturel possible :

— Non, plutôt le lycée, j'ai oublié mon carnet.

— Ah oui, le fameux carnet ! Avec la fameuse salamandre et le fameux collier, maintenant. On ne s'ennuie pas, avec toi.

En chemin, je sens les pierres dégager une forte chaleur au contact de ma cuisse. Un doute me traverse l'esprit : j'espère que j'avais bien le droit de l'emporter…

La roche connaît la mémoire cellulaire.
Elle protège ses secrets
pour les chercheurs d'or.

Anturia, du temps d'Oisin

Le Grand Ordre dominait désormais l'ensemble de la troisième révolution. Grisé par cet accès inespéré au pouvoir, le mouvement avait choisi la violence extrême pour s'imposer partout ailleurs. Il laissa peu d'alternatives aux chefs de clan en place : adhérer ou mourir. L'assassinat du très respecté guide de la *lignée du Pouvoir* signa l'emprise totale du mouvement sur Anturia. Les habitants découvrirent avec effroi que leurs voisins, manipulés par un gouvernement malveillant, pouvaient devenir des êtres brutaux et assoiffés de toute-puissance. Jamais un tel désordre n'avait affecté leur monde, les Anturiens n'étaient pas préparés à résister. Ils erraient, hébétés.

La prise de pouvoir avait été relativement aisée. Il s'avérait bien plus complexe de mobiliser le peuple autour d'un nouvel idéal. Les croyances et les rites en place tissaient un maillage très résistant aux changements en cours. La *lignée des Esprits* bénéficiait de la protection d'un peuple qui tenait à préserver son lien avec l'invisible.

De fait, le Grand Ordre redoublait d'intrigues et d'opérations spectaculaires pour mettre fin à ce pouvoir subtil. Il semait la terreur en multipliant les exécutions. La population avait été particulièrement choquée par le meurtre d'une maîtresse respectée du noviciat. Elle avait été attachée à une chaise, puis jetée dans la rivière, charge aux esprits de lui venir en aide, s'ils existaient. Les esprits ne vinrent pas, la population ne sut qu'en penser. Comme son mari fut presque simultanément soumis à l'écartèlement, on ne songea plus qu'au danger.

Sur Anturia, les ténèbres régnaient en maître.

Anturia, tiers 2 de l'an 800

Mon incursion sur la plateforme du N'importe quoi ne cesse de produire ses effets : je suis submergée de signes. Après la salamandre, la löcelle inconnue et le collier, un horrible cauchemar s'est invité à la fête. Il a dû se dire que la p'tite Chloé avait besoin d'une visite de courtoisie. À trente jours de son anniv, c'était une bonne idée.

Dans ce rêve affreux, je venais tout juste de rentrer sur ma löcelle lorsqu'une gigantesque libellule, aussi grande que moi, m'a attaquée. Elle s'est cabrée sur ses pattes arrière, la bouche grande ouverte. Elle n'en finissait pas, cette bouche de lames tranchantes et de mèches velues. Lorsqu'elle m'a mordu le bras, j'ai hurlé tant la douleur était insoutenable. Elle enfonçait ses mandibules dans ma chair tout en me fixant de ses yeux globuleux. Je ne sais pas ce qui m'horrifiait le plus : qu'elle plante son regard dans le mien ou creuse dans mon muscle. J'ai tenté de l'éloigner en lui donnant des coups de pied, mais ses pattes toutes fines, aussi dures que l'acier, semblaient verrouillées au sol. En tapant du poing sur sa tête, j'ai obtenu qu'elle desserre son emprise et recule un peu. Elle s'est alors déployée sur toute sa hauteur. Le face-à-face était terrifiant. Elle inclinait la tête à gauche et à droite, battant l'air de ses ailes immenses. Pétrifiée, je n'arrivais pas à bouger. Elle a pris son élan dans un mouvement de balancier, puis s'est jetée sur moi en mordant ma main jusqu'à l'os. En tentant de tordre son antenne pour la repousser, je me suis profondément entaillé la paume.

C'est à ce moment-là, tandis que je regarde ma main ensanglantée, que je me réveille, paniquée et peinant à reprendre mon souffle. Je me lève d'un bond, saisie d'une colère noire : aux loups faudrait-il ajouter de nouveaux cauchemars ? Je m'emporte et fulmine, je maudis cette femme d'avoir ouvert la porte des rêves en moi et peste contre Annabelle de m'avoir emmenée dans cet endroit de malheur.

Elle dure des heures, cette colère. Je ressasse en long, en large et en travers le même problème, les mêmes idées noires.

Puis, voyant que ces ruminations ne me mènent nulle part, je me ressaisis.

— Bon, Chloé, tu ferais mieux de changer de registre.

— OK, Chloé.

— Si tu pensais positif, ça donnerait quoi ?

— Je me concentrerais sur agir plutôt que m'énerver.

— OK. Agir, ça donnerait quoi ?

— Je pourrais commencer par suivre les instructions de cette voyante. Quitte à cauchemarder, autant que ça soit utile !

— Elle t'a demandé quoi, déjà ?
— D'entendre les messages.
— Tu ferais comment ?
— Je ne sais pas, mais je vais trouver.
Parfois, une conversation avec moi-même s'impose.

Anturia, tiers 2 de l'an 800

Ce matin, je file rejoindre Annabelle.

— J'ai un cauchemar à décoder.

— Déjà ?

— Ça n'a pas traîné !

— Ça alors…

— Elle nous a fait peur, mais elle a peut-être vu juste.

— Raconte !

— Une libellule géante m'a attaquée et m'a mordu le bras et la main.

— Pas de loup ?

— Non.

— Où étais-tu ?

— Sur mon ponton. Je rentrais de quelque part, je ne me souviens pas d'où.

— La peur d'être attaquée par un animal, c'est banal, pour toi. On ne va pas aller bien loin avec ça…

— Carrément.

— Mais si la voyante t'a dit d'entendre les messages, alors il y a autre chose.

— Il y a toujours des choses derrière les choses, c'est toi qui me l'as appris.

Annabelle suit le fil de sa pensée.

— Il nous faudrait trouver la symbolique de la libellule.

— Et de la morsure, aussi…Tu connais quelqu'un qui pourrait nous aider ?

— Quelqu'un non… mais la bibliothèque que je fréquente doit bien avoir quelques livres sur le sujet.

— Oh non, pas la Banshee !

— T'inquiète, je sais lui répondre.

— Vas-y seule, c'est mieux.

— Non, tu viens avec moi.

— Suis morte de trouille !

— Eh bien, ça ne te changera pas beaucoup.

— Oh la peste !

— Si tu ne viens pas, je te dirai pas ce que j'ai trouvé dans les livres de philosophie.

— J'avais complètement oublié cette histoire. C'est honteux, de faire du chantage à une amie !

— J'assume, répond-elle en clignant de l'œil.

— Allez, tu as gagné, comme toujours… Mais tu me fais la leçon de philo en chemin.

— D'accord.

Sa passerelle est déjà prête à nous emmener… Je pense jalouser ma vie entière sa capacité à la déclencher instantanément.

— C'est reparti pour la mer de roche !

— Encore ?

— La plupart des choses intéressantes se passent là-bas, tu sais. Les services d'ordre n'aiment pas beaucoup s'y risquer…

— Jusqu'à ce qu'ils changent d'avis ! Ils ne sont pas idiots, tout de même.

— C'est clair. Bon, je te parle de philosophie ?

— Puisque tu en meurs d'envie.

Elle inspire bruyamment pour garder son calme.

— Pour être honnête, je n'ai pas tout compris. Je vais avoir besoin de relire plusieurs fois les textes.

— Quand je pense que j'ai accepté d'affronter une Banshee pour ce genre d'information, je ne suis pas déçue.

— Ouh, tu m'énerves ! Je n'ai pas tout saisi, mais je SAIS maintenant ce qu'est la philosophie.

— C'est un bon début.

— Chloé, tu arrêtes tout de suite tes sarcasmes !

Je n'ai jamais vraiment cherché de noises à Annabelle. Mon petit doigt me dit que je devrais renoncer à l'idée.

— Pardon… je suis tendue en ce moment, tu le sais bien.

— Grrrr !

— Je t'écoute.

— OK… La philosophie, c'est la quête de la sagesse.

— Rien que ça ?

— C'est pas dingue ? Non seulement des gens ont réfléchi au sujet, mais en plus ils en ont fait des livres.

— Qui remplissent d'immenses bibliothèques.

— Il n'a pas toujours été interdit de penser, sur Anturia.

— Dément. Qu'est-ce qui a pu se passer pour qu'on en soit là ?

— Des choses vraiment pas belles, à mon avis… Qu'on cache sous une couche bien épaisse de tabous et d'interdits…

— Tu vas peut-être me trouver idiote, mais je ne suis pas sûre de savoir ce qu'est la sagesse.

— Moi non plus. J'ai saisi qu'il s'agit de penser et de se comporter avec justesse et discernement, pour soi et pour les autres.

— La justesse… Ça me parle ! Tu crois que ça rend heureux ?

— Aucune idée.

— Parce que si ça rend heureux, moi, je veux apprendre.

— Eh bien, moi, je veux apprendre, quel que soit le résultat.

Comme le mur de roche se dresse déjà devant nous, nous reportons cette discussion à plus tard.

Anturia, du temps d'Oisin

Aelig ne pensait pas que sa vie pourrait basculer en un jour.

Pour l'heure, elle se trouvait sur une plateforme éloignée, concentrée sur sa cueillette d'herbes médicinales. Privée du moyen de consigner ses savoirs, elle avait mémorisé les familles énergétiques et leur forme. Posséder son carnet de recettes sur elle la mettrait en grand danger. L'objet la désignerait comme membre de la *lignée des Esprits.* Par prudence, elle l'avait caché au fond de son alvéole. Pour fournir un alibi crédible en cas de fouille, elle arrangeait ses herbes en bouquet et ajoutait des fruits et des baies à sa récolte.

Elle ramassait des herbes, donc, quand une angoisse la saisit. Elle scruta les alentours; tout semblait normal. Pourtant, l'anxiété lui tenaillait le ventre. Les sens en alerte, elle déposa son panier et courut en direction du ponton d'accueil. Haletante, elle traversa la forêt en essayant de chasser le funeste pressentiment qui accaparait ses pensées. Bientôt, d'horribles cris envahirent son esprit. Les hurlements de douleur devinrent si insoutenables qu'Aelig se mit à errer au hasard, saisie par la panique. Elle trébuchait sur les branches et s'écorchait le visage sur les épineux. Désorientée, harcelée par les cris, elle courait à en perdre haleine lorsqu'elle chuta de tout son poids contre une souche. Blessée à la cheville, le visage en sang, elle fit un effort démesuré pour retrouver son calme. Penser à son enfant l'aida. Elle l'enveloppa d'une bulle de lumière et fit de même pour elle, puis reprit son chemin.

Approchant du ponton, elle tenta de matérialiser sa passerelle, sans succès. La panique revint en force. Dans ses pensées, un silence macabre avait remplacé les cris. Elle ne put davantage retenir ses sanglots. Exprimer son émotion lui permit de retrouver son aplomb. Cette fois, son moyen de transport répondit à l'appel.

Alors elle sut.

Sa passerelle était ballottée de gauche et de droite par une force si puissante que les accroches menaçaient à tout instant de rompre. Ses mouvements chaotiques créaient un vacarme à peine supportable, le fracas des lattes de bois entrechoquées s'ajoutait au raffut des garde-corps hurlant sous la torsion.

Prise d'un vertige, Aelig dut s'asseoir. Face à elle, la passerelle, déformée par d'invisibles forces, poursuivait sa danse lugubre. Un immense désespoir la submergea, elle comprit l'impensable : ses proches avaient perdu la vie.

Lorsque la mort avait emporté ses parents, leurs löcelles avaient dématérialisé leurs ponts fixes, livrant celle d'Aelig à l'attraction du vide. Sa roche filait à vive allure vers le Grand Néant, percutant tout ce qui se trouvait sur son passage. La passerelle de la jeune femme, dans ses mouvements désordonnés, tentait d'en comprendre la trajectoire pour la rejoindre et accoster.

Hagarde, Aelig s'apprêtait à l'emprunter quand une louve fonça vers elle et lui barra le chemin. Très menaçante, elle grondait tout en retroussant les babines si haut que ses crocs paraissaient démesurés. Aelig recula, impressionnée par cette hostilité. Pourquoi l'animal cherchait-il à l'effrayer ? Elle tenta une approche en douceur, tendant la main et courbant l'échine en signe de soumission. La bête gronda plus fort encore. Une nouvelle vague de désolation s'empara d'Aelig. Les larmes coulaient à flots sur ses joues, elle n'osait plus bouger. Pourtant, agir était indispensable. Pour savoir, mais aussi pour tenter d'enrayer la course folle de sa löcelle, avant qu'elle ne soit happée par le Grand Néant. Si elle ne pouvait plus espérer retrouver ses parents vivants, peut-être trouverait-elle Urdighann ? Peut-être avait-il sciemment retiré leur pont d'amour pour se protéger ? Ce mince espoir lui donna le courage d'affronter tout le reste.

Dans un élan déterminé, elle se dressa de toute sa hauteur face à la louve et lui intima l'ordre de la laisser passer. La bête gronda de plus belle. Aelig avança un pas après l'autre, l'index pointé sur son museau. Elle avait déployé devant elle un grand rideau magnétique et espérait qu'il suffirait à la protéger de l'animal. Elle était presque arrivée à sa hauteur lorsqu'elle sentit une présence dans son dos. L'esprit embrouillé par l'angoisse, elle ne sut déceler s'il s'agissait d'une menace ou d'une aide. Elle lança un coup d'œil furtif par-dessus son épaule, mais ne vit rien. Elle sentait cependant une énergie la traverser pour gagner la louve. Cette dernière gémit, bouscula Aelig à son passage, puis s'enfuit.

La jeune fille se retourna, scruta le ponton, et décela un contour ovale en sur-épaisseur dans son champ de vision. L'effet était saisissant : une forme transparente aux bords opaques se détachait du décor, comme si la réalité était désassemblée en feuillets juxtaposés. La guide rassembla ses esprits. Elle avait le sentiment de connaître l'entité devant elle. Son intuition la plongea dans les souvenirs de son intronisation, lorsque les quatre éléments s'étaient manifestés. L'air ! Elle était en présence de l'esprit de l'air ! Il était son allié, elle ne l'avait pas oublié. Une douce brise l'enveloppa pour lui signifier qu'elle ne s'était pas trompée.

Elle tendit les bras et se sentit accueillie avec tant d'amour qu'elle perdit toute contenance. Les larmes jaillirent de son cœur. Cette étreinte lui permit de reprendre ses forces et de recevoir une information rassurante : sa löcelle serait sauvée du Grand Néant. Dans son esprit s'était matérialisée l'image de sa roche, encastrée dans une plateforme sauvage. Elle remercia l'apparition d'une révérence, la main posée sur le cœur, puis entreprit le voyage le plus douloureux de sa vie.

Anturia, tiers 2 de l'an 800

Nous cheminons dans les blocs de granit en suspension, jusqu'à la plateforme du N'importe quoi.

— Elle se trouve là, ta bibliothèque ?

— Oui et non, me répond Annabelle. Cette plateforme est un leurre, tu t'en souviens ? Des passages secrets permettent d'accéder à d'autres endroits, hors de la portée du gouvernement.

Nous traversons le hall et ses stands de babioles. Après avoir longé le carré des Divinations, nous accédons à un cul-de-sac de forme circulaire, aménagé en aire de repos. Le sol est couvert de matelas moelleux. Une myriade d'orchidées décorent le mur. Le lieu est si calme que je m'y reposerais bien un peu.

Annabelle vérifie que nous sommes seules avant de marcher droit devant elle. Elle va encore me faire le coup de disparaître !

— Viens ! me chuchote-t-elle.

En la suivant, je constate que les pots de fleurs donnent l'illusion d'être accrochés à un mur, alors qu'ils sont suspendus en rangées juxtaposées. Comme un mille-feuille. En quelques pas, nous sommes plongées dans un dédale de couleurs. Bouche bée, j'admire les hampes chargées de fleurs grandes comme ma main. Le parfum suave m'envoûte. J'improvise une petite danse.

— Chloé, avance !

Cernée de fleurs, je suis complètement désorientée et dois me fier à la voix d'Annabelle pour me repérer.

Nous accédons à une sorte de belvédère suspendu au-dessus du vide. Mon amie tape trois fois par terre ; un pont se matérialise devant nous. Elle s'y engage avec détermination. Un mauvais pressentiment me gagne. Si j'en étais capable, je ferais demi-tour. Je perçois une présence lourde et poisseuse.

— Annabelle, fichons le camp tout de suite !

Elle murmure de ne pas m'inquiéter. Pourtant, je suis terrifiée. Quelque chose s'insinue en moi, je le sens. Par réflexe, je déploie une barrière de protection autour de nous. Quelle barrière, je ne saurais dire. Cette idée ne m'avait jamais effleurée auparavant. Je souffle dans une bulle de lumière dorée jusqu'à ce qu'elle soit suffisamment grande pour nous englober. Ça me rassure un peu.

Annabelle avance, je suis bien obligée de la suivre. Pour rien au monde je ne resterais seule dans cet endroit.

Soudain, une porte surgit face à nous, gardée par une créature sinistre. Elle a la forme d'une femme, mais en mode transparent. Il est assez difficile de savoir où elle commence et où elle finit, dans cette brume grisâtre qui l'entoure. De son visage, on ne distingue pas grand-chose, à part des yeux cernés de noir. Il se dégage d'elle un je-ne-sais-quoi très menaçant. C'est la Banshee.

Mon amie s'agenouille devant elle, mais la chose se concentre sur moi. Son regard chargé de colère m'horrifie. Elle s'approche. Je regrette amèrement de ne pas avoir demandé quoi faire, parce qu'elle n'attend rien d'Annabelle, c'est évident. Laquelle comprend que les choses dérapent et, dans sa panique, anticipe la procédure, si on peut l'appeler comme ça. Elle donne une réponse que la Banshee n'a pas sollicitée.

— Savoir pour être libre, lui dit-elle.

La créature se retourne vers elle en poussant un cri perçant, un cri qu'on voudrait ne jamais entendre, du genre qui vous glace les os. Je sais, ce n'est pas ça l'expression, c'est pourtant bien ce que je ressens. J'ai si froid que je claque des dents. Il suffirait de peu pour que je me fissure de haut en bas.

La Banshee glisse vers moi. J'ai tellement peur que je tremble comme une feuille. C'est alors qu'arrive en moi, sortie de nulle part, l'extase. Comme sur le pont, mais sans la joie. Une vague d'énergie qui grandit, agite mes cellules dans tous les sens, sort de mon corps et se fond dans la matière tout autour.

La créature recule. Elle me fixe en sifflant bizarrement. Mes cellules continuent à se répandre sans que je puisse rien y faire. Elles s'allient avec la roche et la végétation pour vibrer, et cette vibration ne semble pas plaire à la gardienne des lieux. Elle recule encore, puis m'indique de franchir la porte. Je ne suis pas sûre qu'il soit prudent d'accepter, mais que faire d'autre ? Elle insiste, montre la porte et nous donne l'ordre de passer. D'un geste de la main, Annabelle me demande d'obtempérer, puis entre la première. Je rassemble mon courage et la suis. Au moment où je franchis le seuil, la Banshee murmure :

— Tu es celle d'après…

Je n'ai pas le temps d'entendre la suite, je file en vitesse et n'ose pas lever les yeux vers elle. La lourde porte se ferme avec fracas derrière moi.

Nous nous jetons dans les bras l'une de l'autre.

— Je suis désolée, Chloé ! D'habitude, c'est tellement différent !

— D'habitude, je ne suis pas là.

Nous reprenons chacune notre souffle.

— Annabelle, il y a un truc en moi qui me dépasse et je ne sais pas ce que c'est.

— Ce n'est pas un petit truc, Chloé… Ça a le pouvoir de faire reculer une Banshee.

À ce moment-là, je me dis que les loups ne sont peut-être pas la pire des malédictions qui soit tombée sur moi. De manière plus pragmatique, je redoute d'avoir à faire le chemin en sens inverse pour sortir.

Annabelle doit entendre mes pensées car elle ajoute :

— Tu feras ce que tu as fait pour entrer, et ça va marcher.

Elle pose sur moi un regard étrange, mêlé de surprise et de respect. Un regard que je ne connais pas, qui me met mal à l'aise. Elle sent mon inconfort et pousse la double porte battante devant elle. Je préfère ne pas lui révéler que la Banshee m'a parlé.

La salle dans laquelle nous venons d'entrer est belle à couper le souffle. Tout n'est que contraste entre le clair et l'obscur. Le bois ciré côtoie le bronze, des liseuses percent la pénombre de leur halo doré. Le plafond en voûte étoilée couvre sur des dizaines de mètres un gigantesque labyrinthe. Chaque allée est bordée de bibliothèques croulant sous les volumes anciens aux couvertures de cuir craquelé. Certains ouvrages sont rangés en pile et reliés par de simples cordes.

Annabelle s'est vite remise de ses émotions. Son goût du savoir éclipse tout le reste ; la Banshee ne change rien à l'affaire. Ce qui n'est pas mon cas : je suis sur mes gardes et ne parviens pas à me détendre.

— Dis… on va vraiment entrer dans cette chose ?

— Oui, pourquoi ?

— On ne va pas se perdre ?

— T'inquiète pas. Je connais cet endroit comme ma poche.

— Bon, de toute façon, on n'a pas fait tout ce chemin pour s'arrêter devant l'entrée.

— Voilà. Et puis j'adore cette bibliothèque, j'ai trop envie de te la montrer.

— C'est une bonne raison, ça.

— La meilleure !

— Pourquoi ils ont créé un labyrinthe ?

— Cette bibliothèque nous rappelle que l'on peut se perdre dans notre quête de savoir. N'oublions pas que le chemin est une leçon en soi, plus encore que la connaissance elle-même.

— D'où tu sors ça ?

— Quelqu'un a écrit cette phrase dans le livre d'or à l'entrée. Je l'ai trouvée tellement géniale que je l'ai apprise par cœur.

— Parce que tu as lu ce livre ?

— Chloé, si des gens prennent la peine d'écrire leur avis, c'est qu'ils souhaitent être lus ! Je m'en sers pour choisir mes lectures.

Annabelle a le chic pour voir plus loin que le bout de son nez. Ça m'épate.

— Bienvenue dans la bibliothèque des spiritualités anciennes.

— Donc, il existe des savoirs d'avant le Grand Ordre.

— Un puits sans fond.

— Remarque, c'est rassurant, parce que ça ne vole pas bien haut, à notre époque.

— C'est carrément ras les pâquerettes, comme dirait ma grand-mère.

— Voire en dessous.

Nous moquer d'Anturia, c'est notre marotte, on rigole comme des gamines. Et comme rire me détend, je me sens bien mieux.

— Dis donc, on doit atteindre le summum de l'interdit, ici !

— D'où la Banshee…

— D'où la Banshee.

Nous franchissons donc ensemble les portes de l'ésotérisme. L'ambiance est assez impressionnante, nous nous enfonçons dans un dédale d'armoires si hautes qu'on ne perçoit plus le jour. Annabelle me montre une rangée dans laquelle les livres côtoient des bocaux aux contenus bizarres.

— Là, c'est la travée de la sorcellerie et des potions.

Mon air apeuré la fait pouffer de rire.

— Pas de quoi paniquer, la plupart sont des remèdes.

— Remarque, un puissant philtre d'amour serait peut-être une solution à mes problèmes paternels !

— Je note que tu as enlevé tes œillères.

Je ne juge pas utile de me défendre, elle a raison.

— Bon, mon cauchemar, on s'y colle ?

Elle fronce les sourcils pour réfléchir.

— Si mes souvenirs sont bons, c'est au fond à droite, pour l'interprétation des rêves.

— En fait, ici, c'est chez toi !

— J'y passe pas mal d'heures…

— Je me demandais… est-ce que tu comprends tout ce que tu lis ?

— Bien sûr que non ! Mais je vois vite si ça m'intéresse assez pour que j'aie envie de me prendre la tête.

— Je ne sais pas comment tu fais pour passer ta vie à lire. Moi, j'ai besoin d'espace, de respirer, de courir !

— Je veux tout apprendre ! Tout connaître ! J'en peux plus, de toute cette ignorance sur Anturia. Chaque jour je remercie l'univers de m'avoir donné l'opportunité d'aller bien au-delà du contenu de nos cours.

— C'est sûr que le contenu de nos cours est assez… affligeant.

— Heureusement que mon père est là !

— Il t'apprend quoi, en fait ?

— Tout… comment penser et réfléchir. Construire une argumentation. Connaître et utiliser des mots précis. Tout.

— Il te donne des leçons, le soir ?

— En journée aussi. Parfois il m'invite au cours particulier de Thibault. Lui, il le voit tout le temps.

— Pourquoi est-il prof d'univers ? C'est plutôt un penseur, non ?

— Ha ha ! Un cours de pensée au lycée, laisse-moi rire !

— T'as raison.

— De toute façon, une roche noire ne pourrait pas enseigner ce genre de discipline. S'il existait, le poste serait trop prestigieux.

— J'avais oublié ce détail…

— De taille, le détail !

— Rien ne va, dans notre belle galaxie, lui dis-je en posant ma tête sur son épaule.

— Bon, on s'occupe de cette libellule ?

— Allez !

Elle ne s'est pas trompée, nous sommes devant le bon rayon.

— Je me souviens, il y avait un grand livre sur les rêves…

Elle cherche en époussetant la tranche des ouvrages, ça fait voler des petits nuages de poussière à son passage.

— Le voilà !

Elle tire une tablette cachée entre les rayonnages et me demande de l'aide pour porter le volume.

— Suis pas sûre de trouver dans l'index le thème « attaque par morsure d'insecte géant ».

— Autant chercher une aiguille dans une botte de foin…

À ce stade, je n'ai plus vraiment envie qu'elle trouve. J'ai eu ma dose de découvertes, ces dernières semaines. J'aimerais bien prendre congé de ma vie, juste le temps de récupérer un peu. Annabelle parcourt le sommaire lorsqu'un raclement de gorge nous fait sursauter.

— Si je puis me permettre, mesdemoiselles…

Un garçon se tient face à nous. Il est bien dans le ton de la bibliothèque, tout en clair-obscur, avec sa tenue noire et son visage pâle comme l'albâtre.

— … vous devriez plutôt chercher du côté de la symbolique animale.

Il a manifestement écouté notre conversation, ce qui ne semble pas le moins du monde gêner Annabelle. Moi, ça m'inquiète, je préfère garder mes distances.

— Salut, moi, c'est Annabelle, et elle, c'est Chloé.

— Bonjour ! Je suis Théodore. Je lisais dans la travée parallèle, pardon, j'ai entendu votre discussion.

— On parlait trop fort, désolée.

En guise de réponse, il lui offre un sourire renversant. Il est vraiment très beau, ce Théodore, ses yeux noirs lui mangent le visage, avec leur forme d'amande ourlée de cils épais. Je vois qu'Annabelle est toute retournée. Il ne manquait plus que ça ! J'ai des choses à trouver, moi. Je m'apprête à chercher seule, quand Annabelle poursuit, d'une voix mal assurée :

— Tu… tu parlais de symbolique animale ?

Re-sourire. Ces deux-là se plaisent vraiment beaucoup, je sens que je vais bientôt tenir la chandelle, comme dirait Mamie Rose.

— Le livre que vous consultez vous dira comment interpréter la morsure. Celui dont je vous parle vous donnera le message de l'insecte auquel vous avez rêvé.

— C'est le message que nous cherchons !

— Alors, suivez-moi.

Nous lui emboîtons le pas ; Annabelle m'adresse un clin d'œil complice.

— Toutes ces étagères sont dédiées à nos anciennes croyances. À l'époque, on pensait qu'il y avait un esprit pour chaque espèce sur Anturia.

Plus tard, si j'ai le courage de ré-affronter la Banshee, je prendrai le temps de chercher des informations sur la lignée des loups. Aujourd'hui, je m'en tiens aux libellules.

Nous n'avons aucun mal à trouver les pages qui leur sont dédiées. Alors que Théodore lit à voix haute, mon ventre se noue.

— La libellule est l'esprit de la transformation. Cette créature évolue du monde aquatique vers le monde aérien. Elle appelle à se métamorphoser pour réaliser son potentiel. Elle alerte celui qui, bloqué dans sa chrysalide, vit de sa propre illusion, ou d'une tromperie entretenue par quelqu'un d'autre, et lui recommande de modifier sa vision du monde.

Tous deux me dévisagent avec insistance. Moi, j'ai beau me concentrer, le sens des phrases m'échappe.

— Tu peux relire, s'il te plaît ?

Théodore lit plus lentement ; je ne comprends pas mieux. Repliée sur moi-même, je sens que la phrase fait mouche. Je le sens. Pourtant, quelque chose bloque. Annabelle le devine.

— Lis toi-même à voix haute, ça va peut-être t'aider.

Je m'assois et prends le livre. Une fois posés sur le papier, les mots retrouvent un peu de leur puissance. La page, la marge, ça aide. Je lis et relis, la voix tremblante.

— Ça va, Chloé ?

— Non ! Je n'y comprends rien !

Ils rient tous les deux.

— En tout cas, ces mots t'ont fait de l'effet.

— C'est bizarre… je sens qu'ils sont importants, mais…

Théodore me donne sa version :

— À mon avis, on te demande de t'épanouir. Pour déployer tes ailes et aller dans le monde aérien.

Il marque une pause, nous l'écoutons religieusement.

— Après, on te met en garde contre quelque chose qui t'en empêche et te bloque dans ta chrysalide. Une fausse idée que tu as sur la vie, par exemple, ou qu'on t'a transmise. Il est écrit qu'il y a « tromperie ».

Je fronce les sourcils. Une tromperie ?

— Enfin, on te dit qu'en modifiant cette fausse idée, tu pourras te réaliser.

Parfois, on tombe sur des gens comme ça qui, en quelques mots, éclairent des pans entiers de votre vie.

— Comment tu fais pour expliquer aussi bien ce texte ?

— C'est mon rayon, l'interprétation !

Annabelle ajoute :

— Si on revient à ton rêve, la libellule te mord pour te forcer à te réveiller. Y' a urgence.

Théodore se tourne vers elle, l'air surpris.

— On est deux à savoir interpréter, ici !

— Ça tombe bien, car on en a toute une liste, de choses à décoder.

Tout à coup, je ne suis plus vraiment avec eux. Je les entends parler de très loin. Je pense à la chrysalide, cette image sonne tellement juste ! Je suis à l'étroit, enfermée dans une coque dont je n'arrive pas à m'extraire, dans une vie qui ne me ressemble pas. Alors m'apparaît une évidence : ma chrysalide, c'est la lignée des loups. Ça me fait l'effet d'une grande claque. Et si on me mentait ?

Que faut-il connaître ? Telle est
la question du novice.

Anturia, du temps d'Oisin

Aelig se cramponnait de toutes ses forces aux garde-corps pour ne pas tomber dans le vide. Elle devait rejoindre sa löcelle au plus vite et, si possible, trouver le moyen d'en freiner la course : sa roche était attirée avec une telle force vers l'anneau périphérique qu'elle brisait tout sur son passage. Un instant, elle eut peur qu'elle ne force le passage jusqu'au Grand Néant. Si tel était le cas, sa base jumelle serait perdue à jamais. Qu'adviendrait-il d'elle-même ? Et, surtout, qu'adviendrait-il de son enfant ? Cette pensée la fit trembler de la tête aux pieds.

Un étrange ballet s'était lancé : la passerelle tentait de rejoindre la löcelle en reproduisant sa trajectoire à l'identique. Aelig subissait leur danse telle une poupée de chiffon, malmenée par les brusques changements d'angle, la tête ballotée d'un côté puis de l'autre. Entre deux secousses, elle scrutait l'horizon, inquiète de ne pas apercevoir sa roche. Les mains meurtries par les frottements du câble sur ses paumes, elle ne pouvait tenir plus longtemps et coinça le garde-corps au creux de ses coudes pour raffermir sa prise. Lorsque ses jambes firent de même avec les câbles de protection transversaux, les soubresauts devinrent plus supportables.

Lorsqu'elle l'aperçut enfin, sa löcelle percuta de plein fouet la paroi abrupte d'une plateforme sauvage, rebondit et continua sa course folle. En écho à l'impact, la passerelle décéléra brutalement, projetant violemment Aelig en avant, puis en arrière. Le souffle coupé, elle ferma les yeux pour ne pas lâcher le garde-corps. Les blocs de granit avaient explosé en centaines d'éclats coupants comme le verre ; l'un d'eux entailla profondément sa cuisse. Bien que sous le choc, la jeune fille eut la présence d'esprit d'accélérer l'allure de sa passerelle pour s'approcher au plus près de sa roche. Arrivée à son niveau, elle devait réaliser l'alignement adéquat avec le ponton d'accueil pour accoster. Quand enfin elles trouvèrent l'angle parfait, les accroches s'emboîtèrent en gémissant sous la contrainte. La passerelle se raidit, tendue entre son point de départ – la plateforme sauvage de laquelle Aelig était partie – et la löcelle. Tout se figea, elle avait réussi.

Tremblante et essoufflée, elle eut à peine le temps de poser le pied à terre qu'elle fut doublée par la löcelle de sa mère. Les restes des ponts familiaux pendaient sous sa base. Aelig déglutit pour dénouer sa gorge. Le temps lui était compté, elle devait réfléchir vite. Elle tenta, sans succès, de recréer un pont fixe maternel. Malheureusement, ce lien parfaitement naturel ne pouvait être matérialisé par la pensée. Elle n'avait d'autre choix que d'utiliser sa passerelle à elle pour accoster. Celle-là même qui, arrimée à la plateforme de départ, lui garantissait la stabilité.

Elle la décrocha sans hésiter pour pouvoir la lancer vers le ponton maternel. La première tentative fut la bonne, la vitesse décrut progressivement, un équilibre précaire s'instaura entre leurs deux roches rassemblées. La bouche sèche, Aelig vérifia d'abord l'état de la minuscule löcelle de son fils, poussée sur le contour de la sienne. Par chance, elle était intacte. La jeune femme se pencha en avant et posa les mains sur ses genoux pour reprendre son souffle. Elle se dirigea ensuite chez sa mère. En pénétrant dans la bâtisse, elle trouva l'alvéole grande ouverte, mais vide. Elle sortit, contourna les murs, et fut saisie d'horreur.

Le corps de sa mère, allongé par terre et transpercé d'une lame, recouvrait partiellement celui de son père. Elle se jeta à genoux pour la prendre dans ses bras. Son visage ensanglanté laissait deviner deux profondes entailles, une lettre sur chaque joue : GO. Aelig serra le buste de sa mère contre son cœur. Elle ne parvint ni à crier ni même à pleurer. Son père gisait au sol, la gorge tranchée, le visage défiguré par les initiales du Grand Ordre. Ses yeux encore ouverts étaient figés dans une expression terrifiée. En relevant la tête, Aelig vit au loin d'autres löcelles à la dérive foncer dans leur direction. Le choc serait inévitable.

Le chaos avait envahi la première révolution.

Elle traîna sa mère vers la bâtisse et tenta de la glisser dans son alvéole. D'ordinaire, ces gestes mortuaires étaient effectués à plusieurs, elle eut bien des difficultés à les exécuter seule. Le corps était si lourd qu'il lui fallut plusieurs tentatives pour le loger dans la cavité. Elle respecta au mieux la position requise, la face vers le ciel et le dos collé à la paroi, eut à peine le temps de baiser sa main que le voile se referma dans un craquement sinistre.

La sombre besogne n'était pas terminée : elle devait désormais trouver une sépulture pour son père. Sa roche ayant disparu, que pouvait-elle faire de lui ? Elle devait agir vite avant de prochaines collisions. Elle pensa un instant laisser son corps dans la bâtisse, puis se ravisa à l'idée de l'abandonner ainsi, exposé à l'air libre et livré au regard de quiconque réussirait à entrer. Un rapide coup d'œil lui confirma que l'impact avec d'autres löcelles était imminent. Prise par le temps, elle se résigna, le cœur lourd, à le projeter dans le vide. Elle lui demanda pardon, posa un baiser sur son front et poussa son corps de toutes ses forces pour le faire basculer par-dessus bord. Une fraction de seconde plus tard, une énorme déflagration se produisit, Aelig fut projetée en arrière et glissa sur le dos jusqu'à buter sur les restes d'un ponton qui lui labourèrent le bras. Elle s'y agrippa de toutes ses forces pour éviter de tomber dans le vide. L'énergie libérée par la collision avait propulsé à toute vitesse ces löcelles enchevêtrées vers le flanc d'une grande plateforme, qu'elles percutèrent dans un fracas assourdissant de roches écrasées. Le choc jeta le corps d'Aelig, tel un fétu de paille, sur un sol jonché de lianes.

Alors, tout devint immobile.

Anturia, tiers 2 de l'an 800

J'ai de plus en plus de mal à me concentrer en classe. Mon mental est chahuté par de multiples pensées et questions nouvelles, toutes surgies dans ma vie en quelques semaines. Avec, en prime, la cage installée sur ma belle löcelle et la promesse d'un loup dedans.

Mon existence part dans tous les sens. Heureusement, mon beau carnet m'aide à remettre un peu d'ordre dans ce bazar.

En cette fin de matinée, je serais bien incapable d'expliquer en quoi les leçons ont consisté. Je n'ai rien écouté ni pris aucune note. Heureusement, Raphaël pourra me tirer d'affaire pour que je rattrape mon retard. Je lui ai consacré si peu de temps ces derniers jours qu'il me boude. Je n'aime pas trop ça, je préfère qu'il me fasse rire. À la sortie du cours, Annabelle se jette sur moi. Raphaël s'éloigne sans un mot.

— J'ai passé la nuit avec un grand sage ! Waouh !

— Déjà ? Tu traînes pas, tu l'as rencontré hier.

— J'étais pressée !

J'éclate de rire.

— Il n'y a que toi pour oser dire des choses pareilles… «J'étais pressée»… Je rêve !

— Tu sais bien, une fois lancée, je ne sais plus m'arrêter.

— J'aurai tout entendu… Remarque, vu son sourire, je te comprends.

— Son sourire ? Quel sourire ?

— L'immense sourire qu'il t'a adressé hier. Et ne joue pas à celle qui n'a rien remarqué car j'ai bien vu qu'il t'avait fait fondre.

— Tu parles de Théodore ?

— De qui d'autre pourrais-je bien parler ?

— Quel est le rapport avec un grand sage ?

— Je ne sais pas, moi, il a l'air doué, ce garçon, non ?

Cette fois, c'est elle qui éclate de rire. Ma mine désappointée la fait rire de plus belle.

— Un grand sage ! Un philosophe, quoi !

— Tu m'as dit que tu avais passé la nuit avec lui !

— C'est une façon de parler, Chloé… et d'expliquer que j'ai lu sans m'arrêter depuis hier soir.

— C'est malin…

— T'es vachement premier degré comme fille, en fait.

En guise de réponse, je lui adresse mon regard le plus dédaigneux. Elle me claque en retour un bisou sur la joue.

— T'es trop mignonne ! Je retiens l'idée. Il me plaît, ce Théodore.

— Et tu lui plais aussi, si tu veux mon avis.

— Hé hé !

— Bon, ton philosophe, il dit quoi ? Il parle de justesse ?

— Non, la justesse, c'est le sujet d'un autre. On en discutera plus tard.

— Je m'y perds…

— Ce que j'ai lu hier résonne incroyablement avec l'histoire de la chrysalide.

— Ah bon ?

— Tu sais… la notion de tromperie.

— Là, tu m'intéresses.

— Ce philosophe aime utiliser les allégories pour faire comprendre sa pensée. C'est pratique.

— Attends, je vais prendre des notes dans mon carnet.

— Des notes ? Pourquoi ?

— Pour ne rien oublier.

Je sors le carnet de mon sac.

— C'est celui de la bibliothèque ?

— Je l'adore !

— À croire qu'il t'était destiné, celui-là.

— À croire, oui…

Une ombre passe sur son visage comme sur le mien.

— Reprenons… Dans cette allégorie, il raconte que des êtres sont enchaînés dans une caverne, de telle sorte qu'ils n'en voient que le fond. Depuis l'entrée, des feux projettent leur ombre sur la paroi juste en face d'eux. Comme ils n'ont rien connu d'autre, ils pensent que ces ombres sont la réalité. Ils ignorent tout du monde qui existe en dehors de la caverne.

— Je ne vois pas bien le rapport avec ma chrysalide.

— Et si c'était une illusion ?

Je plisse le front, elle poursuit :

— Et si ton père te faisait croire que tu es dans une prison bien fermée alors qu'il te suffit de te retourner pour voir l'envers du décor ?

— Comme si ma famille m'avait mise dans une caverne ?

— Oui ! Genre, on te fait croire que tu dois avoir des loups, alors que tu peux avoir une autre vie.

— Moi, je me demande plutôt si ce n'est pas toute ma famille qui est dans la caverne.

— Ah, ah !

Je ne l'écoute plus et prends le temps de réfléchir. Je me représente ma famille absorbée par des ombres projetées au fond d'une caverne. C'est assez proche de ce que je ressens, finalement : contribuer à un spectacle qui n'a aucun sens pour moi.

Tout à coup, surgit une évidence :

— Dis donc, ça supposerait qu'eux-mêmes se laisseraient abuser, non ?

Elle réfléchit en tournicotant une mèche entre ses doigts. Lorsque Annabelle réfléchit, elle triture ses cheveux.

— Par qui, à ton avis ?

— Oublie. Ça ne tient pas debout.

Elle réfléchit tant que je pourrais voir un nuage se former au-dessus de sa tête. Elle fronce les sourcils, aussi. Absorbée par ses pensées, elle ne me prête pas attention. Tout à coup, elle s'exclame :

— Eux-mêmes, bien sûr !

— Quoi ?

— Ils se maintiennent eux-mêmes dans la caverne !

— Tu y vas un peu fort. Ils ne sont pas fous à ce point !

— Si ! Rappelle-toi les lunettes du palais des Croyances limitantes. Le feu qui crée les ombres… c'est toutes leurs croyances ! Ça fait sens !

Elle sautille de joie.

— Ce sont leurs croyances qui les enchaînent !

— Leurs croyances au sujet du danger et des loups ?

— Oui.

— C'est pas banal, comme explication !

— Mais ça marche !

— Carrément... Elle se finit comment, ton allégorie ?

— Le philosophe explique que, si l'on force quelqu'un à sortir, il va d'abord être ébloui par la lumière du soleil, qu'il n'a jamais vue. S'il persiste, il va voir le monde et le comprendre.

— *Happy ending*, alors.

— Une fin qui démontre que la connaissance et les savoirs peuvent nous sortir de l'illusion. C'est le rôle de la philosophie. Avoir les yeux grands ouverts.

— Tu sais, je me demande si Anturia n'est pas une gigantesque caverne...

— Clair !

— Limpide, même.

Elle écarquille les yeux.

— Oh non, t'as vu l'heure ? Le temps a filé à toute allure.

— Dur... On va encore se faire reprendre par les profs.

Anturia, tiers 2 de l’an 800

J’ai oublié la ronde de sécurité du soir. Mes questions de chrysalide, tromperie et autre caverne aux illusions accaparent mes pensées. J’ai baissé la garde, aussi. Depuis qu’il m’a livré la cage, mon père ne m’a plus envoyé de loup. Peut-être qu’il hiérarchise les misères à m’infliger…

Ce soir, il a dû penser que j’avais besoin d’action, pour ne pas ramollir. Depuis des heures, un loup gratte le soubassement de ma porte.

Je suis épuisée, tout devient tellement compliqué.

Il faudrait que la vie comprenne que je n’ai que dix-sept ans, ce qui est un peu jeune pour démêler des problèmes d’héritage. Je suis une toute petite chose face à des centaines d’ancêtres qui, là-haut, attendent que je perpétue leurs traditions insensées. D’ailleurs, j’aimerais bien comprendre pourquoi je suis la seule de ma famille à les dénoncer. Quand je cherche des hypothèses, j’en trouve trois : soit nous sommes porteurs d’une tare génétique qui rend violent (j’aurais par miracle échappé à ce mal), soit nous sommes trop faibles pour nous émanciper de la folie de quelques ancêtres, soit nous sommes assez bêtes pour reproduire, sans nous poser de question, un modèle aberrant. J'ai conscience de mon manque total d'objectivité, pourtant, rien à faire, l'hypothèse d'avoir à se préparer à un grave danger ne tient pas la route. Quand bien même, pourrions-nous sérieusement prétendre nous préparer de cette façon ?

Moi, je ne veux plus avoir peur.
Je ne veux pas lutter non plus.
Je voudrais danser et lire.
Et voir Annabelle.
Et Raphaël aussi.

C'est un peu futile, je le reconnais, mais, compte tenu de ce que j'ai vécu, ça me paraît raisonnable.

Je ne suis pas l'héritière de cette lignée, quoi qu'en décide le sang. Tant pis si mes ancêtres sont déçus, après tout, je ne les connais pas et je m'en fiche.

Bon.

J'ai bien progressé. Il ne me reste qu'un petit détail à régler : mon père.

Dans ma bibliothèque favorite, je suis tombée sur un livre qui présente des techniques de respiration pour baisser le niveau de stress en soi.

Respirer serait donc une solution ? J'avais tellement hâte d'essayer que je me suis sauvée dès la fin des cours !

L'auteur explique qu'une respiration sous contrôle permet d'apaiser les émotions qui créent de la surchauffe en nous, comme la peur ou la colère.

J'ai griffonné sur mon cahier de brouillon* deux techniques, celles qui me paraissaient les plus faciles, mais j'ai bien vu qu'il y en avait plein d'autres.

Je vais d'abord tester celles-là.

1. La respiration pour se détendre et évacuer les tensions :

— S'asseoir confortablement sur une chaise.

— Prendre une profonde inspiration en comptant lentement jusqu'à quatre. Remplir les poumons d'un maximum d'air, gonfler le ventre.

— Bloquer la respiration en continuant le décompte jusqu'à huit. Se tenir bien droit sans oublier de détendre les épaules.

— Expirer bruyamment sur huit temps en rentrant fort le ventre (comme si on voulait le coller sur la colonne vertébrale) et en basculant doucement le buste vers les genoux.

2. La respiration pour calmer le mental :
— Inspirer pendant cinq secondes.
— Expirer pendant cinq secondes.
— Répéter pendant cinq minutes.

Je viens de tester. Les deux techniques m'ont fait un bien fou ! Je n'imaginais pas que respirer puisse autant me détendre.

* Depuis que le professeur Griot me surveille de près, je ne prends plus aucun livre de la bibliothèque avec moi. J'ai trop peur qu'il me demande d'ouvrir mon sac et découvre mon secret. Sur place, je copie ce qui m'intéresse dans mon cahier de brouillon. Pour avoir le temps de finir, je dois non seulement choisir le thème (quel casse-tête !) mais en plus synthétiser ce que je lis... Pourtant le jeu en vaut la chandelle car après avoir écrit, relu et recopié mes notes dans mon beau carnet, je maîtrise bien mon sujet !

Anturia, du temps d'Oisin

Plusieurs jours après le drame, Aelig luttait encore contre la torpeur.

Passé l'état de choc, elle s'était rendu compte que nombre de löcelles s'étaient écrasées au même endroit. Une ambiance de mort régnait sur les lieux.

Elle avait exploré la plateforme inhospitalière sur laquelle elle se trouvait : un anneau couvert de lianes rampantes, un petit bois en son centre. Elle ne pourrait organiser sa survie dans cet endroit pauvre en ressources. Un peu d'eau claire et quelques mousses comestibles ne suffiraient pas à la nourrir. Elle devait partir.

Sa löcelle était profondément encastrée sur le bord de la plateforme sauvage. Elle avait résisté aux multiples collisions, quelques fissures lézardaient sa base sans compromettre la solidité de l'ensemble. Le collier de pouvoir était intact, l'alvéole l'avait protégé des chocs. La bâtisse, en revanche, avait volé en éclats. Il n'en restait aucune trace.

Pour la première fois depuis les événements, Aelig accepta l'idée que la löcelle de son enfant avait été écrasée lors de la dernière collision. Elle n'avait pas eu la force de l'envisager avant. Cette prise de conscience en libéra une autre, insoutenable : le sang avait coulé entre ses cuisses. Dès le soir du drame, la vie avait quitté son ventre.

Prise de vertige, elle s'allongea par terre, puis se roula en boule. Elle n'était plus qu'un grand vide douloureux. Elle se recroquevilla sur elle-même et serra les genoux contre son torse. Figée par la détresse, elle ne ressentait plus rien, pas même la chaude caresse du vent sur son corps.

Peut-on être plus seule, dans une vie ?

Elle resta ainsi, un jour et une nuit, enroulée dans sa souffrance. Les sourires d'Urdighann déchiraient parfois le voile de son cœur gris. Son amoureux apparaissait comme un grand éclat de lumière. Tout en elle réclamait ses mains, sa bouche, cette étincelle espiègle lorsqu'il la désirait. Son âme cherchait à reproduire leur amour, si intense qu'il les portait plus loin qu'Anturia.

Alors elle pleurait. Le vent ébouriffait ses cheveux, elle pleurait encore.

Un matin, une tempête l'obligea à se relever. Son corps tétanisé par le manque de mouvement lutta contre les bourrasques pour tenir debout. Giflée par les rafales, Aelig retrouva ses sensations en même temps que sa capacité à penser. Elle ouvrit son alvéole et s'y engouffra afin d'y recharger son énergie. Elle glissa son doigt sur la paroi pour récolter quelques gouttes d'eau de roche et les déposa sur ses lèvres. Après, elle réfléchit.

Elle devait s'assurer que sa löcelle ne se décroche pas de cette plateforme. Le Grand Néant était si proche qu'elle n'aurait pas de seconde chance. Il lui faudrait ensuite quitter ce lieu désolé, pour se nourrir et guérir ses plaies. Celle de sa cuisse s'était infectée et nécessitait des soins urgents.

Lorsqu'elle quitta son alvéole, le vent s'était calmé. Elle tira des lianes en veillant à ne pas les arracher et les enroula sur les restes de son ponton d'amour : deux accroches grandes ouvertes. Elle trouva quelques saillies sur sa base pour en fixer d'autres. Avec le temps, les végétaux recouvriraient sa roche d'un tapis dense et résistant. D'ordinaire, elle aurait su demander à l'esprit des plantes une croissance rapide. En ce jour sombre, elle ne trouvait plus sa connexion au vivant. Elle fit de même pour la löcelle de sa mère, sans aucune émotion. Les sentiments avaient déserté son cœur.

Avant son départ, elle effaça toute trace de son passage en couvrant le sol de lianes coupées.

Elle choisit de rejoindre la plateforme aux Herbes médicinales. L'idée de retrouver un lieu aimé la soulagea. Elle l'avait explorée des journées entières et savait qu'elle lui fournirait ce dont elle avait besoin. Située sur le bord externe de l'anneau périphérique d'Anturia, elle avait l'avantage d'être un refuge sûr, éloigné des convoitises du Grand Ordre.

Elle voyagea de nuit pour éviter les patrouilles. Sur le ponton d'accueil, la louve l'attendait. Elle fit un pas vers elle, lui lécha la main, puis s'enfonça dans la forêt en se retournant à plusieurs reprises pour vérifier qu'Aelig la suivait. Arrivée dans une petite clairière abritée des ramures d'un grand chêne, l'animal s'étendit de tout son long. Aelig se pelotonna au creux de ses pattes en position fœtale, et se détendit enfin. La chaleur de la bête se diffusait dans tous ses muscles, la sensation était réconfortante, elle plongea doucement dans le sommeil.

Assaillie par une forte fièvre, luttant contre l'infection, Aelig resta inerte et grelottante plusieurs jours. La louve déchirait des proies et lui posait les lambeaux de chair directement sur les lèvres. Elle léchait ses plaies sans relâche et s'enroulait autour d'elle pour la réchauffer.

Depuis qu'elle était rétablie, leur quotidien était rythmé de routines rassurantes. La bienveillance de la louve aidait la jeune femme à sortir de sa torpeur. Elle trouvait peu à peu de nouveaux repères dans cette vie sauvage. Le soir, au coin du feu, la femelle posait sa truffe sur son ventre. Elle recherchait le contact avec l'Anturienne d'une manière très animale, en frottant son corps contre elle, en la poussant aussi, parfois brusquement. En revanche, dès qu'Aelig l'approchait de la main, elle bondissait pour s'éloigner. La jeune femme avait tenté une stratégie qui avait remporté un grand succès : lui parler. Quand elle colorait sa voix d'amour et de reconnaissance, la louve se roulait par terre et lui faisait des fêtes extraordinaires.

Depuis le drame, elle était sans nouvelles d'Urdighann. Elle savait comment vérifier s'il était encore en vie – aucune passerelle ne pouvait se matérialiser pour accéder à la löcelle d'un défunt –, mais n'en avait pas le cœur. Elle s'était assise sur le ponton d'accueil, les yeux perdus dans le vide, une herbe machinalement triturée dans sa main. Elle attendait d'avoir le courage d'indiquer la destination à sa passerelle. Le courage ne s'était pas présenté. Alors, elle s'était résignée à savoir sans savoir, ce qui lui semblait plus supportable. Elle survivait machinalement, campée sur ses routines. Les douleurs empilées ne laissant plus de place aux pensées.

Les journées s'écoulaient sans qu'elle réussisse à se réapproprier ses pouvoirs. Être confrontée à une telle sauvagerie avait sûrement rompu son lien avec l'invisible. À moins qu'elle n'ait perdu toute envie de retrouver cette connexion divine. Sa foi était ébranlée : comment les esprits avaient-ils pu accepter un tel carnage ? Pour s'occuper, elle révisait ses connaissances en botanique, seuls vestiges de sa vie d'avant la tragédie qui la stimulaient encore.

Ainsi passèrent les jours.

Un soir, elle eut envie de danser. Là, dans la clairière, la mousse appelait ses pas, les branches chantaient dans le vent une mélodie à laquelle elle ne sut résister. Elle ferma les yeux, écouta le rythme de la roche pulser dans ses veines et s'y accorda. Ses pieds n'eurent aucune hésitation, ils connaissaient la ronde et la firent bientôt virevolter. Son corps retrouva peu à peu le plaisir du mouvement, elle tourna encore et encore sur elle-même, les bras ouverts pour mieux appréhender l'espace. Ses gestes devinrent plus ronds et plus amples, ses mains caressèrent l'air, ses hanches déliées s'unirent au chaloupement naturel du vivant. Elle tourna vite, tellement vite, jusqu'à s'étourdir. Là, juste à cet instant, s'ouvrit la porte vers son pouvoir.

Elle perçut les voix des ancêtres. Elle les reconnut sans peine : ils avaient cette façon particulière de s'exprimer en canon, une voix par-dessus l'autre, si bien qu'il fallait un effort de concentration pour ne pas perdre le fil de leur message.

Par deux fois la lignée aux mains
d'une jeune fille sera confiée.
Leurs destins entremêlés sauront
perpétuer ce qui ne peut être délié.

Aelig avait jusqu'à ce jour occulté toute question liée à son rôle de guide. Occupée à survivre, triste à en mourir, elle avait oublié son histoire. Le message des ancêtres la rassura : une autre jeune fille prendrait la responsabilité de la lignée. Elle-même n'aurait plus la force de l'investir.

C'est aussi à ce moment-là, que, pour la première fois, elle sentit son enfant bouger.

Anturia, tiers 2 de l'an 800

Il m'aura fallu du temps pour m'autoriser à porter le collier. Je l'ai caché dans mon alvéole, puis j'ai tenté de l'oublier. En vain, évidemment.

Depuis plusieurs jours, je tourne et retourne l'idée dans ma tête, sans oser me lancer. Ce matin, je me sens prête. La curiosité a gagné sur la peur. À moins que ce ne soit plutôt l'envie : lorsque je m'imagine le porter, mon cœur bat plus fort. (Annabelle me l'a expliqué, le désir est un puissant moteur pour agir.)

La salle du cours de l'après-midi est suffisamment bondée pour qu'on ne repère pas mon absence. Dès la fin de la pause déjeuner, je file rejoindre ma löcelle.

Je voulais être au calme, en journée. Je savais que cette expérience devait avoir lieu dans mon alvéole, je ne l'envisageais pas autrement. (Je sais de plus en plus de choses, j'imagine qu'il s'agit d'intuitions, je dois aborder ce point dans mon carnet.) Mon alvéole et moi, nous faisons de la magie cellulaire. En plus, elle me protège. Bien sûr, j'ai évité de faire l'expérience la nuit, à cause des loups. À cause du noir, aussi. C'est idiot, je suis rassurée lorsqu'il fait jour.

Le voile de roche se rétracte avant que j'approche la main, il doit lire dans mes pensées. Je m'assois sur le bord, engage mes pieds et m'installe dans la cavité, le collier en main. La forme qui m'enveloppe est toujours aussi précise : elle s'ajuste à mon corps au millimètre près. Sous mon coude, le collier a glissé et j'essaie de le dégager. J'ai peu d'espace pour remuer, je dois hausser une épaule pour passer la main sous mon avant-bras et attraper la chaîne. Quand j'atteins le fermoir, je tire doucement pour le faire avancer. Mon geste est un peu maladroit, je m'aide de mon autre main et, par inadvertance, pose le collier sur mon ventre. La plus grosse pierre se loge pile sous mon sternum et diffuse instantanément de la chaleur. Je sens tout de suite que quelque chose cloche, des fourmillements envahissent mes côtes, mon corps se contracte par saccades. Avant que j'aie le temps de réagir, une lumière aveuglante s'échappe de la pierre. Elle me fait l'effet d'un grand coup de poing dans l'estomac. Je me cabre sous la douleur, le souffle coupé. Je suis tendue comme un arc, les muscles complètement tétanisés. La panique m'envahit lorsque je vois des rayons lumineux rouges sortir par tous les pores de ma peau et éclabousser la paroi autour de moi. J'essaie tant bien que mal de retrouver mon souffle, mes esprits aussi, mais l'air n'entre plus dans mes poumons. Mes mains crispées ne parviennent pas à attraper le collier pour le jeter au sol. Je sens, impuissante, les pierres s'activer les unes après les autres. Ça forme une chaîne de détonations qui me secoue le corps.

Le bijou pèse de plus en plus lourd, j'ai l'impression qu'il s'enfonce dans mes chairs en brûlant tout sur son passage. L'affolement me gagne, je tente désespérément d'inspirer, j'attrape un mince filet d'air, juste ce qu'il faut pour saisir une petite pensée lucide qui me commande de reprendre le contrôle. La seule chose qui me vient à l'idée est d'appeler mentalement mon alvéole. Je me concentre de toutes mes forces pour la supplier de m'aider. Une onde rassurante se diffuse sur ma peau : elle me répond !

S'engage alors une sorte de bataille : la puissance de ma löcelle contre celle du collier. Le jeu n'est pas à forces égales, la lumière rouge ne cède pas de terrain, elle n'en gagne plus non plus. Ce mince progrès m'aide à me détendre un peu. Mon corps se décrispe, je réussis à poser mon dos au creux de la cavité. Bien que mes bras et jambes soient toujours contractés, je respire mieux. Quel soulagement ! Je parviens même à faire un exercice de respiration : j'inspire et expire, tout en comptant. Me concentrer sur les chiffres m'offre un peu de répit, je réussis à évaluer comment me sortir de là sans déclencher une nouvelle crise. Mes idées partent encore dans tous les sens, ce n'est qu'au prix d'un grand effort que je réussis à les ordonner.

Toucher le collier pour l'enlever me paraît trop risqué, je préfère sortir de l'alvéole en le laissant sur moi, il finira bien par tomber. Après, j'aviserai. Je mobilise toute mon énergie pour pousser sur mes pieds lorsque je suis assaillie par des visions. Les images s'enchaînent à un train d'enfer. Certaines m'étaient déjà apparues lorsque je me suis réfugiée dans mon alvéole pour échapper au loup. Je sens qu'il est important de m'accrocher pour tout mémoriser. Je me concentre malgré la douleur dans mes muscles raidis. Les images défilent trop vite, j'en capture si peu !

Je vois les personnes rassemblées dans la grotte, une femme austère en habit de velours, des cadavres à la gorge tranchée, des ceintures aux larges boucles dorées. Le tout s'affiche sur mes paupières comme sur un écran. Mon cœur se serre lorsqu'une broderie aux motifs de salamandre se dessine. Je n'ai pas le temps de m'y attarder, les images poursuivent leur danse effrénée, maintenant c'est l'étoile-cœur qui brille de mille feux ; bien alignée sur ses deux soleils, elle crée un axe qui entraîne les trois révolutions d'Anturia. Soudain, le cri d'un faucon déchire l'espace, je sursaute tout en m'étonnant d'avoir identifié l'oiseau, mes oreilles bourdonnent et, d'un coup, l'image se fige sur un visage.

Un calme incompréhensible s'installe. Je retrouve une respiration normale tout en contemplant la jeune femme aux longs cheveux roux juste devant moi. Sa peau claire renvoie la lumière en halo, un fin bandeau doré lui barre le front puis disparaît dans ses boucles serrées. Son air grave dégage une force qui ne colle pas avec son âge – le même que le mien, j'imagine. Elle est belle, avec ses yeux verts et ses pommettes bien dessinées. Si j'osais, je trouverais qu'elle me ressemble. Elle a cette même implantation des cheveux qui fait une virgule juste au niveau de la tempe. Un instant, il me semble qu'elle me regarde et essaie de me parler. Pourtant, son visage reste impassible et concentré. Je lui murmure mes regrets : j'ai pénétré dans sa löcelle – je suis certaine qu'il s'agit de la sienne – et volé son collier. Alors, elle me sourit. Je tente de me rassurer :

— Tu ne m'en veux pas ?

Le sourire perdure alors que l'image devient de plus en plus transparente, jusqu'à s'effacer complètement. Ma respiration s'apaise, j'expire plusieurs fois pour chasser les dernières tensions dans mes bras. Le collier a cessé d'agir et retrouvé son aspect normal. Il tombe au sol lorsque je pousse sur la plante de mes pieds pour sortir ; je me garde bien de le toucher. Le voile fin se clôt derrière moi, je m'assieds sur mon lit dans un grand soupir. Je ne ferme pas l'œil de la nuit, bien que les loups m'épargnent, cette fois. Cette inconnue m'obsède : qui est-elle ? Elle semble attendre des choses de moi… Mais quoi ? Et pourquoi ? J'ai le sentiment désagréable d'être engagée sur une voie dont je ne pourrai jamais vraiment revenir.

Ma vie prend un drôle de tour.

Entre l'intuition et moi, il se passe un truc puissant :
Soit j'ai un super-don pour l'entendre.
Soit elle est super développée.
Soit elle parle super fort.

Quelle que soit l'explication, ça fonctionne bien entre nous.

Le fait est assez récent. Avant, je n'entendais rien, mais avant, justement, j'avais la tête pleine de peurs et de tristesse. Depuis que mon brouhaha mental s'est calmé, ça a libéré les accès de mon cerveau (faut croire qu'ils étaient bouchés).

J'ai bien appris à la repérer : elle est une sensation à l'intérieur de moi qui me donne des informations que je ne peux expliquer avec des mots.
Elle échappe au raisonnement. Elle s'impose, c'est tout.

Le plus cool est qu'elle se positionne : elle me dit oui pour aller ici, ou non pour faire cela. Ça se passe dans mon corps : son « oui » ressemble à une joie qui pétille, son « non » comprime mon estomac.
Lorsqu'elle est en forme, elle m'envoie même des idées (elles surgissent en moi sans crier gare) ou des images.

Il m'arrive d'avoir peur qu'elle ne vienne pas vraiment de moi et me manipule... Mais comme ce qu'elle m'envoie est souvent positif, j'ai décidé de lui faire confiance.

En tout cas, elle a le don de décider rapidement. Lorsque j'utilise la logique, je peux passer des heures à peser le pour et le contre. Mon intuition, elle, n'a pas besoin d'heures du tout. Elle est fulgurante et surgit comme une évidence. Avec elle, pas de prise de tête. Tout ce qu'elle me demande, c'est de savoir la repérer et l'entendre. Il me faut tendre l'oreille car elle ne crie pas... elle chuchote. Je dois aussi calmer mon mental parce que lorsque je suis en surchauffe, je n'entends rien.

Au départ, je n'arrivais pas à faire la différence entre mon intuition et ma voix rabat-joie.

Maintenant, je sais : ma voix rabat-joie est très rationnelle. Elle prépare bien ses arguments et ne se lance pas au hasard. Elle connaît son cap et met tout en œuvre pour l'atteindre : me saper le moral. Elle a un carburant très renouvelable : mes peurs. Des mots, des mots, des mots ! Elle me bombarde de mots pour me raconter des histoires de défaites et d'échecs. Heureusement, elle n'est pas très futée : elle a un vocabulaire assez réduit et tourne en boucle autour des mêmes croyances limitantes. C'est ça qui me permet de la repérer. Maintenant, je ne me fais plus avoir.

Mon intuition, elle, n'utilise aucun mot et se moque bien de mes croyances. Elle s'imprime en moi, pure comme de l'eau de roche. Si je ne la saisis pas, elle s'échappe. Elle n'est pas du genre à me harceler, elle !

Je l'écoute avec la plus grande attention et j'accepte sans rechigner qu'elle me pousse à faire des choses folles. Sans elle, je n'aurais jamais découvert la löcelle de l'inconnue. C'est certainement le plus beau cadeau qu'elle m'ait envoyé !

Elle est très précieuse. Je la bichonne pour qu'elle ne se taise jamais.

Anturia, tiers 2 de l'an 800

En fin de matinée, après les cours, nous avons rendez-vous avec monsieur Griot. Raphaël se tient tout près de lui.

— Un peu de temps avec toi, enfin !

Je lui souris tendrement. Il a cet air boudeur qui sous-entend que je le néglige, ce qui n'est pas faux. Le professeur, entouré de trois élèves, a maintenu le programme malgré le faible nombre de participants. Il ne nous en tient pas rigueur, bien que nous soyons de moins en moins nombreux. La peur d'être dénoncé ne doit pas y être pour rien. Finalement, c'est une chance : j'ai l'impression qu'il profite de ce petit comité pour nous pousser encore plus loin.

— Aujourd'hui, nous découvrons la contrée bleue, une plateforme lagon.

— M'sieur, c'est quoi, un lagon ? demande Ronald.

— Une plateforme dont le centre est occupé par une grande étendue d'eau, avec un anneau de roche autour.

Des oh ! admiratifs s'élèvent de notre assemblée. Ce prof nous fait rêver. Juste avant le départ et en quelques mots. Il excite notre curiosité et laisse voguer notre imagination. Alors, il observe nos bouilles enjouées et ça allume de petites étincelles dans ses yeux. Je l'ai bien vu. Il serait vraiment chouette s'il cessait de me surveiller.

— Sur place, il y a une surprise. N'insistez pas, je ne vous dirai rien de plus.

— Allez, faut vendre la mèche !

— Pas question. En route.

En chemin, l'ambiance est joyeuse, Raphaël raconte des histoires drôles, nous arrivons hilares à destination.

— Alors, c'est quoi, la surprise ? demande Ronald.

— L'eau du lac a des pouvoirs euphorisants.

Une véritable liesse s'empare de nous.

— Suivez-moi, puis vous pourrez vous disperser. Si vous perdez de vue le groupe, rendez-vous ici dans trois heures.

Ce disant, il nous montre le grand arbre près duquel nous sommes rassemblés. Puis il s'engage sur un chemin bordé d'arbustes rouge foncé, hérissés d'énormes épines.

— Ah oui, j'oubliais : ces épines sont venimeuses.

— Et si elles nous piquent, on risque quoi ?

Là, je dois reconnaître que Ronald pose une question utile (même si je le trouve pénible).

— Une bonne semaine de vomissements.

Nous grimaçons tous de dégoût.

— Ces épines ne vous piqueront que si vous les touchez. Vous avez les cartes en main !

Nous lui emboîtons le pas en silence, en veillant à ne pas nous blesser.

— Ne passez pas trop de temps dans l'eau. Gardez l'esprit clair pour le retour, sinon, gare à vous.

Il part dans un grand éclat de rire qui nous laisse tous perplexes. Ce professeur est peut-être un peu fou.

L'approche du lac s'annonce par une forte humidité dans l'air. En quelques minutes, nous ruisselons d'une eau légèrement sucrée. La végétation s'épanouit ici comme nulle part ailleurs et atteint des proportions démesurées. Ma main peut tenir entière dans une fleur de vanillier. Bientôt, nous découvrons un lac d'un bleu laiteux qui tranche avec le rouge profond des arbustes sur les berges. La lumière est éblouissante, nous sommes très près du soleil d'en haut. Il n'y a pas un brin d'air, l'eau est lisse comme un miroir. L'un de nous prend son élan, puis s'arrête *in extremis* sur le rivage.

— On peut se baigner ?

Monsieur Griot hoche de la tête ; nous nous jetons tous à l'eau. S'ensuit une bataille joyeuse et bruyante, le pouvoir euphorisant des bulles de gaz éclatées en surface plonge le groupe dans une ambiance jubilatoire. Je m'éloigne un peu, tentée par le calme de l'autre rive et suivie de près par Raphaël. Je rejoins une petite crique à l'abri. Je m'allonge sur l'eau telle une étoile, bercée par le léger ressac provoqué par les jeux de mes camarades. Un bref coup d'œil me fait entrevoir mon ami assis sur la berge.

Perdue dans mes pensées, un peu grise des vapeurs du lac, je ne vois ni la première libellule ni les suivantes. Je réalise un peu tard qu'elles se sont rassemblées en nombre juste au-dessus de moi. Effrayée par cette vision, je plonge sous l'eau pour nager jusqu'à la rive. Je m'apprête à rejoindre Raphaël lorsqu'il se fige, l'air horrifié, tout en regardant derrière moi. Je me retourne et découvre un spectacle si alarmant qu'une décharge d'adrénaline parcourt ma colonne vertébrale de haut en bas. Des centaines de libellules s'agitent devant moi. Elles forment un nuage bien compact et me font face dans un indescriptible brouhaha de papier froissé. Un seul petit mètre doit me séparer d'elles. L'écho de mon récent cauchemar me torpille la cervelle et me commande la fuite, mais mes muscles refusent d'obéir. Un mince filet de raison me suggère que décamper n'aurait pas plus de résultat que sortir de l'eau. Résignée, je choisis d'affronter l'épreuve et ferme les yeux. Déjà, j'imagine l'attaque et les morsures. Pourtant, rien ne se passe d'autre que cet affrontement à distance. Et puis, je comprends… Puisque j'ai ignoré l'appel caché dans mon cauchemar, il revient en force. Il est temps que j'entende les messages. La voyante m'a prévenue ! Je suis en chemin, c'est vrai, j'ai commencé à réfléchir, c'est vrai, mais je n'ai pas beaucoup avancé. Et puis, comme le dit Annabelle : « La morsure veut dire qu'il y a urgence. » Alors, je murmure aux libellules :

— J'ai compris.

Mon ton ferme et décidé a dû les convaincre, car elles disparaissent aussitôt.

— Chloé, ça va ?

Raphaël est pâle comme un linge.

— Ça va.

— Tu… tu as parlé à ces libellules, Chloé.

Je suis trop embarrassée pour lui répondre. Depuis la rive, mon abandon face à cette apparition a dû sembler vraiment étrange.

— Tu as parlé… et… elles sont parties.

Mon pauvre Raphaël ne s'en remet pas, je lui en fais voir de toutes les couleurs. J'ai peur qu'il ne se lasse.

— Qu'est-ce que tu leur as dit?

— Je ne m'en souviens pas.

Il faut bien que je lui mente pour remettre un peu de cohérence dans tout ça. Il se réfugie dans un silence perplexe, mon cœur se serre lorsqu'il recule de quelques pas, l'air suspicieux.

— Tu n'as pas eu peur, en fait.

Mon intuition me souffle de couper court; je ravale mon inquiétude et tente un ton léger que j'espère crédible :

— Non! Moi, la trouillarde de service, je n'ai pas eu peur! Ils sont géniaux, ces gaz euphorisants!

Raphaël n'est pas dupe, pourtant, il s'abstient de tout commentaire. Je balaye les environs du regard pour vérifier que personne n'a assisté à la scène. Je préfère ne pas imaginer l'effet qu'aurait eu ce spectacle sur nos camarades, ou, pire encore, sur monsieur Griot! Fort heureusement, nous sommes seuls. Les effets du gaz se dissipent peu à peu. Je mesure qu'ils n'ont pas été pour rien dans mon attitude courageuse.

À ce stade de dégrisement, mon inséparable copine la peur reprend ses droits et me propose une relecture glaçante de l'expérience. Je la chasse d'un revers de la main : je n'ai pas besoin de son avis. Pour une fois, j'ai su quoi faire. En plus, je sais que j'ai du travail, alors madame-je-m'incruste n'a qu'à aller voir ailleurs si j'y suis.

Dès demain, je m'attèle à ce cauchemar. Je dois comprendre. J moins 20 avant mon anniversaire, ça ne rigole plus.

Anturia, du temps d'Oisin

Pour accueillir son enfant en toute sécurité, Aelig avait besoin d'aide.

Depuis qu'elle avait découvert que sa grossesse suivait son cours, elle s'était prise en main. Sa responsabilité de mère lui imposait de combattre le désespoir. Elle avait d'abord envisagé d'accoucher auprès de la louve, puis s'était ravisée : n'aurait-elle pas mieux à offrir à son fils que la vie sauvage ? Elle décida de regagner Anturia.

De toutes ses connaissances, seules deux méritaient sa confiance absolue : le premier, Fergal, un ami de longue date de sa mère, reconnaissant de l'avoir sauvé d'une mort certaine – l'imprudent s'était gravement blessé lors d'une incursion dans la mer de roche et ne devait son salut qu'à la persévérance d'Ebhlinn à le retrouver ; le second, Dagan, ami d'enfance de son père. Les deux étaient de farouches opposants au Grand Ordre, ce qui lui assurait leur loyauté tout en augmentant les probabilités qu'ils soient morts.

Aelig se fia à sa passerelle pour en avoir le cœur net. Celle-ci avait tranché : Fergal était vivant.

Elle prépara une mixture brun foncé pour teindre ses cheveux, raccommoda au mieux sa robe et prit le départ. Lorsqu'elle retrouva la foule, une grande tristesse l'envahit. La vie, ici, suivait son cours… Les morts étaient-ils déjà oubliés ? Les passerelles quadrillaient l'air, leurs passagers, le nez au vent, filaient, l'air pressé.

Fergal accueillit la jeune femme avec émotion, tout en gardant une distance respectueuse : il s'adressait à la guide de la *lignée des Esprits.* Aelig fut surprise de sa réaction, le drame lui avait fait perdre la mesure de ce qu'elle représentait pour son peuple. La douleur et la vie sauvage l'avaient changée.

Elle n'osait s'enquérir des membres de son clan, Fergal ne semblait pas pressé d'en parler non plus. Entre eux planait le spectre de la tragédie. La jeune femme s'exprima la première. Elle décrivit la poursuite effrénée de sa löcelle, la découverte macabre de ses parents, les joues lacérées des lettres GO. Son hôte hochait la tête, accablé. Vint alors son tour. Il parla d'une voix grave et monocorde, comme s'il tenait à distance les mots pour ne pas souffrir davantage. La réalité dépassait de loin les cauchemars les plus insoutenables.

Le Grand Ordre, lassé des pouvoirs clandestins exercés par les trois lignées ancestrales, avait décidé de frapper fort pour briser toute velléité de résistance. Appuyé sur un système de délation mis en place depuis plusieurs semaines, il avait listé les membres des lignées et organisé un carnage fulgurant sur les trois révolutions en même temps. Des centaines d'Anturiens furent mobilisés pour la basse besogne. Secteur après secteur, clan après clan, ils exécutèrent le plan avec méthode. Un jour et une nuit suffirent pour perpétrer le grand massacre. Personne ne fut épargné, pas même les enfants. La plateforme du noviciat fut envahie de nuit par quinze miliciens armés jusqu'aux dents, arpentant les dortoirs pour exécuter novices, personnel et maîtres. Ils vandalisèrent les universités, incendièrent les bibliothèques et rasèrent les lieux de culte. Des feux gigantesques répandirent une fumée âcre et noire sur l'ensemble des révolutions. Les löcelles livrées à elles-mêmes provoquèrent des collisions en chaîne, brisant les ponts fixes et entraînant dans leur course macabre des familles entières, ouvrant dans l'anneau périphérique des brèches béantes sur le Grand Néant. Le chaos atteignit un tel paroxysme que certains pensèrent qu'Anturia tout entière serait propulsée dans le vide.

Les survivants, figés par la torpeur, n'osèrent plus quitter leur löcelle. Les patrouilles sillonnèrent le monde pour traquer les derniers rescapés, puis, à grand renfort d'intimidations, le Grand Ordre exigea que chacun reprenne ses occupations. Il avait entamé ce qu'il appelait la « construction d'un monde moderne », projet auquel chacun se devait de contribuer. Une nouvelle religion, un nouveau calendrier, de nouveaux modes d'instruction, des métiers centrés sur la production de biens utiles à la communauté…

Aelig n'eut pas le courage d'en entendre davantage, elle interrompit son ami d'un geste. Elle pensait à ses camarades du noviciat, aux maîtres, aussi… Pouvait-on perdre autant d'êtres chers ? Comment les milices avaient-elles trompé le charme de brume ? Fergal, ignorant sa requête, poursuivit sa litanie. Aelig fronça les sourcils. D'un signe, il lui demanda d'être patiente. Enfin, il marqua un temps d'arrêt, l'œil étincelant de ruse, avant d'énoncer un ultime plan gouvernemental : le grand recensement. Aelig était trop lasse pour comprendre où il voulait en venir. Il lui tapota la main en guise d'encouragement. Elle fit un ultime effort de concentration, tourna les mots dans tous les sens, puis, d'un coup, ouvrit grands les yeux.

Le visage de Fergal s'illumina : ils s'étaient compris.

Anturia, tiers 2 de l'an 800

Annabelle m'accueille avec un grand sourire.

— Tu es en joie, ce matin !

— Je prends ma vie en main, ça me donne la pêche.

Son sourcil gauche forme un accent circonflexe en même temps que sa bouche remonte en coin.

— Ma Chloé se lance, j'adore !

Voilà très exactement la réaction dont j'ai besoin : un soutien enthousiaste.

— Je peux t'aider ?

— Oui, j'ai besoin de toi.

— Quel est le plan ?

— Je n'ai pas de plan, j'ai juste un objectif : démasquer la tromperie.

— Super ! J'en suis.

— Je dois en savoir plus sur la lignée de loups. Le problème est là, j'en suis sûre. Ça ne suffit pas d'avoir compris que la peur est une fausse croyance.

— Remarque, ça tombe sous le sens que c'est le cœur du problème, non ?

— Suis lente à la détente, je sais.

Elle me pose un bisou sur la joue, j'ai toujours droit à un bisou lorsqu'elle me charrie.

— C'est un challenge, de trouver de l'information sur les lignées, tu le sais.

— Oui, mais nous sommes pleines de ressources.

— Et de courage, aussi.

— Alors on a tout ce qu'il faut.

— C'est parti !

Elle prend une feuille, un crayon et m'interroge en mode Annabelle.

— Premièrement, de quelles informations disposes-tu ?

— Mis à part le fait de dominer des loups, aucune.

— Ça commence bien…

Elle poursuit :

— Deuxièmement, où peux-tu trouver des informations nouvelles ?

— Aucune idée.

— Il est génial, ton plan !

— Arrête.

— Je rigole ! Tu ferais bien d'en faire autant, ça décoince le cerveau. Après, on réfléchit mieux.

Ne pas se prendre au sérieux, voilà une façon décomplexée d'aborder les sujets difficiles.

— Il faut que je pense à noter ça dans mon carnet.

— Tu ne le quittes plus, celui-là !

— Si tu savais à quel point écrire me permet de ranger les choses dans ma tête…

— Tant que ça ?

— Avant, c'est le bazar, après, j'y vois clair.

— Je ferais bien d'en avoir un.

— En plus, une fois que j'ai posé les mots sur le papier, je ne les oublie plus.

— Trop bien. J'aurais dû y penser avant.

— Tu n'en as pas besoin, tu retiens tout ! Moi, j'ai l'impression que mon cerveau est une passoire.

— Pareil pour moi, faut pas croire !

— On est tous comme ça ?

— Je pense. Tu écris tous les soirs ?

— Oui, et parfois le matin avant de me lever. Je lui ai même trouvé un nom, c'est mon carnet de pensées lumineuses.

Elle siffle d'admiration.

— T'étais sacrément inspirée !

Je suis bien contente de mon petit effet.

— Revenons à nos moutons. Ton plan.

— Faudrait pas s'égarer trop longtemps, hein !

— On est en plein dans le sujet. Tu as peut-être oublié des informations qu'on t'a données. Des choses qu'on t'aurait dites lorsque tu étais enfant.

— Mes grands-parents sont morts quand j'avais sept ans, je n'ai pas de souvenirs d'eux…

— Ils sont peut-être enfouis, tes souvenirs ! Pense à eux. Des mots, des événements, des ambiances. Et chaque fois que tu tires un fil, tu déroules la pelote et en libères d'autres.

— C'est une bonne piste, j'essayerai plus tard, au calme.

— Tente la méditation.

— OK, mais ça ne suffira pas. Il me faudrait d'autres sources d'information.

— Et si on demandait à Théodore ?

— Oh, la feinte !

— On peut joindre l'utile à l'agréable, non ?

— Va pour l'agréable… Tu t'en sors bien.

Comme elle a l'art de ne jamais vraiment être là où je l'attends, elle ajoute :

— C'est bien joli, tout ça, mais on a cours de méditation dans cinq minutes.

— On est mardi ?

— Chloé, tu es désespérante, parfois !

— J'ai quelques préoccupations, vois-tu…

— Si tu les laisse envahir tout l'espace, il n'y aura que des miettes pour le reste.

— Franchement, je ne peux pas être sur tous les fronts.

— Fais le tri ! Si être amoureuse n'est pas au centre de tes priorités, c'est que tu n'as rien compris.

J'envisage une réponse du tac au tac, puis je choisis de me taire. Je glousse à l'idée d'ajouter « être amoureuse » à mon plan.

Aujourd'hui, j'ai compris un truc du tonnerre :
je me prends trop au sérieux.

Du coup, je suis « plombée* ».

La remarque d'Annabelle m'a rappelé une aventure vécue avec Raphaël. On venait de se faire recadrer par un professeur parce que nous n'avions pas rendu un dossier. Forcément, à force de ricaner en cours, on zappe des consignes. Comme ce n'était pas la première fois, il nous a remis à notre place, et ce devant toute la classe. Franchement, rien de bien méchant.

Pourtant, j'étais mortifiée... Apparemment, Raphaël aussi. Enfin c'est ce que je croyais, mais c'était juste pour faire genre. Quand on s'est retrouvés dans la cour, il m'a lancé sur le ton de la rigolade : « Dis donc, il nous a pas ratés, le prof ! » Et puis c'est tout. Il a ri. Simplement.

Moi, j'étais totalement stressée. Je lui ai dit qu'on ferait mieux de faire profil bas. Pour les heures à venir, ce qui m'attendait était facile à imaginer : j'allais rejouer la scène indéfiniment, en boucle et en culpabilisant.

Raphaël a continué à rire, mais... de moi ! Il trouvait ma réaction disproportionnée. Rien de grave ne s'était produit, ce prof oublierait vite ce dossier non rendu. Il avait raison ! Pourtant, rien à faire, je dramatisais la situation.

(Ce que je n'ai pas manqué de lui avouer sur un ton tragique.) Il a ri plus fort encore ! Puis m'a expliqué que mon vrai problème était de tout prendre au sérieux, comme si ma vie en dépendait. Alors que ces petites choses pouvaient être considérées avec humour ! C'était pas la mer à boire de se faire recadrer par un prof ! Il avait bien raison.

Voici ce que j'ai compris :

Lorsque je prends les choses au sérieux, je colle mon nez sur la réalité et je n'ai plus aucune distance avec ce que je vis. Je fais comme si rien d'autre n'existait. (Par exemple, ce prof.) Si je repensais à mon père à ce moment-là, je suis sûre que ce petit recadrage de rien du tout me ferait bien rigoler.

En fait, je sur-réagis...

En prenant un peu de recul, je verrais que ce n'est pas grave.

J'ai demandé à Raphaël comment il faisait pour prendre les choses avec légèreté, voici les astuces qui sont les siennes :

- Il repense au fait qu'il est mortel et que dans environ cent trente-cinq ans, à l'heure de quitter Anturia, ces petites broutilles seront la dernière de ses préoccupations. L'argument est un peu trash pour moi, mais je dois bien reconnaître qu'il est imparable.

• Il se demande ce que sa grand-mère penserait en voyant la scène... Si elle était encore là, elle lui tapoterait la main en lui disant de ne pas s'en faire car tout serait bien vite oublié. (Mes amis ont des grands-mères formidables.)

• Il pense que prendre les choses au sérieux, c'est se croire très important. Un peu comme si on pensait être le centre du monde. Dans ce cas, forcément, tout ce qui nous arrive est grave (puisqu'on est tellement focalisé sur notre problème que plus rien d'autre n'existe). Raphaël ne se trouve pas important à ce point. Il pense plutôt être une chose minuscule au regard de ce qu'est Anturia. Je n'avais jamais envisagé les choses comme ça ! Mais c'est vrai que lorsque je dramatise, je tourne en rond autour de moi-même. OK. Je note.

• Il voit le bon côté des choses : comme le prof nous a à l'œil, on va être obligés de travailler et on va devenir super forts.

• Sa dernière astuce est ma préférée : il se dit que c'est un jeu, dans lequel tout le monde tient un rôle ; il y a celui qui joue au prof et celui qui joue à l'élève indiscipliné. Chacun est à sa place. J'adore ! Si seulement j'arrivais à penser que toutes nos histoires de lignée ne sont qu'un jeu !

Tout ça devrait m'aider à être plus légère... Enfin je crois.

* Plombée : sentiment de découragement lorsque je pense que ma vie est bien trop lourde à porter ou lorsque ce que je dois accomplir me semble hors de portée.

Anturia, du temps d'Oisin

Fergal et Aelig échafaudèrent un plan.

Lors du grand recensement, ils se déclareraient époux. Il n'existait pas de registre pouvant attester du contraire, le mode de fonctionnement sur Anturia était jusqu'alors essentiellement oral.

L'homme, veuf et sans enfant, s'était proposé de prendre soin d'elle sans rien attendre en retour. Avoir encore quelque espoir de sauver leur culture était inespéré, il se sentait honoré d'apporter sa pierre à l'édifice en veillant sur la guide de la *lignée des Esprits* et son enfant. Lesquels étaient les descendants directs de ses plus chers amis.

Aelig avait accueilli sa proposition avec soulagement. Désormais, elle devrait s'approprier une nouvelle identité et s'assurer de ne pas être reconnue. Elle n'aurait rien à craindre du voisinage direct : Fergal était un homme discret qui avait fait le choix, juste avant son veuvage, d'arrimer sa löcelle à une plateforme artisanale. Les Anturiens du secteur, préoccupés par leur travail, n'avaient cure de la vie privée des riverains. Leur activité les ayant protégés des foudres du Grand Ordre, ils s'estimaient heureux d'être encore en vie et mettaient un point d'honneur à ne pas se mêler d'affaires politiques.

La jeune femme quitta la louve, le cœur serré. Sans elle, serait-elle encore en vie ? Leur dernière soirée fut baignée d'une douceur infinie. La femelle avait posé ses pattes avant sur les jambes d'Aelig et accepté, pour la première fois, ses caresses. Elles étaient restées face au feu jusqu'au bout de la nuit. Cette relation tendre lui manquerait terriblement.

Elle s'installa sans tarder auprès de Fergal. Tout devait sembler normal et bien rodé avant le grand recensement. Elle limitait ses déplacements, pour ne pas augmenter les risques d'être reconnue, mais aussi car elle en revenait trop éprouvée : la désolation avait gagné Anturia. Sur la première révolution, celle de son clan, les milices avaient semé la mort avec une rage sans précédent. Seuls quelques groupes épars de löcelles témoignaient encore d'un peu de vie. Les autres avaient disparu. Depuis le Grand Massacre, l'espace vide s'allongeait à perte de vue jusqu'à l'anneau périphérique.

Dès que ses forces s'amenuisaient, elle rejoignait son alvéole. Sa grossesse exigeait d'elle un surcroît d'énergie qu'elle ne saurait fournir sans recharger ses cellules. Elle espérait aussi compenser la perte de la löcelle de son fils. Un fœtus pourrait-il se développer sans roche ? Cette question l'obsédait. Lorsqu'elle était inquiète, elle se rappelait qu'il avait déjà dépassé cet obstacle et qu'il saurait franchir les autres. Son fils était un battant. Chaque soir, elle baignait de lumière ses organes minuscules, ses muscles naissants et ses vaisseaux sanguins.

Un matin, elle prit conscience qu'on pouvait retrouver sa trace grâce à sa löcelle. Indignée par sa négligence, elle la rejoignit le jour même pour désactiver le magnétisme de son ponton d'accueil. Elle se glissa dans l'alvéole et appela l'esprit de la roche pour lui exposer les risques qu'elle encourait. La roche trouva sa demande raisonnable et suspendit les mécanismes d'accueil des visiteurs. À présent, seule Aelig aurait la possibilité d'accoster.

Elle pouvait désormais se concentrer sur le rendez-vous avec les officiers du Grand Ordre.

Anturia, tiers 2 de l'an 800

J moins 15. L'échéance se rapproche. Face à la tempête dans mes pensées, je me suis dit qu'une méditation serait du meilleur effet. Je suis un peu déçue : Thibault n'est pas là. Je m'installe quand même dans le demi-cercle, j'ai des souvenirs à faire surgir, paraît-il.

Assise en tailleur, je me concentre sur ma respiration. Bien que je sois dans une ambiance interne plutôt joyeuse, l'exercice n'est que bataille. Cage, libellules, alvéole et loups… ma vie m'apparaît par saccades, comme une quinte de toux. Le pêle-mêle dans mon cerveau renvoie le fameux ancrage dans un pays inaccessible.

Soudain, une main se pose sur mon dos et le redresse. Ce geste pourtant très doux me fait l'effet d'une décharge électrique. Une myriade de frissons envahit mon corps, dedans, dehors, sur les contours. J'entends la voix de Thibault murmurer :

— Respire !

Totalement absorbée par la magnifique sensation, j'ai complètement oublié mon souffle et dois être en apnée depuis plusieurs secondes. Je prends une longue inspiration qui, en plus de l'oxygène, diffuse l'empreinte de sa main dans mes veines. Il s'est approché si près pour me parler, que j'ai encore la trace chaude de son souffle sur mon oreille. La tête me tourne. Je me garde bien d'ouvrir les yeux, pour ne pas être gênée par son regard. J'ai déjà assez à faire avec mon corps qui part dans tous les sens.

Il s'assoit face à moi, prend mes mains dans les siennes, puis les pose sur mes genoux. Je dois être rouge tomate, quelle plaie… Il me met dans un état, ce Thibault !

Évidemment, la fin de la session arrive trop vite, le temps a filé comme une comète. J'ai tellement peur de m'empêtrer dans ma maladresse que je me lève et déguerpis comme une voleuse.

Anturia, tiers 2 de l'an 800

J'attends le bon moment depuis plusieurs jours pour rejoindre la löcelle de l'inconnue. Je veux lui rendre le collier car je sens son énergie se diffuser dans ma roche et je n'aime pas ça. Je m'en rends compte lorsque je rentre chez moi, après les cours : dès que je pose le pied sur le sol, je perçois cette onde étrangère qui ne nous appartient pas. Après, je m'habitue et l'oublie.

Aujourd'hui, c'est décidé, je retourne sur Ancestria.

Seule.

La peur s'incruste, mais j'agis quand même. Comme me l'a recommandé Annabelle, je prends cette poison avec moi, elle ne m'empêchera plus d'avancer.

OK.

D'abord, je dois récupérer le collier. C'est, de loin, ce qui m'inquiète le plus. J'ai décidé de le prendre avec un bâton, sans le toucher, pour ne pas risquer d'activer les pierres. Je ne sais pas si activer est le bon mot, mais comme je n'en ai pas d'autre pour décrire la chose, je fais avec.

Je tends la main, le voile de mon alvéole s'ouvre, une pointe d'angoisse me titille l'estomac. Je me penche en avant pour voir où se trouve le bijou, sans entrer dans la cavité. Il est là, juste sous mes yeux. Bien que mon geste ne soit pas très sûr, je réussis à glisser la pointe de bois sous les anneaux de métal, et le soulève doucement. Je n'avais pas remarqué qu'il était si long et si lourd.

Je retiens ma respiration pour ne pas le faire tomber. Je le sors lentement, en grimaçant pour rester concentrée – je fais tout le temps ça. Ma main tremble si fort que le collier se balance dangereusement d'avant en arrière. Je ferme un instant les yeux pour garder le contrôle, j'ai fait le plus dur, je dois tenir ! Le collier tord la pointe du bâton, puis la casse et file droit vers l'alvéole dans un fracas sinistre. Je me jette en arrière pour éviter l'explosion, mais tout reste calme.

Je me rapproche prudemment. Le bijou est intact et repose sagement sur le fond. Je me passe la main sur le front et m'assois quelques secondes par terre pour souffler.

Tout est à recommencer.

Cette fois, j'ai deux morceaux de bois, ce qui devrait aider. J'aurais dû y penser dès le début. Je les prends en pince, attrape le collier et le jette d'un geste sec dans la boîte en bois que j'ai déposée tout près de moi. Je referme le couvercle, mets le coffret dans mon sac et m'élance vers les plateformes sauvages. J'ai fait tout ça en quelques secondes !

Sur le chemin, cramponnée au garde-corps, j'éclate de rire.

— Trop forte ! !

Comme quoi, la peur peut être mon alliée. C'est une TRÈS BONNE NOUVELLE.

Je vais vite, tellement vite… Le vent éparpille mes cheveux et colle mes vêtements sur ma peau. Ça siffle dans mes oreilles, mes yeux clignent sous le souffle. Je suis seule ! C'est drôlement bon de me lancer sans avoir quiconque pour m'aider. Je me sens forte. Non, le mot est bien trop faible… je me sens… puissante ! C'est ça. Sensation inconnue. Et géniale.

Le collier a dû s'activer, je sens la chaleur se diffuser dans mon sac, je dois me dépêcher. J'accoste sur la plateforme et traverse la plaine, à la recherche de l'endroit où nous nous sommes installés avec Raphaël. Raphaël… que pense-t-il de moi, maintenant ?

Je longe le bord de la plateforme, les lianes enchevêtrées forment un sol irrégulier. Comme je glisse et me tords les chevilles, j'enlève mes chaussures. C'est beaucoup mieux. Je devrais sérieusement penser à ne plus rien porter aux pieds, ça me met en prise directe avec les vibrations du sol et me donne beaucoup d'énergie. D'un mouvement bref, je jette mes sandales dans le vide.

Voilà, c'est fait. Il suffisait d'y penser et de le décider. Facile !

Ce qui est moins facile, c'est de me repérer dans cet endroit tout plat et uniforme. À perte de vue, la même végétation recouvre tout… Je ne reconnais qu'au dernier moment la pierre plate sur laquelle nous nous étions installés. Je m'assois quelques secondes pour réfléchir. Avant de rendre le collier, je voudrais encore une fois inspecter l'alvéole. Peut-être y trouverai-je un autre symbole ?

Dans cette vaste plaine, je suis totalement à découvert et me rends compte que la présence de quelqu'un pour faire le guet me serait bien utile. Très vite, je me ravise… Faire le guet ? Ici ? Mais quel serait le danger ? Voilà une peur qui ne m'appartient pas… Merci, cher père, je te la rends ! Pour marquer le fait, d'un geste je lance ce fardeau invisible dans le vide. C'est quand même pratique, Anturia. On peut tout balancer par-dessus bord. Aujourd'hui, c'est le grand nettoyage ! Avis à toutes mes pensées toxiques, c'est le moment de venir voir par ici si j'y suis, j'ai une petite surprise pour vous. Ha ha !

Trêve de plaisanterie, je dois me rassembler car j'ai besoin de tous mes esprits. Je n'oublie pas que ma löcelle m'a tirée d'affaire la dernière fois. Sans elle, que se serait-il passé ? Le collier aurait-il fini par exploser ? Cette fois, je suis seule, en terre inconnue, avec rien ni personne pour me protéger.

Ma petite voix intérieure me murmure que tout se passera bien. Puisque je sais enfin l'entendre, je la crois.

Je pose la boîte en bois sur le sol et ne rendrai le collier que plus tard. D'abord, je dégage les branches éparpillées à la va-vite lors de ma précédente visite. À ma plus grande surprise, le voile de l'alvéole s'ouvre instantanément. Décidément, il se passe des choses étranges entre cette inconnue et moi… Je me glisse dans la cavité et me love dans sa roche comme dans un moule. J'adore ce moment, quand ma peau rencontre la surface fraîche et se colle contre elle. Je murmure un bonjour à la fille aux cheveux roux et la remercie de m'accueillir dans son royaume minéral. Je me sens presque aussi bien dans sa löcelle que dans la mienne, c'est bizarre. Je caresse du bout des doigts la paroi et souris lorsque j'atteins la salamandre. Elle n'est pas plus grande que ma main.

— Qu'est-ce que tu me racontes, dame Salamandre ?

Je suis le contour du dessin, le tracé est net et assez profond. Vu la petite taille de la cavité, je me demande comment il a pu y être gravé. Pas avec des outils, en tout cas : j'essaie de mimer le travail d'entaille, avec marteau et couteau, mais mon coude cogne le fond.

— Comment es-tu venue là, toi ?

J'inspecte la paroi à la recherche d'autres symboles. Je l'effleure d'un côté à l'autre lorsqu'un son bref interrompt mon geste. Il s'agit d'une voix de femme. Stupéfaite, je ne bouge plus, la main suspendue. Je tends l'oreille et retiens mon souffle, persuadée que quelqu'un se trouve tout près de l'alvéole, là-haut, à la surface. Je regrette un instant de ne pas avoir un guetteur. Je patiente. Rien ne se produit. Je me risque à sortir lentement la tête de la cavité et ne vois personne, la plaine est déserte. Échaudée par l'expérience, je rassemble quelques lianes pour camoufler grossièrement l'entrée, mon sac et la boîte en bois. Revenue dans l'alvéole, je réfléchis. Le son proviendrait-il de l'intérieur ? Je renouvelle mon mouvement, de droite à gauche en balayant la paroi. Le son jaillit de nouveau, un peu plus long. Interloquée, je passe une fois de plus la main sur la roche, pour le même résultat. Cet éclat de voix semble niché au croisement de plusieurs veines dans la pierre. Je pose un doigt sur ce petit point plus foncé juste au-dessus de moi. Le son se déploie, parfaitement clair.

La légende dit…

Sous le coup de la surprise, je retire ma main, interrompant le son. Je recommence.

La légende dit qu'il fut un temps où tous les Anturiens étaient…

— C'est quoi encore, cette histoire ?

Fort heureusement, personne ne me répond. C'est déjà ça. J'en ai marre de basculer régulièrement dans le surnaturel. Si je racontais le quart du tiers de ce qui m'arrive à un professeur, je serais internée. Voire emprisonnée.

Le son est enregistré dans la matière, il se déclenche à mon contact. L'inconnue aurait-elle laissé des messages ? Il s'agit de sa voix, j'en suis certaine. Elle sonne jeune et grave, ce qui lui ressemble. Avec un accent assez indéfinissable, que je n'ai jamais entendu auparavant. Comment a-t-elle réussi cette prouesse ? Je pose le doigt et le maintiens en place, cette fois. La voix reprend depuis le début :

La légende dit qu'il fut un temps où tous les Anturiens étaient des dieux. Ils abusèrent tant de leur divinité que la force de vie décida de leur ôter leur pouvoir divin. Elle fit appel à quelques sages pour choisir un lieu sûr dans lequel cacher ce pouvoir, un lieu qui serait à jamais inaccessible.

Une légende ! L'alvéole me raconte une légende ! Si je n'étais pas sûre d'être saine d'esprit (quoi que), je penserais avoir basculé dans la folie. Curieuse d'entendre la suite, je reproduis le geste et déclenche la voix. Je la laisse continuer jusqu'à la fin.

Les sages proposèrent de jeter cette divinité dans le feu des deux soleils, mais la force de vie répondit que, tôt ou tard, les Anturiens trouveraient un moyen pour se protéger de la chaleur.

Les sages proposèrent alors de jeter cette divinité dans le Grand Néant, mais la force de vie répondit que les Anturiens sauraient un jour défier le vide.

Les sages proposèrent enfin de camoufler cette divinité dans l'étoile-cœur, mais la force de vie leur répondit qu'un jour les Anturiens sauraient creuser cette roche impénétrable.

Ils conclurent alors qu'ils ne trouveraient pas de cachette parfaite, puisqu'il n'existait pas, dans notre galaxie, de lieu parfaitement inaccessible.

La force de vie trancha : « Cachons-la au plus profond d'eux-mêmes, car c'est le seul endroit où ils ne penseront jamais à chercher. »

Depuis ce temps-là, conclut la légende, *les Anturiens n'ont de cesse d'explorer notre galaxie à la recherche de quelque chose qui se trouve en eux.*

Le son s'arrête ainsi. Je rapproche ma main pour vérifier que je n'ai rien raté, mais l'histoire recommence du début. Plongée dans une grande perplexité, je m'extirpe de l'alvéole pour m'asseoir sur le bord de la plateforme. Face au vide, je prends mon carnet et note à toute allure ce que j'ai entendu, en espérant ne rien oublier. Comme la fin n'est plus si claire dans mon esprit, je pars l'écouter une fois de plus pour compléter ma prise de notes.

J'écris de manière frénétique. Parler de divinité en nous, de quête de la divinité, même, c'est tellement nouveau ! Comment imaginer qu'une telle légende ait existé dans notre monde ? De tels messages seraient aujourd'hui bannis. Il serait même dangereux de les divulguer…

Je caresse la couverture de mon carnet, et me dis qu'avec un tel contenu, je ferais mieux de ne plus l'avoir sur moi. Ça devient trop risqué, je vais le cacher dans mon alvéole.

Puisque j'en suis à cacher des choses, je me rappelle être venue ici pour rendre le collier de l'inconnue. Je prends la boîte en bois et la dépose bien en évidence, juste à l'entrée de la cavité. La prochaine fois, je n'aurai qu'à l'enlever avant de m'y glisser.

Je scrute l'horizon ; les belles plateformes sauvages m'offrent mon spectacle préféré. Je pense à la résistance et prends conscience que d'autres que moi doivent avoir des informations du même ordre. Combien sont-ils ? Auraient-ils trouvé la divinité en eux ? Et moi, puis-je la trouver ?

Avant de partir, je remercie l'inconnue pour la confiance qu'elle m'accorde : je sens qu'elle agit pour me faire avancer sur un chemin que je dois défricher.

J'ai l'intention de la laisser faire.

Anturia, tiers 1 de l'an 1

Aelig et Fergal avaient préparé le rendez-vous de recensement au détail près.

Toutes les éventualités avaient été pensées, les risques anticipés, leurs arguments affûtés comme des lames de rasoir. Ils ne souhaitaient rien laisser au hasard. Ni la date de leur rencontre, ni la déclaration de grossesse, ni la description de leur vie maritale. Ils avaient opté pour une attitude tendre et complice, avec l'homme dans son rôle de chef de famille et la femme en retrait, ce qui leur semblait conforme aux nouveaux préceptes du Grand Ordre. Moins Aelig parlerait, moins elle risquerait d'éveiller les soupçons… La jeune femme n'avait pas discuté : depuis son long séjour dans le monde sauvage, les mots ne lui étaient plus tellement familiers. Ils s'agitaient dans sa bouche sans trouver l'ordre logique selon lequel s'agencer.

Les officiers s'étaient présentés un matin. Ils avaient pénétré dans la maison sans frapper et s'étaient assis dans la salle principale sans y être invités. Fergal n'en laissa rien paraître, mais Aelig sentit à quel point leur attitude le heurtait. Le couple avait eu raison de se préparer : les questions étaient précises et les regards chargés de suspicion. L'écart d'âge entre les deux époux, la grossesse de la jeune femme et la perte de sa roche formaient un tout peu crédible. Ils avaient longuement expliqué le chaos dans ce secteur et les dangereuses löcelles livrées à elles-mêmes. L'une d'entre elles avait arraché le pont fixe entre les époux pendant qu'une autre emportait dans sa course les parents d'Aelig. Elle avait assisté, impuissante, à la perte des siens. Peu convaincus, les hommes avaient scrupuleusement noté le contenu de l'entretien.

Ils avaient ensuite expliqué le fonctionnement du nouveau calendrier : l'année serait divisée en trois tiers de cent journées chacun. Le jour 1 du premier tiers de l'année numéro 1 d'Anturia avait été décrété par le gouvernement. Par recoupement de dates, Aelig avait compris avec horreur qu'il s'agissait du lendemain du Grand Massacre. Un cri s'était étouffé dans sa gorge; il restait là, bloqué en travers de son pharynx, comme si une main invisible tentait de l'étrangler.

Ainsi donc serait leur nouveau monde : un décompte à partir du sang versé. Ce symbole de commencement était accablant.

Une autre violence, plus insidieuse, visait à couper les Anturiens de leur lien direct au vivant. Diviser un calendrier en trois tiers n'avait aucun sens : les solaisons[1]

1. Solaisons : rotations solaires sur Anturia.

marquaient les trois saisons de manière évidente. En substituant un temps mécanique et prépensé à la capacité de tout Anturien à lire le ciel et observer la nature, le Grand Ordre se rendait indispensable. Il devenait l'unique repère et, ce faisant, coupait les Anturiens de leur plus grande liberté : savoir par eux-mêmes. Chercher n'étant pas chose confortable, une pensée prémâchée arrangerait le plus grand nombre.

Bientôt, chacun aurait oublié les choses simples, Aelig en était convaincue.

Ce qui la heurtait au plus haut point était sans conteste l'idée de « première année ». Un début pour effacer tout le reste. Le temps d'Oisin était révolu, et, avec lui, celui des grands guides élus par le peuple et désignés par les esprits. Toute la beauté de leur monde tenait dans cet équilibre entre l'avis de l'invisible et celui de la communauté. Un chemin partagé qui les avait mis à l'abri d'un dogme figé et éloigné des réalités de la vie. Le cœur lourd, elle visualisait les pages du *Grand Livre des lignées*, les centaines de noms manuscrits avant le sien, ainsi que ceux les ayant précédés, lorsque l'écriture n'existait pas encore. Elle pensait aux siècles de connaissances de la *lignée du Savoir*, aux millénaires de pouvoir appuyé sur la collaboration avec les sages et les esprits. Son chagrin était immense. Et peu discret.

Les officiers avaient pris congé sur une menace : le Grand Ordre les tenait à l'œil.

Anturia, tiers 2 de l'an 800

— On se prépare un thé ? J'ai du nouveau pour toi.

Annabelle a surgi de nulle part, directement dans ma chambre. Inutile de lui en tenir rigueur, cette fille n'en fait qu'à sa tête. Je fais comme s'il était tout à fait normal qu'elle débarque chez moi sans prévenir.

— Tu as questionné ton père ?

— Ça n'a pas été facile !

Une boule se forme dans mon estomac. Elle fait chauffer de l'eau, fouille dans mon placard, trouve le thé.

— Je t'en prie, fais comme chez toi.

Elle enchaîne sans relever ma remarque :

— Il se demandait pourquoi je m'intéressais subitement aux lignées.

La boule grossit un peu.

— Qu'est-ce que tu lui as répondu ?

— Je lui ai dit que le sujet était absent de la bibliothèque ésotérique, ce qui venait titiller ma curiosité.

— Ça a suffi ?

— Il sait que je peux m'acharner si on me cache des choses.

Nous nous installons l'une en face de l'autre. Elle ajuste sa position, prend le temps de servir le thé.

— Alors ?

— Les lignées remontent à la nuit des temps. À l'origine, il y en avait trois. Nous avons peu d'informations sur leur rôle et leurs pratiques car elles étaient de tradition orale. Elles ont transmis leur héritage dans le plus grand secret. Quelques ouvrages mentionnent l'existence d'un *Grand Livre des lignées*, mais personne n'en a jamais trouvé la trace. Il a dû être égaré, ou caché. Certains pensent que les lignées existent encore, d'autres pensent qu'elles se sont éteintes il y a plusieurs siècles.

Je l'écoute avec passion. S'il existe d'autres lignées, j'ai l'espoir d'obtenir du soutien. Voilà une bonne nouvelle pour moi. Elle continue :

— La lignée des Esprits était la plus secrète. C'était une lignée spirituelle. Nous ne savons pas grand-chose de ses membres ou de ses rites, mais sommes sûrs de son existence. Elle est mentionnée dans plusieurs récits historiques. Enfin, ceux qui n'ont pas été détruits.

— Ça alors, je n'en avais jamais entendu parler…

— Moi non plus. Il y a tant de choses qu'on ne nous a pas dites, Chloé…

— Il s'agissait de prêtres ?

— Oui, ou peut-être de sages. Ils traitaient les questions liées aux divinités.

Les divinités… Je pense à la fameuse légende de l'alvéole. La jeune femme rousse serait-elle une prêtresse ? Son collier serait-il magique ?

— Chloé, tu m'écoutes ?

— Oui, pardon.

— Une autre lignée est celle du Pouvoir. Ses membres étaient chefs de clan. Les noms des plus prestigieux d'entre eux sont faciles à trouver.

— Ça fait bizarre de plonger dans notre histoire, tu trouves pas ?

— Moi, ça me met plutôt en colère. Ces tabous sont une excuse, c'est sûr. Franchement, des prêtres, des chefs, quoi de plus normal dans une société ?

— Qu'est-ce qu'on nous cache, alors ?

— Aucune idée. Mon père élude mes questions sur le sujet.

— Étrange…

— Il faudra creuser ce point, mais je te préviens, on ne va pas être aidées. Il va falloir trouver toutes seules.

— On a l'habitude, maintenant.

— On n'a pas été vraiment seules, jusque-là.

Elle ne saurait imaginer à quel point nous ne le sommes pas ! Il faudra que je lui parle de la jeune femme au collier.

La coquine a gardé la lignée des loups pour la fin. Je la devance :

— La troisième lignée, je la connais, ha ha !

Elle me fixe d'un air grave. Ce qui va suivre ne va pas me plaire, je le sens.

— Non, tu ne la connais pas.

— Comment ça ?

— La troisième est la lignée du Savoir.

— Qu'est-ce que tu racontes ?

— Une lignée dédiée aux connaissances, dont la philosophie.

— Et la lignée des loups ?

— Il n'y en a aucune trace, Chloé.

Je la regarde, incrédule. Un silence s'installe.

— Mais… c'est impossible !

Les sanglots s'étranglent dans ma gorge ; ça faisait longtemps…

— Annabelle, c'est impossible !

— Je suis désolée, ma Chloé.

Je courbe la tête, découragée.

— Alors c'est fichu, c'est ça ? On n'a plus de piste ?

— Peut-être que mon père ne sait pas tout.

— Ça m'étonnerait !

Elle me serre contre elle, ma voix s'éraille.

— La vie joue avec moi, Annabelle, j'en ai marre ! Me voilà revenue à la case départ…

— Ne dis pas ça !

— Comment veux-tu que je découvre des informations sur ma lignée, si elle n'a jamais existé !

— On va forcément trouver, Chloé.

— Elle est là, la tromperie. Nous n'existons pas !

— Tu vas un peu loin, là…

— Mon père est complètement fou, en fait.

— Non, ça, ce n'est pas possible puisqu'il y a eu aussi tes grands-pères.

— Ils sont tous fous, dans ce cas. Je suis issue d'une lignée de fous.

— Calme-toi. Peut-être que vous portez des secrets qu'on a préféré oublier. Ça serait pas la première fois qu'on raye des pans entiers de l'histoire d'Anturia.

— C'est vrai.

— Allez, on va y arriver, te décourage pas.

— C'est bientôt mon anniversaire, je te signale.

— Ne te mets pas la pression avec ça, on peut résoudre le problème, même après la louve.

— Jamais !

— Soyons pragmatiques, Chloé. C'est dans combien de jours ?

— Six.

— C'est chaud, comme délai.

— M'en fiche ! J'arrête ! J'arrête tout !

— Chloé…

— Laisse-moi. Rentre chez toi et laisse-moi !

Elle me regarde d'un air triste et s'en va.

J'évite tout le monde depuis quelques jours. Suis fatiguée de tout et, surtout, je n'ai pas envie de me justifier. Je cherche une solution à mon problème immédiat : la louve en cadeau d'anniversaire. Ce matin, j'ai fait l'école buissonnière pour rejoindre l'alvéole de cette inconnue. Je me suis dit qu'elle pourrait peut-être m'aider. J'avais hâte d'effleurer la roche et de trouver, au hasard d'un geste, l'accès à d'autres informations. Je me suis installée, j'ai pris le temps de respirer pour faire le calme en moi, puis j'ai caressé la paroi. Le résultat n'a pas tardé à se faire entendre. Comme chaque fois, c'était doux, mais avec beaucoup de merveilleux en plus. La leçon était si belle que j'en ai oublié mes soucis de lignée.

Ce matin, j'ai appris à rencontrer **mon enfant intérieur**.

C'était extraordinaire !

Je ne pouvais pas imaginer qu'en nous, tapie dans nos cellules, se trouvait la mémoire de l'enfant que nous avons été. Une mémoire intacte, précise et surtout pleine d'émotion.

La leçon disait qu'il est important de prendre soin de cet enfant, car il influence secrètement nos vies. En silence, doucement mais très sûrement, il agit sur notre ambiance intérieure. S'il souffre, nous souffrons, s'il est joyeux, nous le sommes aussi. Parfois, il peut être piégé dans une émotion négative qu'il n'a pas réussi à dépasser (il est en colère, il est triste, il se sent seul, isolé ou abandonné).

Il ne tient qu'à nous de l'aider.

Il paraît même que si l'on arrive à servir ses besoins, notre vie peut s'améliorer…

J'ai noté le processus à la lettre près. Je ne voulais rien rater. Je suis partie dès que j'avais tout écrit pour pouvoir essayer.

Tout d'abord, il fallait s'installer dans un endroit rassurant et confortable. Pas question d'être interrompu ou gêné par quoi que ce soit. J'aurais préféré faire l'exercice en pleine nature, mais lorsque j'ai compris que je devrais être dans une sorte d'état méditatif, les yeux fermés, je n'ai pas osé. J'avais peur qu'un animal surgisse ou qu'on m'interrompe.

Je suis allée chez moi. J'ai fermé la porte à clé pour ne pas être dérangée et me suis assise en tailleur sur un grand coussin posé par terre. Il s'agissait dans un premier temps de faire venir le calme en moi.

Grâce à mes techniques de respiration, j'y suis très bien arrivée. (L'écriture de ce carnet me transforme chaque jour un peu plus.) J'étais si bien concentrée sur mon souffle que le monde s'est progressivement effacé de mes pensées. Lorsque je me suis sentie prête, j'ai continué le processus : il fallait appeler l'enfant.

J'étais inquiète qu'il ne vienne pas ! Mais il ne s'est pas fait prier. Une petite Chloé d'environ sept ans m'est apparue. Bien qu'elle soit mignonne avec ses cheveux roux en bataille et ses pommettes rose bonbon, sa tristesse m'a fendu le cœur. Le chagrin formait une sorte de nuage épais tout autour d'elle. Mon premier réflexe a été de la prendre dans mes bras et de la bercer. (Ça m'avait frappée dans les consignes, il ne fallait pas hésiter à se conduire en maman, surtout si on avait eu le sentiment de ne pas en avoir eu.) Elle s'est collée contre moi en me serrant si fort que j'en étais toute chamboulée. Je lui embrassais les cheveux et caressais sa nuque tout doucement, elle était si maigrichonne que j'avais peur de la casser. Nous nous sommes regardées longuement, en silence. L'amour nous enveloppait dans un cocon tout doux.

Après, il y eut des larmes. Des torrents de larmes. Nous avons laissé les sanglots nous raconter nos peines et notre soulagement d'être enfin ensemble. Puis elle m'a parlé. Je voyais ses lèvres bouger, ça me désolait de ne rien entendre. Par chance, elle comprenait bien mes gestes et attendait patiemment que je trouve une solution.

J'ai vraiment tout essayé : lui prendre les mains, puis les épaules, j'ai même collé mon oreille à sa bouche, ce qui l'a fait rire et s'illuminer d'un coup, comme un soleil. Moi, de mon côté, j'étais désemparée de ne pas trouver de solution. Alors j'ai lâché prise. J'ai accepté que cette fois je ne l'entendrais pas. Elle a compris, s'est retournée puis s'est assise en tailleur au creux de mes jambes, son dos collé contre mon ventre. C'est lorsque je l'ai enlacée que j'ai entendu sa petite voix. Elle m'a chuchoté sa solitude et sa détresse face aux exigences de notre famille. Elle a avoué m'attendre depuis longtemps.

J'ai pleuré encore... Comment ne pas avoir perçu son appel? Pourquoi ne nous apprend-on pas que notre enfance a besoin de nous?

Je lui ai promis de m'occuper d'elle et de ne plus jamais la laisser seule. Nous sommes deux, maintenant. L'une comme l'autre on sait que ça change tout.

Puis nous nous sommes quittées. Son corps s'est peu à peu effacé, laissant mon cœur tout bouleversé.

Il m'a fallu du temps pour me remettre de cette rencontre, mais elle m'a donné en cadeau l'espoir de grandir plus sereinement. J'en avais vraiment besoin.

Comment pourrais-je rendre à l'inconnue de l'alvéole tout ce qu'elle m'offre?

Anturia, tiers 1 de l'an 1

Aelig ressentit une urgence à protéger ses savoirs et le fruit de son initiation.

Elle voulut poursuivre le travail de sa mère en ajoutant ce qu'elle avait appris par elle-même, en dehors du noviciat. Elle devait faire vite, les officiers se multipliaient comme la vermine. Partout, ils contrôlaient et terrorisaient les Anturiens.

Lorsqu'elle se déplaçait, la jeune femme prenait de grandes précautions. Elle avait repéré quelques plateformes collectives comportant plusieurs accès. Pour semer d'éventuels suiveurs, elle accostait sur un ponton, vaquait sur place à des occupations insignifiantes, puis, quand elle était assurée de ne pas être suivie, quittait la plateforme par un autre point de sortie. Il lui fallait parfois plusieurs heures pour atteindre, par sauts de puce, la plateforme aux lianes.

La végétation avait bien fait son travail : ni sa löcelle ni celle de sa mère n'auraient pu être repérées sur le sol recouvert de plantes rampantes. Aelig s'accordait parfois le temps de s'asseoir sur son ancien ponton, camouflé sous l'épais tapis vert. De là, elle admirait le paysage alentour. En cet endroit d'Anturia les plateformes sauvages formaient un barrage au Grand Néant ; Aelig mesurait sa chance de ne pas avoir perdu sa roche et espérait de tout son cœur qu'elle offrirait à son fils un palliatif énergétique suffisant.

Pour accéder à son alvéole, elle vérifiait d'abord qu'elle était seule, puis découpait les tiges qui en masquaient l'entrée. Elle badigeonnait ensuite leur extrémité d'une pâte de boue mélangée à des épices. Ainsi cautérisées, les plantes pourraient continuer à pousser, malgré la coupure, sans créer de grandes plaques sèches peu discrètes. La jeune femme ne laissait plus rien au hasard afin de préserver ce lieu vital pour elle comme pour son enfant.

Son ventre s'arrondissant de jour en jour, elle rencontrait désormais quelques difficultés pour se glisser dans la cavité. Une fois qu'elle était installée, la sensation était toujours la même : à peine son dos épousait-il la paroi qu'un profond sentiment de soulagement l'envahissait. La connexion avec la roche était essentielle à son bien-être physique et moral, bien au-delà de ce qu'elle aurait pu imaginer.

Elle se concentrait d'abord sur la sauvegarde de ses connaissances. Dans un premier temps, elle organisait sa pensée pour qu'elle soit clairement énoncée et compréhensible par tous. Ensuite, les mains en corolle, elle prélevait un peu de son aura, qu'elle roulait au creux de ses paumes afin de former une bulle pas plus grande qu'un gros bouton de rose. Après, elle collait ses lèvres à la sphère irisée en récitant à voix haute le contenu. Ce procédé lui avait été transmis par sa mère. Elle se souvenait précisément de cette leçon et de l'émerveillement dans lequel l'avait laissée une telle prouesse. Elle s'était amusée à faire éclater les sphères pour laisser jaillir le son de sa voix, clair et précis. Elle se souvenait aussi d'avoir enfreint la règle en pénétrant dans l'alvéole d'Urdighann pour encapsuler des messages d'amour dans sa roche. Urdighann… Sa peau n'avait pas oublié ses étreintes… Son cœur n'avait pas oublié son amour… Ses yeux n'avaient pas oublié son regard de braise… Son absence creusait en elle un abîme qui la dévastait, d'autant qu'elle ignorait les circonstances de sa mort. Elle espérait de toute son âme qu'il n'avait pas souffert. Elle s'interdisait d'imaginer son calvaire, mais comment ne pas l'imaginer, justement, alors qu'elle avait découvert le corps mutilé de ses parents ?

Elle chassa ces mauvaises pensées d'un geste de la main, puis se remit au travail.

La dernière étape de sauvegarde des informations consistait à fusionner en douceur les bulles à la roche. Après quelques échecs, elle sut trouver la pression adaptée pour ne plus les faire éclater. Ensuite, elles devenaient disponibles à l'envi sur simple effleurement de la paroi.

Pour accélérer le processus, elle se préparait longtemps à l'avance, retrouvant le fil des leçons bien en amont de ses visites. Un état d'urgence s'était emparé d'elle, comme si ses jours étaient comptés. Elle encapsulait surtout ses connaissances en botanique et ses leçons de vie. Chaque fois, elle remerciait les esprits de lui avoir tant appris. Elle devait être à la hauteur de leur confiance et faire en sorte que ces connaissances ne disparaissent pas avec elle.

Enfin, elle prenait le temps de se connecter à sa roche afin de recharger ses cellules et celles de son fils. Le terme de la grossesse approchait, l'enfant absorbait toute sa vitalité. Elle fermait les yeux puis laissait l'énergie de la roche pénétrer en elle. Un courant froid se connectait à ses veines pour diffuser ses ondes nourricières. Peu à peu, elle perdait le contact avec la réalité et entrait dans une totale fusion chair-roche. Souvent, les ancêtres lui parlaient. Un jour, elle eut une vision : une jeune fille aux cheveux roux tenait le collier de pouvoir dans sa main.

Anturia, tiers 2 de l'an 800

Voilà, il fallait bien qu'il arrive, c'est le jour de mon anniversaire.

J'ai dix-huit ans et je n'ai pas trouvé de solution à mon problème. Pourtant, je ne regrette pas cette année, j'ai appris toutes ces choses qui ont changé ma vie (je positive même en ce jour funeste, franchement, je m'épate). Je médite, je respire, je lutte contre mes croyances limitantes, je ne me prends plus trop au sérieux, et me fie à mon intuition. Et puis, j'ai rencontré l'inconnue. Je n'ai pas encore compris ce qu'elle attend de moi, mais ça viendra.

Pourtant, ce soir, une louve pourrait tout dévorer. Mon nouveau moi comme ma nouvelle vie. Il se pourrait que j'en revienne à la toute première page, avec mes nuits longues, tellement longues, mes dix-huit ans, et ma peur.

Je serre dans ma paume l'amulette qu'Annabelle m'a offerte ce matin ; elle est belle avec ses reflets vert foncé. C'est une labradorite qui a le pouvoir de protéger. C'est chou, d'être allée jusqu'à la plateforme du N'importe quoi pour me l'acheter. Je la glisse dans ma poche et lui demande de veiller sur moi.

Allez, courage.

J'ai tenté d'éviter qu'on en fasse un événement, mais rien à faire, ma mère tenait à ce dîner à trois. Je contourne mon habitation ; la cage est là, monstrueuse. Ce soir, ou demain, elle aura son invitée. Je glisse les doigts sur les barreaux, résignée. Quelle folie, cette vie.

Dans la demeure familiale, l'atmosphère solennelle me happe d'un coup. L'air grave de mon père, ma mère sur son trente et un et la table richement décorée me confirment que je vais avoir droit à un grand soir. Je me sens d'humeur cynique, et je n'aime pas ça.

Sans grande surprise, la mythologie familiale s'invite dès le début. Ainsi se déroule une soirée supposée m'être dédiée : mon père et ses ancêtres, au centre. Le courage, la peur vaincue et la domination des loups ne me sont pas épargnés. Quand je pense que notre lignée n'existe peut-être pas ! Je subis la traditionnelle revue de portraits familiaux d'un air complètement désabusé – qui n'a pas échappé à mon père. Je le sens nerveux. Nous le sommes tous les deux.

Ce dont il me parle m'est parfaitement étranger, j'ai tant appris à me protéger de cette histoire que j'en suis devenue étanche, les mots glissent sur moi telles des gouttes de pluie acide. Je ne suis pas des leurs, c'est évident. Comment la vie a-t-elle pu me faire échouer ici ?

Mon père se lève, fouille dans sa poche de pantalon et me tend un pochon de cuir. Je l'ouvre et trouve un gros cristal de quartz blanc et de fines lamelles transparentes du même minéral.

— Dans notre famille, ces cristaux sont transmis de génération en génération depuis des siècles. Ils donnent force et vitalité.

— Dommage de les recevoir si tard !

Je n'ai pas pu retenir ce sarcasme. Trop, c'est trop. Mon père, excédé par mon attitude, me rappelle à l'ordre :

— Viens donc voir ta louve, ça te rafraîchira les idées.

Un bref coup d'œil vers ma mère me confirme qu'elle ne m'aidera pas. Elle s'affaire, résignée, à réarranger le décor de table. C'est fou comme une décoration peut nécessiter autant de concentration. Tant pis pour moi, allons voir les geôles.

Je n'ai pas mis les pieds au sous-sol depuis plusieurs années. Tandis que je descends les marches creusées dans la pierre, l'odeur d'urine me pique le nez. Les bêtes sentent notre venue et se partagent en deux groupes : celles qui s'approchent des barreaux pour la nourriture et les autres, en retrait, les babines retroussées. Mes jambes tremblent un peu, mais pas trop, je ne regrette pas d'avoir bu le verre de vin à table.

— Elles ont senti ta présence.

Ce sera le seul commentaire de mon père. Que dois-je en déduire ? Je ne sais pas. Sont-elles plus nerveuses que d'habitude ou moins ? Je garde ces questions pour moi. Il prend une dague et pose de la viande dans une cellule.

— Celle-là, c'est la tienne, me dit-il en indiquant une cage un peu à l'écart, dans laquelle se trouve une louve à l'air féroce.

Un grondement sourd s'échappe de sa gueule hideuse. D'un coup d'œil panoramique, je trouve un animal moins effrayant. Aucune bête ne me dit rien qui vaille mais, à la guerre comme à la guerre, je préfère encore choisir celle-ci. Je la pointe du doigt.

— Celle-là !

— Non, elle est trop molle.

— Entre molles, on va se comprendre…

— T'as oublié que le but est de s'endurcir. Cette bestiole ne te servira à rien. Faut que je la tue, d'ailleurs.

— S'il te plaît, on pourrait juste essayer !

Mon courage m'épate.

— Non, c'est une imposture, ce loup.

— Alors on sera deux. Deux impostures.

La réplique le pique au vif. N'avoir que moi comme descendance, ça doit faire mal. Hors de lui, il saisit un grand fouet et ouvre d'un coup sec la porte d'une cage. Un loup bondit au-dehors et nous menace de ses crocs. Il est dans une telle colère qu'il en bave. Mon père entame une joute démoniaque avec la bête, faisant claquer le fouet à quelques millimètres de sa gueule et l'obligeant à reculer. Ma peur est si intense qu'elle m'en donne des nausées. Une folle lutte de domination s'est engagée entre eux : un pas gagné par l'un signe la perte de l'autre. Les coups secs du fouet contrastent avec le grognement viscéral du loup. Ce dernier finit pourtant par être le plus sage des deux. Il s'engouffre dans sa cage, résigné. Un tremblement gagne mes mains, mes épaules et même mes mâchoires. Livide, le souffle court, je rassemble mes dernières forces pour m'enfuir. Je traverse à la hâte la salle de dîner, laissant ma mère et sa belle table à leur triste sort. Une fois que je suis sur ma passerelle, le grand air débloque ma respiration. Je crie fort, de plus en plus fort. Une sorte de rage s'empare de moi. À ce moment-là, mon père apparaît. Emportée par ma colère, je me jette sur lui pour le repousser.

— Va-t'en ! Sors de ma vie !

La violence de mon geste est telle qu'il recule de plusieurs pas. Étourdie d'avoir ce pouvoir nouveau sur lui, je perds totalement le contrôle. Mon corps et mes pensées deviennent frénétiques, ce qui doit être impressionnant car mon père recule encore, l'air médusé. La haine jaillit si fort en moi que mon estomac se comprime de dégoût : je vomis dans sa direction. Mon père s'en va, les traits creusés par la stupéfaction.

Ce départ ne m'apaise pas, au contraire. Ce sentiment nouveau de toute-puissance génère en moi une énergie jusqu'alors inconnue : libre, souveraine et déterminée. Le dos bien droit et les joues empourprées de colère, je défie toute créature, père ou loup, de vouloir à l'avenir pénétrer dans mon territoire.

Comme je me penche pour reprendre mon souffle, je vois le ponton paternel sous mes pieds. Alors germe en moi cette idée folle : le détruire. Je m'empare d'une grosse pierre et tape de toutes mes forces sur les accroches. Des étincelles jaillissent du métal martyrisé. Une vie entière de peurs renforce mes gestes. Mes doigts endoloris de coupures serrent la roche et s'acharnent de manière méthodique et organisée : rogner les bords, puis, coup après coup, atteindre le cœur pour le faire céder.

Des deux accroches, la première lâche d'un coup, provoquant un brusque sursaut du pont et fragilisant la seconde. Je jubile d'avoir trouvé en moi une force que j'ignorais. Elle était là, prête à me servir.

Le vent se lève, il souffle fort, fouette mes joues et emmêle mes cheveux. Je respire comme je n'ai jamais respiré. J'absorbe l'énergie du vent déchaîné, lui et moi nous ne sommes qu'un, nous sommes puissants, démesurément puissants. C'est incroyable, il m'aide !

Je ris en criant ou je crie en riant, je ne sais plus. En tout cas, je poursuis ma besogne. Malgré mon corps fatigué par la bataille, je m'acharne. Soudain, un éclair de lucidité me fait prendre conscience de ce que je fais : je suis en train de casser le ponton paternel de ma löcelle.

Je m'interromps et prends le temps de m'asseoir pour réfléchir. Un seul petit centimètre me sépare de l'objectif. J'inspire profondément par la bouche pour me calmer. Le vent turbulent s'engouffre dans ma gorge et m'apaise. Je sais que ce temps de recul est nécessaire.

En accord avec moi-même, je me lève, prends dans le coffre de maintenance la masse d'entretien des amarres et la projette de toutes mes forces sur l'accroche déjà endommagée.

Elle cède sans peine. La passerelle se cabre dans un grand fracas métallique, l'onde de choc la tord sur elle-même. Puis elle s'affaisse brutalement en abandonnant au vide quelques lattes de bois. J'aperçois ma mère courir sur sa passerelle, mais mon ordre implacable l'arrête net :

— Si tu t'approches, je fais pareil avec la tienne.

Contre toute attente, elle obtempère.

Sur ce, je vais m'allonger. Le grelot tombe de mon lit. Il surgit toujours de façon inattendue, celui-là. Je le serre contre mon cœur et dors d'un sommeil profond.

Il est des libérations trompeuses.
Elles soulagent pour dévoiler
d'autres chemins
à défricher.

Sur les crêtes escarpées de la quête,
l'âme écorche ses allégresses,
tutoie ses peines et enlace
son désarroi.

À cœur vaillant le réconfort est grand.

Troisième partie

Anturia, tiers 2 de l'an 800

— Chloé, tout va bien ?

Depuis mon sommeil de plomb, j'entends au loin Annabelle tambouriner à la porte. Elle insiste, elle m'appelle. Je perçois l'inquiétude dans sa voix. Je chasse les brumes de mon cerveau avant de lui ouvrir.

Elle me serre dans ses bras, un peu trop fort, ce qui m'étonne. Comme je ne suis pas bien réveillée, je ne cherche pas à comprendre pourquoi. Je bâille bruyamment en m'étirant.

— Si tu savais comme j'ai bien dormi !

Bouche bée, elle fait un pas de côté pour me laisser voir l'extérieur : tout est dévasté. Des barricades arrachées, il ne reste que des portions de bois hirsutes, plantées dans la roche. Le sol est jonché de lattes de bois brisées.

Les cheveux en bataille, je me frotte les yeux et cligne des paupières.

— Tu disais avoir bien dormi ?

Je sens qu'elle fait des efforts pour garder son sérieux.

— Tu n'as vraiment rien entendu ?

Je hausse les épaules et remonte le fil de la soirée. Je pense au dîner, à l'affrontement entre mon père et le loup, à moi-même en train de détruire l'accroche. Je me souviens du vent, aussi. Et de mon sommeil de plomb. C'était si bon que j'en avais conscience en dormant.

— Dix-huit ans sans sommeil et là, en pleine tempête, tu dors !

— Comme une masse.

Le rire nous gagne, pas pour longtemps. Une pensée frappe à la porte de ma conscience. Elle insiste. Elle exige que je la regarde en face : j'ai détruit le lien entre la löcelle de mon père et la mienne.

Cette réalité me surprend moi-même. Aurais-je rêvé ?

Je me lève pour vérifier. Lorsque je contourne mon habitation, la tristesse du spectacle me happe. Les barricades de mes parents ont disparu, laissant derrière elles quelques piquets tordus. Le pont de mon père pend lamentablement dans le vide.

En me rejoignant, Annabelle se tord les chevilles sur les débris au sol et grommelle des noms d'oiseau. Elle se fige en découvrant le spectacle.

— C'est quoi, ça ?

Je suis face à un dilemme : lui dire la vérité ou saisir l'occasion pour cacher mon forfait ? Bien qu'elle soit mon amie, je ne suis pas prête à avouer. Je ne regrette rien, pourtant. J'ai simplement peur qu'elle me juge. J'y suis allée très fort, cette fois.

— Tu savais qu'une tempête pouvait arracher un pont parental ? me dit-elle, l'air perplexe.

— Non…

— Comme quoi…

Quand même, quelle aubaine, cette intempérie. Elle nous met à l'abri, mes parents comme moi-même, du jugement des autres.

Annabelle poursuit sa réflexion à voix haute :

— Tu crois qu'on peut rematérialiser un pont parental ?

— Je ne crois pas, non.

Tout à coup, son visage s'illumine.

— Mais alors, Chloé, plus de loups la nuit ?

— Plus de loups la nuit…

— À moins qu'ils ne passent par la löcelle de ta mère.

— Ça m'étonnerait.

— C'est tout l'effet que ça te fait ?

— C'est tellement inespéré que… que… je ne réalise pas trop.

— Tu crois que ton père va quand même t'apporter ta louve ?

— Aucune idée.

Je pense à la nouvelle organisation de ma famille, avec ma mère devenue par la force des choses la seule intermédiaire entre nous tous. J'ai hâte de voir comment elle va se positionner.

Annabelle, de son côté, réfléchit (sinon ça ne serait pas Annabelle).

— Chloé… c'est toi qui as déclenché la tempête ?

— Qu'est-ce que tu racontes ?

Ses mots me font peur. J'ai bien vu que le vent s'était levé en même temps que ma colère. J'ai senti que nous étions liés et qu'il me donnait la force de continuer.

Annabelle poursuit :

— Je pense que tu en es capable.

— Tu délires !

— Il y a en toi une force qui te dépasse, ne dis pas le contraire.

— Peut-être bien, oui… Bon, on peut passer à autre chose ?

— Je t'ai vue repousser la Banshee, Chloé.

— Rien ne prouve que c'était moi. C'était peut-être une coïncidence.

Cette conversation me gêne, parce qu'Annabelle a raison. Plutôt que d'éluder la question, je ferais mieux de comprendre cette chose en moi qui ne cesse de grandir.

Mon amie interrompt mes tergiversations.

— J'espère qu'un jour, tu me parleras…

Je détourne le regard, elle n'insiste pas.

— En tout cas, c'est un chouette cadeau de la vie. Plus de loups.

Le mot me pique au vif.

— Un cadeau, tu dis ?

— Tu ne trouves pas ?

Là, je me rappelle les loups, les barricades, les sous-sols qui empestent.

— Toutes ces années de trucs moches, c'étaient des cadeaux, aussi ?

— Pourquoi tu te fâches ?

— Parce que c'est injuste ! La vie a été injuste avec moi !

Voilà, c'est parti, je crie. Je ne maîtrise plus rien du tout, en ce moment. Ce qui n'est pas le cas d'Annabelle.

— Tu devrais chasser ce sentiment d'injustice. Il te fait du mal.

— Parce que tu trouves ça juste, toi ?

— Ce n'est pas la question, Chloé.

— Bien sûr que si, c'est la question !

Les poings serrés sur les hanches, elle recule un peu pour me faire face.

— Et ça change quoi, hein ? En quoi ça t'aide, de trouver la vie injuste ?

— J'en sais rien.

— Eh bien moi, je sais ! Ça t'enfonce.

Vexée, je marmonne :

— C'est facile pour toi. Si tu avais eu ma vie…

— Laisse tomber le passé, Chloé. Chaque fois que tu ressasses, tu souffres une fois de plus.

Elle m'énerve ! Je la tire brutalement par le bras pour l'entraîner vers la cage. Elle la pointe du doigt d'un air horrifié.

— Qu'est-ce que c'est que cette chose immonde ?

— Un cadeau de la vie, comme tu le dis si bien. Celui-là, il est pour mon anniversaire : une cage pour ma louve.

Elle avance et pose le front contre les barreaux.

— Quelle folie…

— Et encore, t'as rien vu, crois-moi.

— C'est-à-dire ?

— Mon père s'est donné du mal pour choisir la bête : j'ai droit à la plus sauvage. Un pur concentré de haine.

Les sanglots d'Annabelle coupent net mon ironie. Sa peine, en miroir de la mienne, me serre le cœur.

— Pardon, Chloé, pardon. Je te fais la leçon, c'est facile. Tu as raison.

Je laisse échapper un soupir las.

— Les barricades, les loups qui te terrorisent, et maintenant cette cage… C'est au-delà de ce que j'avais pu imaginer. Tu es une résiliente, Chloé !

— Une quoi ?

— Une résiliente, quelqu'un qui réussit à être heureux même en ayant vécu des drames.

— Si tu le dis…

Après toutes ces années de lutte, quelqu'un me comprend enfin. Je devrais peut-être en profiter pour tout lui expliquer. Je m'apprête à le faire, lorsque j'aperçois ma mère.

— Chloé ! Tu n'es pas blessée ?

— Non, ça va.

Elle me serre contre elle, je suis toute raide dans ses bras. Son inquiétude me touche mais elle ferait mieux de me protéger quand j'en ai besoin. Les câlins d'après, c'est facile. Elle sent ma colère, desserre son étreinte et me caresse doucement la main.

Annabelle met un terme à notre embarras.

— Vous non plus, vous n'avez rien entendu ?

Son ton flirte avec l'hostilité.

— J'ai pris des somnifères hier soir.

— C'est vrai que la soirée a été difficile pour toi, maman !

— Oui, très dure, pour nous tous, répond-elle d'un air triste.

Elle observe les dégâts, puis regagne son ponton.

— Allez, je vous laisse.

Juste avant de partir, elle se retourne en souriant.

— C'est bien mieux sans les barricades, ne change rien.

Je ne sais pas quoi penser de sa remarque… Annabelle disparaît dans ma maison, puis en ressort avec un balai et une pelle.

— Allez, on termine le ménage !

Armées de notre attirail, nous jetons dans le vide les débris et autres vestiges. Ils plongent vers l'infini, aspirés par le néant. On balaye comme des folles, en criant des « Hourra ! ». Bientôt, la place est nette. Sur ma löcelle, mais aussi dans mes pensées.

Fières de notre travail, nous nous asseyons par terre. Je ferme les yeux. Une petite brise effleure ma joue et fait danser mes cheveux. Je me sens soulagée. Je sais que tout n'est pas terminé, mais je m'en fiche. Un pas après l'autre. On verra bien si les loups continuent à venir.

Face à nous se dressent les belles plateformes sauvages et l'immensité d'Anturia.

— C'est dingue, cette vue ! s'extasie Annabelle en englobant d'un geste l'espace devant elle.

— Je te l'avais dit.

— Sans les barricades, ça rend mieux…

— Suis d'accord.

— Rassure-moi… tu ne vas pas en remettre ?

— Non.

— C'est bien, ma Chloé.

Ce concept de la résilience, m'a intéressée au plus haut point. Dans ma bibliothèque, je suis allée consulter le *Grand Livre des définitions essentielles à la vie*. (Je l'ai découvert il y a peu : c'est mon trésor.) Évidemment, le sujet était abordé.

La définition est vraiment compliquée. Je n'en ai retenu que l'essentiel : la résilience est une force psychologique qui permet d'accepter un traumatisme pour le dépasser et reconstruire sa vie.

- La première étape consiste à regarder son traumatisme en face, sans le nier. Ah! Je devrais montrer ce paragraphe à ma mère. À force de tout minimiser, elle avance en aveugle. Or le chapitre insiste sur le fait que les traumatismes niés (ou refoulés, c'est le terme utilisé) font bien plus de dégâts que s'ils sont vus. Dont acte, je regarde en face ma vie, les loups, la cage, et suis d'accord avec moi-même : tout cela est trop douloureux pour moi.

- La deuxième étape explique qu'on peut aller de l'avant, avec cette douleur. L'idée, c'est de ne pas souffrir en boucle toute sa vie. Les résilients acceptent qu'ils ont vécu des choses difficiles et poursuivent leur chemin quand même.

Ça m'a fait réfléchir. Je pense que j'ai encore un peu de chemin à faire sur l'acceptation de tout ce qui m'arrive. Suis pas encore sûre de pouvoir me dire : « C'est OK, mais j'avance quand même. » Je suis plutôt passée direct à : « J'avance quand même. » Il me reste à travailler l'acceptation. C'est un nouveau challenge, parce que je ne trouve pas OK du tout de terrifier une petite fille en l'enfermant dans des souterrains avec des loups.

- La dernière étape de la résilience, c'est le cadeau : avoir reconstruit une vie heureuse, malgré le passé. Il est écrit qu'en choisissant de nouveaux repères qui sont justes pour lui, le résilient peut y arriver.

Bon, je n'en suis pas encore là, mais je suis en chemin. J'ai encore deux trois trucs à régler.

Anturia, tiers 2 de l'an 800

Je passe de plus en plus de temps dans mon alvéole. Cette fusion avec ma löcelle m'est devenue nécessaire. Dès l'aube, je me glisse en elle, respire son odeur minérale et me laisse envahir par son énergie. Elle suit toujours le même tracé. La sensation de froid dans mon dos détend mes muscles un à un. Elle se concentre sur ma colonne vertébrale. J'ai l'impression de me transformer en arbre. Mon tronc plonge ses racines dans la roche pour y puiser sa force, puis propulse la sève dans le branchage. Même la plus petite feuille, tout en haut du haut, profite de cette manne.

Si j'étais un arbre, j'aurais une ramure grande comme le ciel pour accueillir des myriades d'oiseaux. Ça ferait un raffut du diable, toutes ces conversations de plumes, ça serait sensationnel.

Lorsque j'ai fini de faire le végétal, je m'endors. Je laisse mes cellules déborder mon corps et s'amuser à explorer l'univers. J'ai un pass illimité pour le monde, il est dissimulé dans une brèche de ma cavité.

Il y a quand même une belle ironie dans mon histoire de crocs et de peurs : sans ce loup monstrueux à ma porte, je n'aurais jamais exploré mon alvéole. Mon père ne se doute pas que, ce soir-là, il m'a offert un cadeau merveilleux. Sous l'emballage empoisonné, il y avait un trésor.

Ce matin, mon aventure minérale est interrompue par des cris. Mes parents se disputent. Je rejoins la façade arrière, en douce, et sursaute en voyant la cage. Celle-là, je ne pourrai jamais m'y habituer. C'est un peu comme si je l'oubliais (même si je ne l'oublie pas, en vrai ; au contraire, je l'ai tout le temps en tête), et puis d'un coup, elle surgit dans mon champ de vision. Misère.

Je m'égare un peu dans mes pensées noires. Des éclats de voix me rappellent ce pour quoi je me suis levée.

Je tends le cou pour voir la scène. Une violente altercation oppose mes parents. Je saisis quelques mots à la volée : il s'agit de loups et d'interdiction. Je m'approche d'eux et les trouve défigurés par la colère. Ma mère me semble plus grande que d'habitude, ou bien mon père plus petit, je ne saurais dire, leur tout ne ressemble à rien de connu.

Mon père m'interpelle :

— Tu as réussi à rallier ta mère !

— Laisse Chloé en dehors de ça ! lui hurle-t-elle en réponse, avant de se tourner vers moi. Rentre chez toi, Chloé.

Je ne sais pas quoi en penser ; mon corps refuse de bouger. Mon père profite de mon hésitation :

— La garce m'empêche de te livrer ta louve.

Les yeux écarquillés, j'encaisse l'injure, même si elle ne m'est pas destinée. Ma mère, quant à elle, prend son élan et le gifle de toutes ses forces. La marque blanche des quatre doigts reste bien nette sur sa joue. Je suis en apnée, le temps se fige pour nous trois. Mon père sort de sa torpeur, le visage déformé par la haine. Il souffle comme un bœuf en nous menaçant du poing. Un instant, je redoute qu'il nous tue. Il fait volte-face et rentre chez lui.

— Maman, détache le pont ! Il va nous tuer !

Elle me rejoint.

— Calme-toi…

— Je t'en prie, détache le pont !

Elle me caresse les cheveux en pleurant doucement.

— Ton père ne ferait jamais une chose pareille.

— Il va nous tuer…

Ma voix se brouille, je tremble. Derrière ses larmes, elle me sourit.

— Je le connais bien mieux que toi, fais-moi confiance.

Elle me berce contre elle. Le raffut sur sa löcelle nous confirme que mon père a choisi d'autres défouloirs. Je me reprends un peu et essuie mes larmes d'un revers de la main.

— Tu l'as empêché d'apporter la louve ?

— Oui, dit-elle en évitant mon regard.

— Pourquoi ?

— Il est temps que tout cela cesse.

Je soupire.

— Votre affrontement est sans issue. Tu ne plieras pas, ton père doit se rendre à l'évidence.

Une grosse fatigue s'empare de moi. J'aurais préféré entendre qu'elle m'avait épargnée par amour, juste par amour, pas pour éviter la guerre. Ce qu'elle dit ensuite chasse mes derniers espoirs d'être comprise.

— Si tu refuses d'accepter votre destinée, elle va s'éteindre, tu comprends ?

— Tant mieux !

— C'est un lourd fardeau pour ton père.

— C'est pas un fardeau pour moi, peut-être ?

La colère monte en moi pendant qu'elle s'entête à parler de lui :

— Il est responsable de la perpétuation de cette lignée. Et toi, tu l'en empêches.

— J'ai au moins le courage d'arrêter ce carnage !

Elle ajoute d'une voix lasse :

— Chloé, j'ai décidé qu'aucun loup n'emprunterait ma passerelle. Est-ce qu'on peut s'en tenir là ?

Bien que la colère me vrille l'estomac, je préfère me taire. Son offre va me changer la vie (si elle parvient à la tenir). Je ne vais pas bouder cette victoire.

Le poids des semaines passées commence à peser lourd sur mes épaules, j'ai besoin d'être seule pour récupérer.

— On s'en tient là, maman. Plus de loup.

— Tu as ma parole.

Je rejoins mon cocon avec soulagement : un chez-moi sans loup ! De jour en jour, ma vie s'améliore.

Anturia, tiers 1 de l'an 1

Aelig sut d'emblée que son rôle de mère serait délicat.

La mise au monde fut programmée dans un dispensaire, conformément aux directives du gouvernement. Les Anturiennes n'étaient plus autorisées à accoucher chez elles.

Dans sa fonction de guide, la jeune femme avait accompagné nombre de naissances. Son expérience la rassurait, elle saurait comprendre les besoins de son corps. Consciente des dangers que représentait un tel événement, elle se désolait de ne pouvoir utiliser ses savoirs en botanique. En cas de difficulté, elle ne pourrait pas compter sur l'aide de ses breuvages. Elle se prépara en amont, du mieux qu'elle pouvait.

Arrivée dans la salle de naissance de la nouvelle plateforme aux Soins, Aelig s'inquiéta des conditions pratiques de la délivrance. Allait-on lui demander de s'allonger ? L'infirmière lui expliqua, l'air embarrassé, qu'il en était mieux ainsi. Elle comprit qu'il lui faudrait s'adapter. Pour ne pas risquer de dévoiler son identité, elle s'exécuta, docile.

Elle dut surmonter la gêne d'être exposée aux regards d'un homme. Les femmes, reléguées au rôle de subalternes, étaient désormais exclues des gestes médicaux.

Elle dut surmonter ses doutes quant aux compétences du médecin. Comment pouvait-il maîtriser des savoirs nécessitant des années de pratique ? Quelques mois plus tôt, ils étaient encore réservés aux femmes…

Elle dut surmonter la peur d'être reconnue ou identifiée. Tout membre de la *lignée des Esprits* était dorénavant voué au bûcher, sans autre forme de procès. Le souvenir épouvanté de l'exécution à laquelle elle avait été forcée d'assister hantait ses nuits.

La naissance ne fut que cris, larmes et incompréhension. Par deux fois, la fenêtre s'ouvrit dans un grand fracas. Le vent réclamait l'attention d'Aelig. La jeune femme, terrorisée, resta muette à son appel. Le vent se fâcha. Dehors, la tempête fit rage. Paniquée, Aelig exhorta les esprits à ne plus se manifester.

Par chance, le médecin n'entendait rien aux questions spirituelles. L'infirmière, en revanche, ne fut pas insensible à la présence de nombreuses araignées, au sol comme sur les murs. Aelig ignora ses coups d'œil appuyés. En ces jours incertains, personne n'était digne de confiance.

Ainsi naquit Hélori, l'enfant sans-roche, d'une mère accablée de douleur et consumée par la peur. Dès la délivrance, il hurla sa colère ; son cri ne ressembla en rien à celui d'un nouveau-né.

Aelig serra ce petit être vociférant contre son cœur. Saurait-elle l'apaiser ?

Anturia, tiers 2 de l'an 800

Ce matin, je tourne en rond. Je ne supporte plus cette cage derrière mon mur. J'ai tenté l'alvéole pour m'apaiser, j'en suis ressortie très énervée. Rien à faire, je rumine.

Pour couper court à mon agitation mentale, je décide d'utiliser mon remède favori : agir. À ce jour, je n'ai rien trouvé de mieux pour me vider la tête. Pas besoin de tergiverser cent tiers pour savoir quoi faire, je vais me débarrasser de cette chose hideuse. Voilà. Je ne laisserai plus cette fichue lignée des loups ternir ma lumière.

Une nouvelle absence me coûtera probablement un blâme au lycée… Tant pis. C'est le moment ou jamais, je suis motivée et seule. Mes parents sont partis au travail.

Je fouille avec frénésie la caisse d'entretien des pontons, en retire une masse, un pic et une grosse pince. Les outils sont lourds, je dois faire plusieurs trajets pour les porter à l'arrière de mon habitation. Chaque fois, je passe devant le pont de mon père, qui n'est toujours pas démonté.

Une fois mon matériel en place, j'inspecte la cage pour voir comment m'y prendre. Impossible de désassembler la structure, les jonctions étant soudées. Le métal, quant à lui, est trop épais pour être coupé. Je tire de toutes mes forces sur les barreaux pour tester la résistance du scellement ; la cage ne bouge pas d'un millimètre. La tâche s'annonce ardue.

Debout, je réfléchis. Un gémissement de loup traverse mes pensées. Je me vois, petite, recroquevillée dans un coin, terrifiée. L'odeur des bêtes envahit mes narines. Mes jambes tremblent un peu.

Je chasse ces mauvais souvenirs d'un revers de la main. Je dois me concentrer sur le moment présent, comme en méditation. Le passé n'existe plus. Dans ma réalité d'aujourd'hui, la cage est vide et j'ai dix-huit ans. Point.

Je saisis la masse et l'abats de toutes mes forces sur les barreaux. L'impact laisse une griffure misérable sur le métal. Je recommence et m'acharne à m'en faire mal, sans obtenir de résultat. Un coup lancé un peu trop fort me déclenche une douleur fulgurante dans l'avant-bras. Je comprends que je ne gagnerai pas cette bataille-là.

À bout de nerfs, épuisée par l'enchaînement délirant des événements, je tourne le dos à cette laideur et rejoins ma façade avant. Là, je me sens chez moi, car je ne vois ni la cage ni les pontons parentaux. Je m'assieds sur le bord de ma löcelle en pestant. Les jambes dans le vide, je scrute l'horizon, à la recherche d'une solution. Je glisse la main dans ma poche et trouve mon grelot. Je le fais tinter. Les petites notes haut perchées m'arrachent un sourire. Juste après, je pense à Raphaël. Bien sûr! C'est Raphaël qui va m'aider!

J'ai encore le temps d'arriver pour la pause du matin. Debout sur mon ponton, je pense au lycée et ma passerelle se matérialise sans broncher. Tiens... Je remarque qu'avec un objectif clair en tête, je n'ai pas de problème de transport.

Sur place, je profite du trajet pour remettre de l'ordre dans mes pensées. Longer le pont unissant la plateforme-relais à celle du lycée m'apaise. La vue est à tomber. Je fais sonner doucement mon grelot dans ma poche pour ne pas croiser d'enseignant. Qui sait? Il pourrait être magique.

Adossé au porche d'entrée, les mains dans les poches, Raphaël discute avec des amis. Cette nonchalance, c'est tout lui. Il n'est même pas coiffé. Ses cheveux en bataille dessinent un halo châtain autour de son visage.

— Raphaël!

J'ai crié un peu fort, ça le fait rire, et ses copains aussi.

— Tu t'y connais en bricolage?

Loin d'être surpris par ma demande idiote, il me décoche un sourire à se damner, me soulève et me fait tournoyer.

— Moi, je m'y connais en tout, miss lumineuse.

On tournicote de plus en plus vite, je penche la tête en arrière et je ris! C'est tellement bon de laisser filer la colère. Il me serre contre lui, un peu trop. Je pense que, là, je devrais peut-être l'arrêter et, en même temps, je pense le contraire. Après tout, je me fiche d'être raisonnable. Je m'en fiche COMPLÈTEMENT. Je tournoie, c'est tout.

— Tu veux qu'on bricole, c'est ça ?

— Oui, genre gros œuvre.

Il me regarde d'un air lubrique, je comprends très bien ce que signifie cet œil qui frise, même si je ne vois pas le rapport avec ce que je viens de lui dire. Je ne cherche pas à le comprendre, d'ailleurs.

— On va faire un petit jeu de démolition.

— Sérieux ?

— Sérieux.

— Il est où, cet atelier bricolage ?

— Chez moi.

— Ouh là là…

— T'emballe pas, tu ne sais pas dans quoi je t'embarque…

— Je te suivrais au bout du monde !

J'ai un pincement au cœur. À part Annabelle, jamais personne n'est venu chez moi. Pour la seconde fois en quelques jours, je prends le risque de me dévoiler à mes amis proches. Angoisse.

Nous quittons le lycée en nous fondant dans la foule. Raphaël tient à voyager avec son moyen de transport. Ça m'embête, je n'ai pas envie de me débattre avec mon ponton, qui refuse souvent l'accès aux visiteurs.

— S'il te plaît, Chloé, je préfère t'emmener, comme un gentleman.

Je n'ai pas le temps de répondre, il a déjà matérialisé sa passerelle.

— Tu vois, fallait pas stresser ! Ta löcelle a tout de suite accepté ma demande.

Je suis dubitative. Mes problèmes se seraient-ils donné rendez-vous sur la case « résolution » ? Je garde ces réflexions pour plus tard. La vitesse démente à laquelle nous cheminons ne me laisse pas le temps de cogiter. Je me cramponne au garde-corps.

Lorsque ma roche apparaît au loin, je réalise que nous n'avons pas le bon angle pour accoster. Nous fonçons droit vers la périphérie d'Anturia. Pourquoi ?

— Raph, ralentis !

— On a un job qui nous attend, miss lumineuse.

Je m'échine à comprendre ce qui se passe, et d'un coup… je sais. Consternation ! Ce n'est pas mon ponton d'ouverture qui a accepté la demande de Raphaël, mais… mon ponton d'amour. Grosse panique.

C'est quoi, cette blague ? Je suis morte de honte.

J'observe en douce Raphaël qui, pour l'instant, ne fait pas la différence. Identifier un ponton est loin d'être évident, là où je vis… Comme il y a des plateformes sauvages partout, on perd ses repères lorsqu'on n'est pas habitué. Tant mieux !

Nous arrivons si vite que nous percutons la paroi de plein fouet et basculons tous deux sur le sol. Nous nous relevons un peu sonnés.

— J'y suis allé un peu fort, je crois.

Il s'approche de moi, retire quelques poussières sur mon épaule et sa main s'attarde un peu plus que nécessaire sur ma manche. Il est si près. Trop près. Pour faire diversion, je l'entraîne à l'arrière de ma bâtisse et lui montre la cage au loup.

— J'ai besoin qu'on décroche cette abomination.

Il fixe ladite abomination avec stupeur, en même temps que le pont paternel en berne.

— Dis donc, c'est du lourd, chez toi !

Je hausse les épaules.

— Où est ta malle d'entretien ?

— J'ai déjà sélectionné des outils, dis-je en lui tendant la masse, le pic et la pince.

— Il me faudrait plutôt les piolets et le pied-de-biche.

— Je vais les chercher.

En contournant le mur, j'ajoute :

— Raph, il faut réussir.

— Milady, vous avez choisi l'homme de la situation !

Raphaël prend la tâche avec grand sérieux. Il repère les points de fixation, creuse autour des attaches latérales et m'explique comment casser le mortier de scellement. Je me place de l'autre côté de la cage et imite ses gestes. Je l'observe en cachette. Il est beau, avec son air concentré. Des mèches de cheveux lui chatouillent le nez. Il les repousse d'un souffle pour ne pas interrompre ses gestes méthodiques. Le travail est si long que notre bonne humeur s'est enfuie. Les éclats de ciment blessent nos mains et griffent nos visages. Lorsque nos piolets percutent par erreur un barreau, l'onde de choc se propage jusque dans nos clavicules. Nous venons à bout de tous les points latéraux. Pour les autres, il nous faudra travailler dans la cage.

— Dis-moi, elle sert à quoi ?

Je suis étonnée qu'il n'ait pas posé la question plus tôt.

— À enfermer un loup.

— C'est quoi ce délire ?

— Je suis de la lignée des loups… Enfin, presque… Enfin, j'étais… ET PUIS MERDE !

Il me regarde, médusé. Je respire à fond pour me calmer.

— Disons que mon père m'a réservé une louve très agressive pour mon anniversaire et a installé cette cage pour que je l'accueille à domicile.

— Délire ! s'exclame-t-il, l'air épaté.

— Comment te dire…

— Du coup t'as démoli la passerelle de ton paternel ?

— C'est ça.

(Un jour, il faudra qu'on m'explique d'où vient ce sixième sens qu'a Raphaël.)

— Wow !

— Information classée « secret défense ». Officiellement, c'est une tempête.

— Bien reçu. En même temps, t'as tout d'une tempête…

— Oh, ça va…

— Tu veux que je finisse le boulot, c'est ça ? Après avoir dégommé l'accès de ton père, tu vires la cage ?

— Voilà. T'as tout compris.

Il se remet au travail.

— Au fait, pourquoi deux compartiments ?

Je lui montre la porte communicante entre les deux et explique comment confiner le loup dans une partie lorsqu'on nettoie l'autre. Par délicatesse, il ne fait aucun commentaire, mais son air en dit long sur son indignation.

Nous entrons chacun d'un côté puis nous faisons face, quelques barreaux entre nous. L'espace est si exigu que nous devons nous agenouiller. J'imagine la détresse des bêtes condamnées à vivre enfermées.

Je commence à frapper. Il fait de même. Nous avons si peu de recul que nos piolets cognent les barreaux du dessus, des côtés ou à l'arrière. Je sens l'énervement monter en moi, puis la colère. Je tape si fort qu'un gros éclat de ciment vient ricocher sur ma joue. La douleur se déploie en moi à toute vitesse et ouvre les vannes d'un trop-plein contenu depuis plusieurs jours. Je tente de cacher mes sanglots, mais la poussée des larmes est trop forte. Je m'effondre.

Raphaël sort de la cage, me tire par le bras et me force à m'asseoir contre un mur. Il poursuit la besogne seul et s'applique jusqu'à venir à bout de toutes les fixations. Enfin, il décroche l'ensemble avec le pied-de-biche.

— Bon. Maintenant, faut appeler les transports d'encombrants.

— T'es fou ! Ils ne doivent pas savoir.

— Comment veux-tu qu'on s'en débarrasse ?

— On va la projeter dans le vide.

Il me regarde comme si je venais de prononcer une énormité. Je mesure à quel point l'endroit où nous vivons est mal connu et… différent.

— Je t'assure ! On peut le faire, ici. Elle va décrocher du système et se désintégrer.

— Si tu le dis… C'est trop chelou chez toi !

Ailleurs sur Anturia, cette manœuvre aurait été dramatique : elle aurait arraché une passerelle ou se serait écrasée sur une autre löcelle.

Nous déplaçons la structure jusqu'au bord avec le plus grand mal. Elle est tellement lourde ! Raphaël m'arrête.

— Faut y aller mollo, sinon elle va nous emporter dans sa chute. Dès qu'on la sent basculer, on lâche.

Nous poussons très progressivement. J'ai peur. Pour lui, pour moi aussi.

— Laisse tomber, c'est trop dangereux. J'appellerai la patrouille.

— Non ! On n'abandonne pas si près du but. On va changer de technique. Pour les derniers centimètres, on pousse avec les pieds. Elle ne pourra pas nous entraîner.

La moitié de la cage dépasse du bord de la löcelle. Je m'allonge à côté de Raphaël et pose mes pieds comme les siens, bien à plat sur les barreaux.

— À trois, *go* !

Il me serre la main, très fort.

— Reste avec moi, hein.

Au quatrième essai, les barreaux situés sur le point d'équilibre creusent profondément la roche et se déforment dans un craquement sinistre. La cage bascule dans le vide. En sueur mais soulagés, nous restons allongés côte à côte et reprenons notre souffle. Ma colère est partie, je me sens apaisée.

Raphaël me sourit. Je le remercie.

— C'est moi qui te remercie, miss lumineuse. Tu m'as fait confiance.

Je pense à mon ponton d'amour qui s'est activé pour la première fois aujourd'hui. Pour Raphaël. Ce n'est pas complètement idiot d'imaginer que je l'aime. Ce n'est pas tout à fait sûr non plus.

Comment on sait quand c'est sûr ?

Le temps passe, un vent tiède éparpille mes questions. Je chercherai des réponses plus tard. Là, je souris, et je m'endors.

Anturia, tiers 2 de l'an 800

Une caresse sur la joue m'invite à me réveiller. J'ouvre les yeux sur le regard étonné d'Annabelle.

— Tu fais des siestes, maintenant ?

Je rappelle à l'ordre mes neurones peu habitués à tant de sommeil ; ils peinent à obéir. Je m'assieds, une couverture tombe sur mes genoux. Raphaël...

Mon amie prend place face à moi.

— Je n'en crois pas mes yeux, tu as dormi dehors !

— J'expérimente une nouvelle version de moi-même...

— Je vois ça...

Elle se dirige vers l'arrière de ma bâtisse.

— C'est tellement mieux sans les barricades !

Puis, de loin, j'entends :

— Chloé ! La cage !

Elle revient, le sourire aux lèvres.

— Promis, Annabelle, je vais TOUT te raconter. Laisse-moi d'abord préparer un thé.

— Tu m'expliqueras en chemin. Là, il faut y aller.

— Ah non, je n'irai nulle part. La journée a été assez folle comme ça.

— C'est justement l'endroit où il faut aller, après les folles journées…

— Non, non et non. On prend un thé et on papote.

— Allez, ça va être merveilleux, je t'assure.

— Annabelle ! Je suis épuisée.

— Mais tu sors d'une sieste !

Je peste car je sais pertinemment que je n'obtiendrai pas gain de cause. Annabelle ne lâche jamais.

— Allez, on se dépêche, il faut arriver avant le crépuscule.

— T'en as pas marre de me commander ?

Une lueur d'espièglerie illumine son visage.

— Disons que je te pousse un peu en ce moment… Mais, avoue, le résultat est dingue.

— Ah ça, pour être dingue…

Elle fronce les sourcils.

— Pour les réclamations, adressez-vous au guichet B4832C. À cette heure-ci, il est fermé, revenez demain matin.

Je bougonne en changeant mes habits couverts de poussière et d'éclats de ciment.

Au cours du voyage, j'ai le temps de lui faire un résumé très détaillé des dernières journées. Elle exulte :

— Plus de cage ! Bravo, ma Chloé.

— Rien n'aurait été possible sans Raphaël.

Ma réponse l'agace beaucoup.

— Quand cesseras-tu de penser que ce que tu vis est à l'extérieur de toi ? Tu ne vois pas que l'extérieur reflète ton intérieur ? Quand vas-tu accepter que tu es à l'origine de tout ce qui t'arrive ?

— OK ! Oublie ce que j'ai dit…

Elle me fait face, ouvre les bras et déclame d'une voix très solennelle :

— L'immense Chloé est sur le point d'éclore, elle fait bouger toutes les lignes de sa vie ! Voyez comme elle tente un regard affolé depuis sa coquille fissurée ! Voyez comme elle hésite ! Mais une force libératrice la pousse inexorablement vers son destin. Oh, comme c'est beau !

— Une force libératrice, c'est ça.

— Hé hé ! En parlant de libération, tu ne vas pas être déçue par la suite.

— Qu'est-ce que tu as encore manigancé ?

— Surprise ! Je ne t'en dirai pas plus.

Le trajet me paraît un peu long. Nous descendons en spirale, tout en bas de l'anneau périphérique. Les modifications de gravité commencent à agir, nous devons tenir fermement les garde-corps. Bientôt, Annabelle pointe du doigt une plateforme si plate qu'elle semble ne pas avoir de socle.

— C'est elle ! lance-t-elle d'un ton victorieux.

Un peu gênée, elle ajoute :

— Je n'étais pas vraiment sûre de la trouver, en fait…

— Comment ça, tu n'étais pas sûre ?

— Cette plateforme n'accepte aucun processus d'invitation à l'avance, ce qui, comme tu le sais, complique les choses…

— Annabelle…

— Chloé ?

Elle a ce sourire d'ange pour m'amadouer.

— C'est l'acceptation de l'invitation qui donne le cap à nos passerelles, on est bien d'accord ?

— Oui, nous sommes d'accord.

— OK… Alors explique-moi comment nous avons pu cheminer sans direction indiquée ?

Elle marque une hésitation avant de poursuivre. Je sens bien qu'elle essaie de me ménager.

— En fait… j'ai pratiqué la navigation aux instruments.

— C'est-à-dire ?

— J'ai calculé les données et je les ai indiquées à la passerelle.

— Qu'est-ce que tu racontes ?

— Mais je le fais tout le temps pour aller chez toi !

Silence embarrassé. Je ne m'étais jamais demandé comment elle parvenait à apparaître sans me prévenir. Parfois, je me surpasse dans le ridicule.

— Annabelle, tu sais faire ça ?

En guise de réponse, elle se contente d'un sourire revanchard.

— Comment t'as calculé les données ?

— Le nom de la plateforme était indiqué dans le livre. J'ai consulté un atlas pour connaître sa localisation.

— Tout simplement.

Elle hausse les épaules.

— Le rituel présenté dans le texte m'a semblé tellement beau que j'ai pris le parti de faire confiance.

Elle sent mon irritation grandir et s'emporte un peu elle aussi :

— Tu ne vas pas en faire un drame ! Nous l'avons trouvée, non ?

— Si j'ai bien compris, nous allons attendre, suspendues dans le vide, que cette fameuse plateforme nous autorise à accoster ?

— C'est ça.

— Tu es complètement dingue ! En plus, on a beaucoup perdu en force de gravité.

— Entre ta gravité et celle d'Anturia, je me demande laquelle des deux est la plus dangereuse !

Je lui lance un regard de feu.

— Il se passe quoi, si l'accord ne nous est pas donné ?

Elle hausse les sourcils.

— On improvisera.

J'attends la suite, qui ne tarde pas à venir :

— Au pire, on continue et on tente de modifier les données en cours de route pour rentrer chez nous.

Là, je décroche.

Elle saisit mon visage entre ses mains et me dit d'une voix froide que je ne lui connais pas :

— Moi, je suis sûre du résultat. Je le sens. Tu vas devoir te reprendre et faire un effort, sinon tu vas tout faire rater.

— Je rêve ! Tu nous mets dans une situation potentiellement dangereuse et je suis celle qui doit se reprendre ?

Ses joues se crispent sous l'effet de la colère.

— Tout est dit ! C'est POTENTIELLEMENT dangereux. Ou pas. Décide que tout va bien se passer, UN POINT C'EST TOUT !

En cet instant précis, je me demande si je ne préférerais pas récupérer les loups et les barricades.

Compte tenu de l'urgence de la situation, je choisis de décider, comme elle dit, que tout ira bien.

— Fais-moi confiance. Je pèse mes mots lorsque je te promets que nous allons vivre une expérience merveilleuse.

Je ferme les yeux et me raccroche au moment présent.

Dans ce présent, il y a cette étonnante plateforme devant nous. Le contour est composé d'un mince anneau rocheux qui encercle un lac au milieu duquel se trouve une petite île boisée. L'étendue d'eau est en apesanteur, sans base rocheuse. À notre approche, un ponton d'accueil très rudimentaire se matérialise : une marche en pierre. Rien de plus. La passerelle d'Annabelle s'arrête face à lui. Il règne un calme inhabituel; pas de vent, pas de chants d'oiseaux. Le temps est comme en suspens. Annabelle s'adresse à la plateforme avec déférence :

— Nous souhaiterions nous libérer de notre passé et serions honorées de pouvoir accoster.

Si je pouvais prendre mes jambes à mon cou, je le ferais volontiers. Je guette, dans le cas où apparaîtrait une Banshee. En guise de gardiens des lieux, des milliers de points luminescents surgissent du ponton. Ils s'agglutinent sur notre peau, rebondissent sur nos joues et s'emmêlent dans nos cheveux. Mes mains sont pointillées de lumière. Je les tourne et les retourne, émerveillée. Annabelle se tient face au vide, les bras ouverts, dans une attitude d'abandon. Des touches irisées parsèment sa chevelure noire et s'accrochent à ses cils. On dirait une reine, avec sa couronne et ses yeux pailletés.

Soudain, les accroches se déploient et notre passerelle s'y imbrique. Tout simplement.

Annabelle rayonne. Je comprends à quel point cette visite lui importait. Elle se dirige vers une table posée sur la berge. Je lui emboîte le pas. D'un geste de la main, elle m'invite à m'asseoir avec elle sur le banc. Deux feuilles de papier et des crayons sont disposés sur le plateau de bois.

— Écris sur cette feuille ce qui t'a fait souffrir et dont tu voudrais te délivrer.

Ça ne me plaît pas, qu'elle m'embarque dans une aventure dont je ne sais rien.

— J'ai besoin que tu m'expliques ce qui va se passer.

— Fais-moi confiance, ça va être super !

— Je te fais confiance. Mais je veux décider de faire l'expérience, ou pas. Arrête de choisir à ma place.

Elle baisse les yeux et pince les lèvres.

— Excuse-moi, Chloé… Comme je sais que ça va te faire du bien, j'en oublie de te demander ton avis.

— Je ne suis pas un pantin.

— Bien sûr que non ! Pardon. Vraiment.

— OK.

Son visage s'éclaire.

— C'est génial, en fait !

— Quoi ?

— Tu as beaucoup changé ! Fini, la Chloé qui a peur de s'affirmer.

Cette fille a l'art de retomber sur ses pattes. Bon, en vrai, elle a raison. J'ai changé, je n'en avais pas encore pris conscience.

— Sans ton aide, je n'en serais pas là.

Un moment de grâce passe de ce côté-ci d'Anturia. Je suis tellement fière de moi ! Ça me fait une drôle de sensation dans les côtes, comme si elles s'ouvraient. Comme si… comme si je sortais de ma chrysalide. Voilà, c'est ça. J'ai percé l'enveloppe, je sors par le haut, la tête la première. Je passe les épaules. Sensation inouïe de respirer pour la première fois de ma vie.

Annabelle revient vite à son objectif; elle ne perd jamais de vue son cap.

— Bon, je t'explique ?

— Vas-y.

— C'est un rituel très ancien, je l'ai découvert dans un livre. Il aide à se libérer des fardeaux du passé. Je ne sais pas s'il va fonctionner. En tout cas, la plateforme existe et elle a accepté de nous accueillir, c'est bon signe. Il est clairement écrit qu'elle peut refuser. Si tu veux, je te décris toutes les étapes.

— Elles font peur ?

— Oh non ! Tout est très doux et très beau.

— Alors, c'est parti.

— C'est parti ! On va bien s'amuser, dit-elle en applaudissant.

Elle me tend la feuille.

— Écris ce qui t'a fait du mal.

— Tout ?

— Oui. Sois précise. Tout ce que tu notes va être pris en compte.

— Les souvenirs vont s'effacer ?

— Je ne crois pas, non… Il s'agit plutôt d'enlever la douleur qui leur est liée.

— Tu le fais, toi aussi ?

— Il y a du matériel pour deux personnes, j'en déduis que nous sommes toutes les deux invitées.

L'exercice ne va pas de soi, d'autant qu'on ne nous a fourni ni gomme ni brouillon. Pas de seconde chance, donc. Je prends le temps de réfléchir. Je mâchouille le crayon et lève le nez de la feuille. La vue sur le lac est fantastique. La surface lisse de l'eau reflète les nuages et les arbres de l'île. On dirait que le monde s'est dédoublé, une face endroit, une face envers, avec un pli bien net au milieu. Je rêvasse. Un coup de coude d'Annabelle me ramène à l'exercice.

J'ai le plus grand mal à mettre des mots sur mes douleurs. Mes souvenirs sont diffus et stockés dans mon cerveau en images ou sensations : un mal de ventre, une vague de désespoir, un hurlement de loup, une respiration en saccade… Pas facile de les capturer dans des mots sans les vider de leurs émotions. Certains ont l'air dérisoires, une fois écrits.

Puis vient la difficile question des choix. En ce qui concerne mon père, une part de moi souhaite se libérer des souvenirs, l'autre s'agrippe. Parce que si j'efface la souffrance entre nous… eh bien… j'efface tout. Je ne me rappelle pas avoir vécu de jolis moments avec lui.

Je me demande : il se passe quoi, s'il n'y a plus d'émotion entre deux personnes ? On devient des étrangers ? Suis pas prête pour ça, j'ai besoin d'un papa. Même celui-là. Je choisis d'épargner de-ci de-là quelques souvenirs et poursuis le travail d'écriture.

La liste est longue mais, lorsque j'ai fini, je me sens bien plus légère. Je me retourne vers Annabelle ; elle a l'air soulagée.

Elle m'explique les nouvelles consignes :

— Nous allons maintenant offrir ces souvenirs aux quatre éléments.

Que j'aime cette idée ! Je me réjouis de découvrir les étapes les unes après les autres. Je peux en profiter pleinement, sans avoir d'attentes, ou de craintes, au sujet de la suite.

— Tout d'abord, l'offrande au feu. Il faut brûler nos pages.

Deux boîtes d'allumettes se matérialisent sur la table. J'en saisis une et enflamme ma feuille avec jubilation. Elle se tord sous l'effet de la chaleur. Un point noir se dessine au centre, puis s'élargit, jusqu'à grignoter le bord du papier de sa mâchoire incandescente. J'observe, soulagée, mes douleurs partir en fumée.

Annabelle poursuit :

— Nous devons maintenant séparer la cendre en trois portions égales.

Je m'exécute. Quelques pans consumés s'effritent sous mes doigts.

— La première portion retourne à la terre, pour la fertiliser.

— Comment veux-tu que ces malheurs fertilisent quoi que ce soit !

— La pourriture, le compost, le fumier… ces déchets sont de puissants engrais. Le cycle vie-mort-vie est dans l'ordre des choses. Ce qui meurt nourrit ce qui advient.

Ce ton étrange me fiche la trouille : c'est Annabelle qui parle ? Je l'observe attentivement. Elle est concentrée sur sa tâche et ne m'adresse pas un regard. Elle s'agenouille, répand la cendre d'un geste et la mélange au sol. Je laisse mes questions de côté et m'y attelle moi aussi. Les mottes de terre se brisent sous mes doigts et absorbent mon papier calciné ; bientôt, il n'en reste aucune trace.

— Nous devons aussi remercier d'avoir vécu ces expériences pour ce qu'elles nous ont appris.

— Quoi ? Je ne vais pas remercier pour ces souffrances, quand même !

Imperturbable, elle poursuit le rituel.

— Essaie.

— Je vais surtout essayer de ne pas m'énerver.

— Au pire, fais semblant. Ou dis-toi que c'est OK. Accepte.

— Je vais plutôt faire comme ça. J'ai des trucs à accepter, paraît-il…

— Maintenant, c'est au tour de l'élément air. Pose ta cendre au creux de ta paume et souffle dessus.

Elle me plaît bien, cette étape. J'observe le tas dans ma main : il est bien minuscule, pour tant de peurs vécues ! Je souffle sur mes mains rapprochées en corolle ; une nuée anthracite se répand dans l'air en confettis virevoltants. Je les observe danser au gré du vent. Il les mène plus loin, plus haut. Je repère une cendre et me prends au jeu de poursuivre sa course aérienne. Elle danse un peu, tourne sur elle-même, s'accroche à une branche, puis disparaît dans l'écorce d'un arbre. En voilà une qui aura gagné en hauteur de vue. Pourvu qu'il en soit de même pour moi.

J'entends Annabelle remercier. Je l'imite, toujours réticente, mais un peu moins. Reconnaître que j'ai appris de ces expériences a fait son chemin dans ma tête. Qui serais-je aujourd'hui si je n'avais pas cherché à les surmonter ?

— Maintenant, offrons le reste à l'eau. Il nous faut attendre le signe.

Elle me prend la main et me guide vers la berge.

— Une barque devrait se présenter à nous pour nous permettre de clore le rituel.

Elle scrute l'horizon, silencieuse. De longues minutes s'écoulent. N'y tenant plus, je lui demande :

— On doit avoir une barque chacune ?

— Je ne sais pas, ce point n'était pas très clair.

— Pourquoi ne pas prendre celle-ci ?

Elle se retourne brusquement.

— Laquelle ?

Je la regarde, médusée.

— Celle-là !

— Tu vois une barque ?

— Pas toi ?

Je vois poindre la déception sur son visage.

— Dans ce cas, c'est toi qui poursuis.

Elle me sourit tristement.

— Toi seule.

Je sens l'angoisse monter en moi.

— Comment ça, moi seule ?

— Puisque je ne vois pas la barque, le rituel s'arrête là pour moi.

— N'importe quoi ! Tu n'as pas fini !

— Je ne suis probablement pas prête…

— Enfin, Annabelle, comment expliquer que je sois prête et pas toi ? Ça n'a aucun sens.

— Il faut croire que si…

— On va attendre encore un peu, et tu vas la voir, cette fichue barque !

— Laisse tomber…

Quelques larmes ourlent ses paupières.

— Annabelle, je n'irai nulle part sans toi.

— Si, tu vas y aller ! Je t'attends ici, ne t'inquiète pas pour moi.

— Certainement pas. En plus, je suis morte de trouille.

— Tu ne peux que te réjouir de poursuivre le rituel jusqu'au bout. Je ne devrais pas te le dire, mais la fin vaut le détour. Si tu l'as parfaitement accompli, la récompense se manifestera à toi sur l'île.

— Raison de plus pour ne pas continuer sans toi. Nous sommes venues à deux, nous terminerons à deux.

— Chloé, je ne vois pas cette barque…

— Eh bien, pour une fois, je serai ton guide, voilà. Moi je la vois, ça suffira pour deux.

Je prends sa main et la pose sur le bord de l'embarcation.

— Tu sens le bois ?

— Oui.

— Alors fais-moi confiance, et viens.

Je l'aide à s'installer, non sans mal. Nous tanguons un peu, luttons pour garder l'équilibre, puis parvenons chacune à nous asseoir.

— Tu sais, nous ne sommes certainement pas autorisées à faire ça !

— Depuis quand tu respectes les règles, toi ?

Elle me lance un sourire grand comme le ciel.

— Merci, Chloé.

— Bon, on fait quoi, maintenant ?

— Cap sur l'île.

Je prends les rames et nous engage dans la bonne direction. Tout à coup, Annabelle porte la main à sa bouche.

— On a oublié les cendres !

Nous éclatons de rire. J'amorce le demi-tour, récupère le tout, garde ma part en main et lui confie la sienne. Nous empoignons chacune une rame et progressons vers l'île.

À mi-parcours, elle me demande d'arrêter pour faire l'offrande à l'eau.

— Plonge ton poing dans le lac et ouvre-le doucement.

Je m'agenouille pour être au plus près de la surface. Lorsque je desserre le poing, des filets noirs se faufilent entre mes doigts. Ils sont aussi laids que mes peurs. Je prends le temps de les voir disparaître dans l'eau.

J'entends alors la voix d'Annabelle donner la dernière consigne :

— Déclare que tu n'as plus besoin de ces expériences dans ta vie. Que tu les rends à l'univers.

Décidément, j'adore ce rituel. Je m'empresse de retourner à l'envoyeur mes expériences pourries, non sans esprit de revanche. Ce n'est peut-être pas très conforme à la méthode, mais ça me fait un bien fou. *Bye bye* la douleur, et surtout ne reviens pas trop vite !

Nous nous asseyons côte à côte en silence, bercées par le clapotis de l'eau. Annabelle scrute l'île avec intensité, je fais de même, sans savoir quoi attendre. Je sens la fatigue m'envahir, et ne souhaite rien d'autre que me laisser porter. C'est alors que j'aperçois un sac de toile posé à l'avant de la barque.

— Tiens… il n'était pas là tout à l'heure ! dis-je tout haut.

— De quoi tu parles ?

— Il y a un sac à l'avant du bateau.

Annabelle pousse un cri victorieux et me tire par la manche.

— Chloé, tout se passe exactement comme dans le livre ! C'est dingue !

— C'est-à-dire ?

— Le sac, il fait partie du rituel.

— Ah bon ?

— Il contient des pommes.

— Des pommes ?

— Elles ne devraient pas tarder à arriver.

— Qui ?

— Chut ! Approche-toi de la berge. Vite !

Je reprends les rames à la hâte.

— Doucement…

— Faudrait savoir…

— Tu ne dois pas les effrayer.

— Annabelle, de quoi tu…

Je n'ai pas le temps de terminer ma phrase qu'apparaît sur la berge, sortie des bois, une licorne d'un blanc immaculé.

Nous sommes toutes deux figées par l'émerveillement. L'animal nous observe à distance, sa crinière souple ondulant dans le vent.

Je chuchote :

— Je croyais que ces animaux avaient disparu.

— C'est ce qu'on dit…

Nous observons, éblouies, cet animal prétendument éteint depuis plusieurs siècles. Annabelle me donne un léger coup de coude.

— Essaie de t'approcher.

Je rame avec précaution. Le courant pousse en douceur la barque vers la berge. Nous retenons notre souffle. La licorne reste immobile, seuls quelques frissons parcourent son flanc. Le face-à-face est incroyable. Soudain, elle pousse un hennissement strident. Annabelle me lance un coup d'œil inquiet, je resserre mes mains sur les rames pour amorcer un léger mouvement de recul. Nous comprenons vite que l'appel ne nous était pas destiné : une autre licorne, accompagnée de son petit, apparaît. Le poulain chahute au bord de l'eau, sans aucune crainte à notre égard.

— Prends une pomme et offre-leur.

— Non, fais-le, toi. Je tiens les rames.

— Chloé ! Ces pommes ne sont pas là pour moi, je ne les vois même pas… Allez, dépêche !

— Prends les rames, alors, on ne sait jamais.

J'essaie d'atteindre le sac sans faire tanguer la barque. Je repère une belle pomme rouge. Lorsque je la saisis, des lettres noires se forment sur sa peau. Il s'agit de mon écriture ! Sur le fruit apparaissent les mots que j'ai écrits au début du rituel. Annabelle a tout deviné.

— Tu vois les mots ?

— Oui !

— Dément... un livre vieux de plusieurs siècles, et tout y est décrit à la perfection...

Le poulain trépigne ; il semble attendre ce qui va suivre.

— Tes souvenirs les plus douloureux vont se matérialiser sur les pommes. Si une licorne accepte de les manger, tu en seras libérée.

Je suis triste que cette dernière étape me soit réservée. Bien qu'Annabelle ait déployé des trésors de patience pour m'emmener ici, elle n'est pas invitée au final. Quelle injustice ! Elle doit lire dans mes pensées et tente de me rassurer :

— Je comprendrai plus tard pourquoi je ne peux pas me libérer pour l'instant. Ne t'inquiète pas, les licornes compensent largement ma déception.

Sans surprise, le poulain croque le premier le fruit que je lui tends. Il en réclame un autre en fouillant ma main avec impatience. Sa mère l'imite. Ils dévorent à pleines dents mes douleurs. Mes douleurs aux pommes.

Annabelle risque une caresse, la mère se laisse faire. Je tente ma chance. Le contact est doux, les muscles saillants frissonnent sous mes doigts, une chaleur intense se dégage de son corps. Je sens que mes cellules veulent se mélanger. Les mains bien à plat sur la bête, je colle mon front sur son flanc, et nous fusionnons.

Moi, petite Chloé, je fais partie de cette immensité-là.

Je reviens à moi, un peu décalée, comme d'un lointain voyage.

— Annabelle ?

— Oui ?

— Merci.

Elle me fait un clin d'œil.

— Je te l'avais dit.

Je me tourne vers les créatures immaculées et les remercie elles aussi. En guise de réponse, le poulain me mordille la manche. Nous rions, saluons une dernière fois les licornes et regagnons la berge en silence.

Anturia, tiers 2 de l'an 800

Assise sur le bord de ma löcelle, je suis perdue dans mes pensées. Je songe à ma nouvelle vie sans loups la nuit, ni barricades, ni cage avec une louve dedans.

Je n'aurais jamais espéré un tel résultat… Suis-je libre ? Vraiment ? Ça me donne le vertige… Fini les entraves. Mes fardeaux ont été dévorés par un bébé licorne.

Un rire m'échappe. Je suis plus légère qu'une plume, je pourrais presque voler.

Bon, je ne suis pas à l'abri d'un revirement de situation. Il suffirait que mon père réussisse à convaincre ma mère de laisser passer un loup… Pourtant, mon intuition me dit qu'il ne le fera pas. Il a compris que j'étais prête à me battre.

Ce soir, j'ai refusé l'invitation d'Annabelle, je n'avais pas le goût de fêter mes victoires. Je voulais être seule, chez moi. J'avais besoin de relire mes notes lumineuses. Elles sont un repère stable dans cette vie de dingue.

J'adore mon beau carnet. Je procède toujours de la même manière pour le consulter : je le feuillette et laisse le hasard choisir pour moi la leçon à travailler.

Comme d'habitude, je ferme les yeux et me demande laquelle sera l'élue du soir : L'enfant intérieur ? La peur ? La pensée positive ? Je me régale d'avance.

La page que je découvre me glace le sang : elle n'est pas écrite par moi.

Sous le coup de l'affolement, je jette le carnet par terre comme s'il était envoûté, puis tourne en rond dans ma chambre. Quoi encore ? On ne va donc jamais me laisser tranquille ?

Lorsque je retrouve un semblant de contrôle de moi-même, une pensée m'angoisse : les messages se font de plus en plus pressants. Je m'assois sur le lit, découragée. Un gros brouillard bien noir s'installe en moi.

Dans un sursaut d'héroïsme, je trouve le courage de lire ce qui m'a fait peur. Il s'agit d'une liste de prénoms, enfin je crois, car ils n'ont rien à voir avec les nôtres. Je les lis tous, il y en a une vingtaine. Sur la dernière ligne, il est écrit : *Aelig*.

Je soupire en m'affalant sur mon oreiller. Une libellule est juchée sur le montant du lit.

Je suis fatiguée, bon sang, tellement fatiguée… C'est pour quand, le calme ?

Les temps nouveaux acclamèrent
la souveraineté de l'esprit.

De silences séculaires en terres arides
le don avait cheminé
de la lumière à l'adversité,
dans l'attente de l'élue.

Les ancêtres s'apprêtaient
à renouveler l'alliance.
La matière, quant à elle,
Désirait danser.

Toutes choses en ordre pour
l'harmonie recréer.

Anturia, tiers 2 de l’an 800

— Annabelle, je n’en peux plus de tous ces signes, je dois trouver la tromperie.

— Encore ?

Dépitée, je lui explique les mots apparus dans mon carnet.

— On dirait que celui qui t’envoie des messages a décidé de passer à la vitesse supérieure !

— Ça doit l’énerver, que je ne comprenne rien. Parce qu’en plus de me terrifier avec sa liste, il m’a envoyé une libellule.

— Histoire d’enfoncer le clou.

— Il m’a fallu plus d’une heure pour la faire sortir, la pauvre avait tellement peur qu’elle se cognait aux murs, c’était horrible. Mes lucioles étaient dans un état ! C’était l’affolement général dans ma lampe de chevet.

— Les lucioles ! Oh là là, il faut que je libère les miennes.

— Ah oui, tiens, moi aussi… Ça fait longtemps qu’elles sont enfermées.

— Et si on y allait ? Lumina, c'est l'endroit rêvé pour réfléchir.

Cette petite virée me fera le plus grand bien. J'ai besoin de recharger mes batteries d'un peu de poésie. Après, je pourrai encaisser le reste.

Sur Lumina, les insectes règnent. Ils s'ébattent par milliers dans un immense tapis de fleurs. J'adore m'allonger dans cette prairie sans fin.

Après un détour par ma löcelle, nous voici en route, avec nos grands sacs occultants sous le bras. (Ces créatures phosphorescentes ont un petit cœur très fragile. Dès qu'on les déplace, elles paniquent. Il faut les ménager.)

Une fois arrivées, nous retirons avec précaution le globe de verre, et là… c'est la fête ! Les mâles s'enfuient en premier, tout étonnés de pouvoir voler dans un espace illimité. Les femelles s'échappent à pattes, attirées par le bon air de leur plateforme.

Étendues dans l'herbe, nous reprenons notre discussion. Pour marquer le coup, une libellule se juche sur une graminée, juste à côté de moi. Annabelle me fait un clin d'œil.

— Des fois que t'aurais pas compris…

— À ce stade, c'est du harcèlement !

— Bon, j'ai bien réfléchi, il faut trouver le *Grand Livre des lignées*.

— Un bouquin dont on a perdu la trace depuis des siècles ?

— On sait qu'il a existé.

— Tu parles d'une piste…

— Il a forcément circulé au sein des clans.

— Annabelle, je suis persuadée qu'on ne cherche pas au bon endroit.

— Soyons logiques. Un livre comme ça ne passerait pas à côté d'une lignée ancestrale.

Elle prend un ton malicieux.

— Et si ta lignée en possédait une copie ?

— J'en doute.

— Il faudrait vérifier. Le doute, ça fait pas avancer.

— Et si on n'est pas sur la bonne piste ? Avancer, ça sert à rien si on ne va pas là où il faut. C'est toi qui me l'as dit.

— Faute de connaître la direction, tentons des choses. On affinera après.

— OK, tentons des choses.

— On pourrait fouiller chez ton père ?

— La simple idée me fiche la trouille, mais j'irai.

— Quelle détermination ! Tu veux que je t'accompagne ?

— Non. Continue les recherches de ton côté. Je préfère y aller seule.

— D'accord, Chloé. Fais bien attention à toi, s'il te plaît.

— J'ai repoussé une Banshee, ne l'oublie pas.

Son sourire forcé me montre que je ne l'ai pas rassurée, ce qui ne me surprend pas, car je n'en mène pas large. La mission s'annonce difficile pour moi.

— Au fait, hier, j'ai revu Théodore.

Si Mamie Rose était encore là, elle expliquerait à sa petite-fille que ça ne se fait pas d'annoncer des trucs aussi importants sans préparer sa copine. Elle arrive comme un cheveu sur la soupe, sa nouvelle.

Bon, je ne suis pas rancunière, je passe de l'idée de fouiller chez mon père à Théodore sans râler.

— Raconte !

— Ça fait plusieurs fois qu'on se croise à la bibliothèque. J'ai fini par lui proposer de grignoter un sandwich avec moi.

— C'est toi qui l'as invité ?

— Il se décidait pas, alors je me suis lancée.

— Toi, t'es un cas… Alors ?

— Alors, c'était chouette.

— Tu crois quand même pas t'en tirer comme ça ! Explique. Tout.

— Disons que le plus marquant, c'était le baiser.

Je pousse un cri de joie en tapant des pieds.

— C'est pas vrai !

— J'ai mis des heures à m'en remettre. Pas pu fermer l'œil de la nuit. J'avais ce baiser, là, encore posé sur les lèvres… Et puis ses mains sur mon corps… Ça m'a rendue complètement folle.

— Ah ! J'aimerais bien qu'on m'embrasse, moi aussi, dis-je en soupirant. Il est loin, mon dernier baiser…

— En fait, j'ai adoré ce qu'il a mis autour. Théodore, il se contente pas de rouler sa langue dans ta bouche. Il enveloppe ta nuque de sa main pour t'approcher tout doucement de lui. Il respire sur tes lèvres avant de les toucher, il pose ses doigts bien à plat sur tes reins.

— Arrête, tu vas me rendre dingue !

— Cette fois, je suis tombée sur un as.

— Elle va être chaud-bouillant, cette histoire.

— En plus, il est super cultivé.

— Il coche toutes les cases, celui-là. En plus, il est archi-beau.

— Mouiiii, dit-elle en mâchouillant un brin d'herbe. Très, très beau.

— Eh ben… Je vais moins te voir, je crois.

— C'est pas sûr, car figure-toi qu'il en connaît un rayon sur les lignées.

— Non ?

— Si ! Il a passé des heures à m'expliquer leur rôle et leur organisation. La seule sur laquelle il ne sait pas grand-chose est celle des Esprits. Pour celle du Savoir, alors là, c'est autre chose !

— T'as découvert quoi ?

— Leur Académie, par exemple. Un grand bâtiment avec salles de cours, bibliothèques et tout le toutim.

— C'est pas l'info du siècle, dis donc.

— Chloé, je crois bien que ta bibliothèque interdite, c'est l'Académie de la lignée du Savoir.

— Qu'est-ce qui te fait penser ça ?

— Il me l'a décrite, avec des grandes façades de pierre taillée.

— Oh ! Et quoi d'autre ?

— Leur enseignement n'était pas seulement consacré à la transmission des savoirs. Il fallait aussi apprendre à apprendre, s'entraîner à réfléchir, débattre des idées pour les faire évoluer.

— C'est tout toi, ça.

— Carrément ! Tout ce qu'il m'a raconté m'a passionnée.

— Si la lignée du Savoir existait encore, tu en ferais partie. C'est sûr.

— J'adorerais !

— Et si tes ancêtres en étaient membres ? Tu y as déjà pensé ?

— Tu rigoles ? Des roches noires, membres d'une lignée ancestrale ?

— Pourquoi pas ?

— C'est impossible, voyons ! C'est réservé aux roches blanches, tout ça.

— On peut imaginer qu'au temps des ancêtres, la société anturienne fonctionnait autrement.

— Peut-être, oui.

Ma remarque a fait mouche. Qui mieux qu'Annabelle pour faire partie de l'Académie ?

Elle me coupe dans mes réflexions :

— Il n'a rien dit sur la lignée des loups.

— Comme tu n'en as pas parlé, je m'en suis doutée.

— On trouvera, j'en suis certaine.

Elle part dans ses pensées.

— Tu sais, je suis convaincue que Théodore est dans la résistance, mais j'ai pas encore osé lui demander.

— Tu as bien fait. C'est dangereux, ce genre de question.

— Très.

— Au fait, les lucioles !

Je prépare les appâts pour faire le plein d'insectes. Annabelle s'est éloignée, elle connaît la suite. Toutes ces bestioles sur sa peau, elle ne supporte pas. Je ne suis pas étonnée qu'elle m'ait proposé cette balade.

Attirés par l'odeur des boules de phéromones, les coléoptères rappliquent en masse. Je laisse le temps aux femelles de s'installer dans le socle de la lampe posé par terre. Après, je passe mon globe en verre dans le nuage de mâles, comme un filet à papillons. Lorsqu'il est rempli, je le pose sur la base, et voilà, ma lampe est prête. Ensuite, je me charge de celle d'Annabelle.

— Merci, ma Chloé. On se retrouve demain au lycée ?
— À demain, dis-je en lui posant un bisou sur la joue.
— Sois prudente chez ton père. Si tu le sens pas, c'est pas grave. Je viendrai t'aider.
— T'inquiète, ça va aller.

Anturia, tiers 2 de l’an 800

Comme je n’ai plus d’accès direct à la löcelle de mon père, je dois négocier avec ma mère pour me rendre chez lui. J’ai réfléchi à la meilleure manière de lui présenter les choses ; fouiller, ce n’est pas l’argument de rêve. Je n’ai rien trouvé de mieux, j’ai donc opté pour la franchise. On verra bien si ça passe.

Je me lève tôt pour avoir le champ libre après le départ de mon père pour le travail. Je trouve ma mère assise sur un banc. Depuis qu’elle n’a plus de barricades, elle s’est aménagé une jolie terrasse avec vue sur l’anneau périphérique. Ma colère en a servi d’autres que moi.

— Tiens, Chloé ! Bonjour, ma chérie.

— Bonjour. Elle est drôlement bien, ta terrasse.

Je plonge mon nez dans une grappe de fleurs rouges au parfum très sucré.

— Grâce à toi !

Elle a cette petite lueur qui danse dans le regard et me raconte des mercis que je n’attendais pas.

— Tu n’es pas venue pour mes fleurs, je suppose.

— Non, j’ai besoin de ton aide.

— Je t'écoute.

— Je recherche des informations sur notre lignée.

— Tu t'intéresses au sujet, maintenant ?

— Oui, je voudrais comprendre.

— À la bonne heure ! Je note qu'il t'aura fallu tout casser pour en avoir envie…

— C'est comme ça.

— Tête de bois, comme ton père.

— Non, je ne suis pas comme lui !

— D'accord, d'accord, je n'ai rien dit.

Elle observe un moment de silence, puis reprend :

— Tu sais, je ne suis pas la bonne interlocutrice pour ce que tu cherches… Je connais peu de choses car tes grands-parents, comme ton père, n'en parlaient jamais devant moi. Je suis une étrangère, ce genre de secret n'est partagé qu'entre membres de sang.

— C'est n'importe quoi.

— Et puis… je t'avoue ne jamais avoir cherché à savoir. Ces histoires de loups m'ont toujours dépassée.

— C'est toi qui dis ça ?

La question l'embarrasse ; elle confirme d'un discret hochement de tête, avant d'ajouter :

— Tu dois tenir de moi, c'est bien ce que ton père me reproche.

— Alors pourquoi ne pas m'avoir défendue ?

— Ce sang coule dans tes veines. Tous les espoirs de la lignée reposent sur toi, qui suis-je pour en décider autrement ?

— Tu es ma mère, lui dis-je avec colère.

— Chloé, ne recommence pas !

Je dois me calmer. Pas question de perdre mon objectif de vue, je veux obtenir des informations. Le conflit avec ma mère devra attendra son heure.

J'enchaîne pour faire diversion :

— Qu'est-ce que tu sais de ta belle-famille ?

— Tes grands-parents ont tout misé sur l'initiation de leur unique enfant. Ton père était le fils rêvé : il n'a jamais eu d'autre objectif en tête qu'être l'héritier de cette lignée. Lorsque je l'ai rencontré, il n'avait pas encore de loup, ce qui le rendait fou ! Puis on lui a offert cette bête épouvantable pour ses dix-huit ans. Ton père a consacré des jours entiers à l'apprentissage des techniques, il revenait de ces séances transfiguré. Ses parents étaient très fiers de lui, ils lui ont vite confié la meute. J'étais moi-même fascinée par la toute-puissance dans laquelle il s'engouffrait. Vaincre la peur déversait dans ses veines de telles décharges d'adrénaline qu'il en est devenu dépendant. La sauvagerie des loups était un prétexte pour repousser sans cesse ses limites.

Elle s'interrompt pour m'adresser un sourire las.

— Voilà ce que je sais. J'ai cessé de m'y intéresser lorsque ton grand-père lui a demandé d'abattre les bêtes soumises. Ça allait trop loin pour moi.

— Quand je pense que tu le crois incapable de nous tuer…

— Quand même, Chloé ! On ne peut pas comparer.

— Qui sait ce qu'on est capable de faire, après un tel dressage…

— Tu dramatises toujours tout !

Nous y sommes. Voilà ce qu'elle pense depuis le début. J'en bous intérieurement mais garde ma ligne de conduite, je ne me laisserai pas embarquer par ma colère. Si Annabelle était là, elle serait fière de moi.

— Est-ce que ma grand-mère appartenait à la lignée ?

— Tu as changé, Chloé…

— Oui, j'ai changé, et ce n'est pas grâce à vous.

Elle marque un temps de surprise. Elle ne répond pas, je crois qu'elle évite la dispute tout autant que moi.

— Non, ta grand-mère n'en faisait pas partie.

— Tu es sûre que je suis la dernière ?

— Oui. Malheureusement. On m'a suffisamment reproché d'avoir enfanté une fille. La lignée aurait été ravie de confier son destin à quelqu'un d'autre.

— Charmant…

— J'avais entendu parler d'un vieux monsieur, à l'époque, mais ton grand-père prétendait que c'était un imposteur.

— Tu sais qui c'est ?

— Non. Je me souviens seulement qu'il vivait dans la mer de roche. C'était il y a longtemps, il ne doit plus être de ce monde.

— Aurais-tu entendu parler d'un livre des lignées ?

— Non, jamais… Je te le répète, je n'étais pas dans les confidences.

Nous nous observons en silence.

— Chloé… Pourquoi ne pas questionner ton père ? Un signe d'intérêt de ta part lui ferait du bien.

— Non merci.

Elle soupire.

— En as-tu fini avec tes questions ?

— Oui, enfin, presque. Il est déjà parti ?

— Oui, tôt ce matin.

— Parfait.

Elle fronce les sourcils, je m'explique :

— Je dois aller fouiller chez lui.

— Comment ça, fouiller ?

— Je veux en savoir plus.

— Mais quelle idée ! Ne serait-ce pas plus simple de lui parler ?

— Non, ça serait plus compliqué, tu le sais bien.

Elle soupire encore, dépitée, cette fois.

— Vous deux… quelle histoire…

Je fais un ultime effort pour ne pas m'énerver.

— Je ne dérangerai rien, je le promets. Je veux juste chercher au calme.

— Puisque tu l'as décidé, je ne vois pas comment t'en dissuader.

— C'est ça.

— Je ne suis pas censée savoir, d'accord ?

— Je ne dirai rien, promis.

Elle m'accompagne sur son ponton et me salue d'un air chagriné.

Anturia, tiers 2 de l'an 800

Me voici donc sur la löcelle de mon père. Enfin, je devrais plutôt dire nous voici, mon enfant intérieure et moi. J'ai entendu sa plainte dès que j'ai eu l'idée de venir fouiller. Je l'ai prise dans mes bras pour lui expliquer que l'expérience nous ferait grandir toutes les deux. Elle n'a pas eu l'air d'accord. Comme une maman, je n'ai pas cédé. J'ai serré sa petite main dans la mienne et me suis dirigée vers l'habitation paternelle. Elle s'est pelotonnée dans mon ventre, car rester à mon côté l'impressionnait trop. Je l'ai laissée faire. J'avais très peur, moi aussi, mais je n'ai rien dit. Il fallait donner le change.

La bâtisse de bois est construite selon le même plan que la mienne : un dôme rond flanqué de deux façades. Elle est grande, tellement grande, avec ses deux étages. Je me sens minuscule, encore aujourd'hui. Je pousse la lourde porte de bois en tremblant ; ça chahute dans mon ventre. Je me demande laquelle de nous deux est la plus inquiète. La petite Chloé ou la grande ? Peu importe, j'avance. J'ai compris ces derniers temps que dépasser mes peurs me rendait super fière de moi. Pourtant, je ne suis pas du genre facile à contenter.

Le souvenir de la lutte entre mon père et le loup est encore frais. Mon cœur bat la chamade. J'hésite un peu avant d'entrer, puis me lance. L'odeur âcre des geôles envahit mes narines, je fronce le nez (et tout le reste). Au fond de moi, la petite n'en mène pas large, ça lui rappelle de mauvais souvenirs. Elle ne bouge plus un cil. La porte du sous-sol est entrebâillée, je m'empresse de la fermer. J'espère qu'en bas les cages sont bien verrouillées. Malgré mes précautions, les bêtes m'ont entendue, ou peut-être sentie, leurs grognements me glacent le sang. Je fais quelques exercices de respiration pour garder le contrôle et ne pas m'enfuir. Ça marche ! En matière de sang-froid, j'ai énormément progressé. Bravo moi-même !

J'avance vers la salle à manger. L'écho des reproches et des paroles humiliantes résonne dans ma tête. Je file vers le grand escalier pour reprendre mes esprits.

Je prends le temps d'observer les portraits de nos ancêtres. Il y en a assez peu, finalement. Trois ou quatre générations, pas plus. Ils ont tous le même air grave et arrogant. D'autres tableaux représentent leurs loups. Je ne déniche aucun indice dans cette galerie de trombines sinistres.

À l'étage, je croise le loup empaillé de mon grand-père. Il est figé en position d'attaque, tous crocs dehors. Un frisson d'horreur me parcourt. Je respire encore profondément, ferme les yeux quelques instants et longe le couloir jusqu'à la chambre.

Cette pièce est austère, comme le reste. Au centre trône un grand lit encadré de deux tables de chevet gravées de têtes de loup. Les murs de bois sont nus, sans décor. Ma petite Chloé cache ses yeux derrière ses paumes : elle ne veut pas voir les peaux de loup posées au sol. Ça lui rappelle trop de terreurs, lorsqu'elle devait jouer parmi ces têtes décharnées à la gueule grande ouverte.

C'est une drôle d'idée que de laisser les têtes sur les peaux de bête.

La chambre est dans la pénombre, de lourds rideaux foncés masquent les fenêtres, même en pleine journée. Cette folie poursuit mon père nuit et jour : se cacher.

Je me dirige vers le bureau en bois ciré, fouille les tiroirs les uns après les autres. Je n'y trouve que des papiers administratifs et d'autres objets sans importance. Mon regard se pose sur une photographie de mon père, assis à côté du sien. Un cadre à proximité m'expose, moi, à l'âge de sept ou huit ans. Notre ressemblance me frappe. Forme des yeux, dessin de la bouche, implantation des cheveux, tout y est. L'air sinistre ne manque pas à l'appel. Promis, je vais lui rendre son sourire, à cette petite fille. Je pousse un soupir triste et reprends mes investigations.

J'accède aux combles par un escalier en colimaçon, j'y suis allée une fois lorsque j'étais enfant : les coffres remplis d'habits et d'objets anciens m'avaient fascinée.

Je tourne l'énorme clé de fer et pousse la porte en bois. Un grincement lugubre déchire le silence. J'arrête mon geste et me faufile par l'entrebâillement. Le hurlement étouffé d'un loup parvient jusqu'à moi ; je m'arrête pour tendre l'oreille, je n'ose même plus respirer. Mes mains sont froides, j'ai peur. J'inspire profondément, j'expire en fermant les yeux. Le calme revient. Sans technique de respiration, j'aurais pris la poudre d'escampette depuis longtemps. Tiens, je pense aux jolis mots de la grand-mère d'Annabelle ! Ils sonnent bizarrement, ici, comme des petites notes de chaleur dans ce lieu tout froid.

Je cherche et remue la poussière sans dénicher quoi que ce soit. Dans ce bric-à-brac, je trouve des vêtements masculins et un coffre entier de fouets pour les loups. Déçue, je m'assois sur le bord d'un fauteuil défraîchi. J'étais sûre de dénicher des indices dans ce grenier.

Avant de quitter l'étage, je veille à ne pas laisser de marques de mon passage. Je vérifie tout, traces de doigts, empreintes de pied. Je reviens deux fois sur mes pas pour m'assurer que rien n'a été déplacé. Je descends l'escalier sans un regard pour mes ancêtres et me dirige vers la bibliothèque.

Je réalise pour la première fois – pourtant je connais son existence depuis toujours ! – qu'il y a des livres, ici. Quelle ironie. Je cours les forêts à la recherche de lieux interdits alors qu'il y en a un chez mon père… N'importe quoi, Chloé !

Je parcours les titres : romans, livres d'art ou d'histoire… Il y en a des centaines. Comment expliquer leur présence ? Les lignées auraient-elles préservé leur accès au savoir ? Peut-être est-ce pour cela que mon père se cache. Il aurait de graves problèmes si le gouvernement découvrait cette pièce.

Je m'assieds sur la table pour réfléchir. Comment trouver le *Grand Livre des lignées* dans cette masse ? Un tel ouvrage ne peut qu'être discret. Je me sens dépassée par la tâche : ouvrir chaque livre est de l'ordre de l'impossible. Brouhaha dans ma tête.

Alors, je demande de l'aide. À qui, je n'en sais rien. Au vent ? Il m'a aidée, déjà.

Un grand courant d'air ouvre une fenêtre et claque son battant contre le mur. Une nappe gluante d'angoisse se déverse sur moi. Je tente de mettre un peu de raison bien raisonnable sur ce qui vient de se passer : je n'ai pas appelé le vent, le vent n'a pas répondu, cette fenêtre s'est ouverte par hasard.

Super inquiète, je reprends ma tâche.

Bon sang, Annabelle aurait-elle raison ? Puis-je commander le vent ? Je chasse encore ces pensées folles.

La bibliothèque… Chloé, tu dois te concentrer !

Une bouffée d'air balaye les étagères et agite les pages d'un livre ouvert. Il s'agit d'un manuel d'utilisation des dagues à loup. C'est une blague ? Fâchée, je reprends mes recherches de l'autre côté de la pièce.

Pourtant, mon intuition me souffle que j'étais sur la bonne piste. Je reviens sur mes pas. Je scrute, fouille, ouvre un livre puis un autre, sans me décourager.

Les mains couvertes de poussière, je persiste. J'invente des repères pour faciliter la reprise du travail lorsque je reviendrai. Le hurlement d'un loup glace mon enthousiasme. Je reste figée un instant, puis reprends mes lectures.

Un coup d'œil à l'horloge m'indique que je dois me dépêcher. Mon père rentrera sous peu. Je lance un dernier regard vers les étagères ; un grand livre blanc attire mon attention. Quand je le sors, il entraîne un minuscule ouvrage recouvert de cuir. Je le rattrape in extremis, j'ai bien failli le faire tomber. Il s'agit d'un volume étrange, d'un seul bloc, dont toutes les pages sont collées. Sur la tranche, un crochet très discret maintient la couverture fermée. En l'ouvrant, je découvre que le livre a été évidé pour dissimuler une boîte richement décorée.

Il s'agit d'un coffret de bois noir incrusté de nacre et muni d'une serrure dorée. Je l'inspecte sans trouver la clé. Il ne comporte aucun titre, aucun indice. Pressée par le temps, je remets le livre creusé en place, glisse le coffret noir dans ma poche, et quitte la maison avant d'être repérée. En traversant sa löcelle, je suis interpellée par ma mère :

— As-tu trouvé ce que tu cherchais ?

— Rien !

— Je te l'avais dit, tu devrais lui parler.

Je lui envoie un signe d'au revoir et rejoins en vitesse mon chez-moi. Trop impatiente de découvrir le contenu de la boîte, je me jette sur le lit et glisse la lame d'un couteau sous la serrure pour la décoller. Je suis devenue la championne de vol d'objets énigmatiques : après le carnet, le collier, voici la boîte nacrée.

Je m'apprête à l'ouvrir et me ravise. Que vais-je découvrir ?

Allez, Chloé, il est trop tard pour reculer ! Je soulève le couvercle et trouve quelques fragments de papier jauni. Ça me frappe dès que je les étale sur la table, car l'écriture est reconnaissable entre mille. Je vais chercher mon carnet, l'ouvre sur la liste des noms et compare. L'encre, l'italique, les lettres cursives, tout est semblable.

Je reste calme. À ce stade-là, franchement, j'ai dépassé la peur. Je préfère accepter ce qui vient. Et puis… je suis curieuse, aussi.

Une grande partie du contenu est très abîmée ; seules deux phrases sont déchiffrables :

Le commencement des temps était équilibre
entre élan et vacuité.

Et :

Que faut-il connaître ? Telle est
la question du novice.

C'est lui ! Je le sens, je le sais ! C'est le *Grand Livre des lignées.* Sur ma table se trouvent des fragments du livre perdu. Dans mon carnet aussi. Je ne comprends rien à tout ça, mais peu importe ! Je suis sur la bonne voie. Je sors prendre l'air, j'en ai besoin.

Je pose mes deux mains à plat sur la roche. La pulsation de ma löcelle m'apaise. Ma petite Chloé en profite pour me glisser à l'oreille que j'ai bien fait de la forcer à m'accompagner. On fait équipe, maintenant, elle et moi.

Je range avec soin les précieux papiers dans une enveloppe, la glisse dans mon carnet et cache le tout dans mon alvéole.

Anturia, tiers 2 de l'an 800

— Chloé, j'en suis pas revenue quand le ponton m'a avertie de ton arrivée ! C'est la première fois que tu débarques chez moi sans prévenir.

— J'ai du nouveau. Du lourd, dis-je à Annabelle en l'embrassant sur la joue.

— T'en fais une tête ! Raconte.

— Pas ici, c'est trop dangereux.

— Comment ça ?

— Annabelle, je ne rigole pas. Si on se fait prendre avec ce que j'ai dans la poche…

— Qu'est-ce que tu veux faire, alors ?

— Trouve-nous un endroit où personne ne pourra nous déranger.

Elle réfléchit en tournant sa mèche de cheveux.

— Un endroit caché… Voyons voir…

Son visage ne tarde pas à s'animer d'un grand sourire.

— Je sais !

— Je n'en doutais pas.

— Cap sur Loriah. Mon père m'a fait découvrir cette plateforme il y a très longtemps. Elle est sur le bord externe de l'anneau périphérique. Personne ne va jamais là-bas.

— OK.

En route, je lui explique le coffre et son contenu, l'écriture similaire à celle que j'ai découverte dans mon carnet.

— Dis-moi, on n'aurait pas basculé dans la science fiction, par hasard ?

— C'est bien possible.

Une fois arrivées, nous traversons une forêt si dense qu'on voit à peine le jour. Tout n'est que mousse et troncs épais. L'écorce des arbres m'attire comme un aimant, je ne peux pas m'empêcher de la caresser. Annabelle m'observe d'un air amusé.

— La nature, ça te rend dingue…

Nous reprenons notre marche et atteignons une minuscule clairière. L'endroit est tellement poétique ! Il forme une petite trouée dans les arbres, traversée d'un ruisseau. L'herbe bien grasse est parsemée de fleurs blanches.

— Moi, je vais danser ! dis-je en lui tendant la feuille et le carnet. Je te laisse lire.

Son visage s'illumine comme un soleil.

— Si tu n'existais pas, il faudrait t'inventer.

Je me déchausse. Mes pieds nus s'enfoncent dans le sol moelleux. Portée par le charme ambiant, je virevolte d'un bord à l'autre, bercée par le chant clair de l'eau. Quelques libellules apparaissent, elles dansent autour de moi. Je leur souris, je n'ai pas peur. La lumière s'impose. Elle déploie en moi des ondes amples et vastes comme l'univers. Je l'accueille en dansant, je m'accorde à son rythme et nous laisse doucement fusionner. Je me dissous presque totalement et reste là, en suspens.

Annabelle se tient à l'orée du bois, assise contre un arbre. Elle m'observe, l'air surpris. C'est la première fois que j'ose danser devant quelqu'un, j'ai un peu honte. En la rejoignant, je suis assaillie par un pressentiment bizarre. Je ne me sens pas très bien, j'ai l'intuition que quelque chose de grave va se passer.

Je pense tout de suite au carnet et cours vers Annabelle pour lui demander de le camoufler dans les buissons. C'est alors qu'une louve surgit de la forêt et fonce sur moi. Je ne sais pas comment l'expliquer, mais je sais qu'il s'agit d'une femelle. J'entends Annabelle crier. Coupée dans mon élan, j'attends, pétrifiée. En un éclair, la bête est face à moi. La terreur me submerge. Mon amie s'est relevée et tente d'avancer. La louve la stoppe d'un grondement menaçant. Je n'ose plus respirer. L'animal hume l'air, avance encore et se couche à mes pieds. Mon cœur bat la chamade. Je sens son poil épais effleurer ma peau. Pour une fois, la panique tétanisante contre laquelle je lutte si souvent m'est d'un grand secours : je ne bouge pas d'un millimètre.

Désemparée, je cherche Annabelle du regard. Elle met un doigt sur ses lèvres pour m'intimer le silence.

La louve respire calmement, son torse se gonfle à intervalles réguliers. Elle tend ses pattes avant et y pose son museau. Elle ne va pas dormir quand même ? L'idée que cette rencontre puisse s'éterniser m'emmène dans le tréfonds de l'angoisse. Mes muscles se crispent sous l'immobilité forcée. J'attends. Enfin, elle se lève, passe son chemin et disparaît aussi vite qu'elle est apparue.

Annabelle me tire par la manche.

— Faut se sauver vite fait !

Je la suis tant bien que mal, sonnée par les décharges d'adrénaline. En un clin d'œil, nous avons quitté Loriah.

Une fois chez elle, elle m'assoit sur son lit et prends soin de cacher l'enveloppe et mon carnet sous son matelas. Je suis toujours incapable de parler. Soudain très fatiguée, je suis prise de tremblements incontrôlables.

— Oh là là, t'es sous le choc, dit-elle en m'aidant à m'allonger.

Elle m'enlace. C'est doux, comme sensation. Elle serre si fort que mon corps se calme. Je respire mieux.

— Faut qu'on demande de l'aide, Chloé, dit-elle en me caressant les cheveux.

— À qui ?

— À mon père, ou à Théodore.

— Oh non, pas ton père !

— Tu as tort d'avoir peur de lui. Il est digne de confiance, il est de la résistance, je te rappelle.

— On ne peut le dire à personne.

— Il faut se rendre à l'évidence, nous sommes dépassées ! Et si ça devenait dangereux ?

— Ça va aller.

Je secoue la tête pour remettre mes idées en place.

— Chloé, ce loup s'est couché sur ton pied.

— C'était une… Oui, dis-je, résignée.

— Ce loup ne t'a pas attaquée.

— Non.

— Je t'ai vue, dans la clairière, ajoute-t-elle en me fixant. Ce n'est pas une danse, ce que tu fais. C'est autre chose, qui entre en résonance avec je ne sais pas quoi.

— Elle est nickel, ton explication, change rien.

Nous pouffons de rire.

— Sérieusement. Tu vois bien que ce je ne sais quoi t'appelle.

— Peut-être…

— On en reparle demain, t'as eu ta dose d'émotions pour aujourd'hui.

Anturia, tiers 2 de l'an 800

Au lycée, les professeurs se font pressants au sujet du dossier d'orientation. Je n'ai aucune idée de ce que je veux faire. AUCUNE. Je balaye la liste des disciplines, toutes m'ennuient à mourir.

— Je pensais que tu serais contente de passer un moment avec moi… Mais je vois bien que tu n'es pas vraiment là.

Mes gesticulations mentales m'ont une fois de plus fait oublier que je suis en train de siroter un jus de framboise avec Raphaël. La peine dans son regard me fend le cœur.

— Tu es triste, pardon.

Il hésite, cherche ses mots.

— C'est le chaud et le froid, avec toi, je ne sais pas à quoi m'en tenir… C'est éprouvant.

— Ça n'a rien à voir avec toi ! C'est mon problème d'orientation qui me pollue la tête. Je ne sais pas quoi choisir.

— C'est pour ça que tu te mets dans un tel état ?

— T'es pas inquiet, toi ?

Il prend cet air désinvolte que je lui connais bien.

— À quoi ça sert ! Ça ou autre chose… Faut bien s'occuper.

— Et… c'est tout ?

— Ça me suffit. Si tu compares ton degré d'inquiétude au mien, j'ai l'impression que ça me réussit.

— Aujourd'hui peut-être, mais plus tard ?

— Quoi, plus tard ?

— Si ton travail ne te convenait plus ?

— Eh bien, je changerai.

— Et si tu n'as pas fait les bonnes études pour ?

— M'enfin, il n'y a pas que les diplômes dans la vie ! Il y a aussi tout ce qu'on apprend.

Je ne suis pas convaincue, ça se voit à ma mine dubitative.

— Chloé, merde ! On n'a que dix-sept ans ! Comment veux-tu qu'on sache ce qui nous plaira pour toute une vie ?

— Justement, c'est le problème.

— Bien sûr que non ! T'as qu'à choisir en fonction de ce qui te plaît maintenant, et après… tu verras.

— C'est très anturien, comme attitude.

— Ouais, je vois ce que tu insinues… et t'as raison : c'est anturien. J'ai choisi un ou deux critères importants pour moi, et c'était plié. Je n'ai pas cherché midi à quatorze heures, comme dirait la grand-mère de ta copine.

— Quels critères ?

— Avoir du temps et de l'argent.

— Au moins, c'est pragmatique.

— Ouais, c'est bien, le pragmatique. Ça prend pas la tête.

Annabelle sort tout juste de cours et se joint à nous.

— Vous parlez orientation ?

Raphaël lui répond d'un ton agressif :

— C'est une manie, de toujours la ramener !

— Oh, ça va, toi ! Je peux bien parler avec vous de temps en temps, quand même ! Chloé n'est pas ta propriété privée.

Je les coupe :

— Surtout, prévenez-moi si je dérange.

Ils se trouvent bêtes, tous les deux, avec leur jalousie.

— Bon, en tout cas, moi, j'ai trouvé, dit-elle d'un air narquois.

— On meurt d'impatience de savoir.

— Raphaël, ça suffit ! J'en ai marre !

J'ai crié un peu fort, les deux me regardent avec des yeux ronds comme des soucoupes. Au moins, je les ai calmés.

Le sourire en coin, Annabelle nous annonce :

— J'ai choisi sciences de la gouvernance.

Cette fois, c'est moi qui écarquille les yeux.

— Qu'est-ce que tu dis ?

— Tu as très bien entendu.

Raphaël tente une pique :

— Tu vas rejoindre les rangs des lèche-culs du gouvernement ?

— Oui.

Je suis catastrophée. Ma belle Annabelle et son cerveau illimité dans ce repaire d'étriqués…

— Tu peux pas faire ça !

— C'est déjà fait, j'ai rendu le dossier.

— C'est pas possible, va le récupérer !

— Non.

— Pourquoi ?

— Si on veut les déboulonner, il va falloir les combattre de l'intérieur.

— Oh, c'est dangereux, ça !

— Oui.

— Annabelle, change d'avis s'il te…

Raphaël me coupe la parole :

— C'est couillu, dis donc. Je révise mon jugement sur toi.

— Ne l'encourage pas !

— Elle a déjà choisi, si j'ai bien compris. Moi, j'aimerais bien faire un truc aussi courageux.

Cette discussion me donne un mal de tête épouvantable. J'imagine déjà Annabelle poursuivie et emprisonnée.

— Ton père est au courant ?

— Il a eu la même réaction que toi. Mais vous ne me ferez pas changer d'avis.

— Annabelle, t'es une roche noire, je te rappelle. Ils vont s'acharner !

— Ça me donne une raison de plus pour m'engager.

— Tout ça va mal tourner, je le sens…

— Bien au contraire, ça ira beaucoup mieux. Et toi, Raphaël, tu as choisi ?

— Oui, sciences des échanges et des transactions, c'est beaucoup moins politique.

— Comme ça, tu auras des sous pour me financer. C'est bien.

— Suis ravie de voir que vos petites querelles sont oubliées. Franchement, ça va me changer la vie.

Ils me sourient.

— T'as choisi, toi ? me demande Annabelle.

— Non… C'est le vide sidéral de l'orientation dans ma tête.

Son père, surgi d'on ne sait où, interrompt la conversation.

— Chloé, dans mon bureau, maintenant.

Nous sommes sidérés. Un rapide coup d'œil à mon amie me confirme qu'elle n'en sait pas plus que moi.

Anturia, tiers 2 de l'an 800

Le bâtiment des enseignants se trouve dans une aile séparée du lycée, loin du tumulte de l'esplanade bondée d'étudiants. Je ne suis pas rassurée de m'éloigner autant de mes camarades. En chemin, monsieur Griot ne m'adresse pas un mot.

Son bureau se trouve au premier étage, tout au fond d'un couloir, coincé entre un escalier et les toilettes. Je suis frappée par ses dimensions : il est à peine plus large qu'un placard. Une grande table de travail occupe tout l'espace. Il reste à peine la place pour deux chaises. Tout est nickel et très bien rangé, seuls quelques atlas d'Anturia trônent sur une étagère. Rien ici ne laisse deviner que l'occupant des lieux est un homme qui passe sa vie dans les bibliothèques.

— Vos absences sont remarquées, Chloé.

Que répondre ?

— Je suis désolée.

— Quatre en moins d'un tiers. L'administration en tolère trois pour une année entière.

— Je suis désolée, vraiment.

— Lorsque vous nous faites l'honneur de votre présence, vous êtes distraite.

Je baisse la tête.

— Vous n'avez même pas rendu votre dossier d'orientation.

Il tape nerveusement sur la table avec un stylo.

— Je ne sais pas quoi choisir, je suis désolée.

— Cessez d'être désolée ! À la place, venez en cours et décidez-vous.

Je sens que ce rendez-vous va être un calvaire. Quand va-t-on me laisser tranquille ?

— Chloé ! ajoute-t-il d'un ton qui me fait sursauter. Croyez-vous que vos incartades dans la forêt maudite passeront inaperçues longtemps ?

Une pierre bien grosse s'installe dans mon estomac.

— Croyez-vous que l'administration ne va pas découvrir qui vous êtes ?

— Si elle le sait, qu'elle me le dise ! Parce que j'en sais rien moi-même !

Voilà, j'ai crié. Il m'énerve trop, ce prof. Je n'ai pas affronté mon père pour me faire pourrir la vie par un enseignant.

Un silence s'installe. Je trouve le temps long.

— C'est le blâme, pour vous. Vous êtes au courant ?

Le blâme… Trois jours de détention (il n'y a pas d'autre mot) pour te remettre les idées en ordre. Avec force médecins et redresseurs de jeunes pour te faire comprendre que chaque Anturien se doit de respecter les règles. Ceux qui en sont revenus n'avaient pas fière allure.

Bon. Vu ce que j'ai vécu, je me dis que je ne suis plus à ça près.

— Va pour le blâme…

— Chloé vous n'y pensez pas !

Je lui réponds du tac au tac :

— Vous avez autre chose à me proposer ?

Il a du mal à contenir sa colère, je le vois à ses poings serrés. Le tapotage de stylo s'intensifie sur la table.

— J'ai un marché à vous proposer.

Je le regarde, interloquée.

— La gestion des absences est sous ma responsabilité. Je peux en effacer une. Une seule.

Où veut-il en venir ?

— J'attends deux contreparties : vous me suivez cet après-midi, et vous n'en dites rien à Annabelle.

— Je n'irai nulle part avec vous !

— Vous auriez tort de ne pas accepter ma proposition. Rendez-vous sur la plateforme-relais, même heure que pour les sorties.

Je soupire d'exaspération.

— Si vous ne venez pas, votre convocation pour le blâme vous sera envoyée dès demain. Vous la trouverez dans votre casier. Vous pouvez disposer.

Anturia, tiers 1 de l'an 1

Aelig ne parvint pas à calmer son fils.

Du plus profond de son âme, elle perçut la détresse de cet enfant sans-roche et le berça des heures durant. Bien que les soins par les pierres soient interdits sur Anturia, elle veilla à ce qu'Hélori soit en contact permanent avec du quartz blanc. Elle en cacha de fines lamelles dans les ourlets de ses vêtements et dissimula un gros cristal dans son matelas.

Elle l'exposa à la charge minérale de sa propre löcelle. Le bébé hurla dès qu'il sentit l'énergie de la roche le pénétrer. Dans l'espoir que l'expérience pourrait donner de meilleurs résultats, elle la renouvela, inlassablement. Elle s'acharnait à contrer le travers des sans-roche : la violence. La peur au ventre, elle endurait ce périple éprouvant jusqu'à la plateforme aux lianes et déjouait la vigilance des patrouilles du Grand Ordre malgré les cris de l'enfant.

Elle éprouvait de la compassion pour ce petit être qui, en plus d'avoir perdu sa löcelle, avait été confronté, peu après sa conception, à d'épouvantables drames. Elle connaissait l'influence des énergies sur l'harmonie psychique et organique, et se sentait coupable d'avoir transmis ses terreurs. Qu'avait ressenti Hélori lorsqu'elle avait découvert ses parents sauvagement assassinés ? Quelles émotions avait-il perçues lorsqu'elle avait assisté à une mort sur le bûcher ? Autant de questions que la jeune femme ressassait pour en masquer une autre, sourde et lancinante : un fœtus peut-il déceler que sa mère le croit mort ?

Aelig eut le pressentiment que la louve pourrait les aider et se rendit sur Loriah, le bébé emmitouflé dans une écharpe nouée à son épaule. Elle fut émue aux larmes lorsqu'elle entrevit la femelle assise sur le ponton. Celle-ci leur réserva un accueil digne d'une fête : elle se roula sur le dos, sauta pour entrevoir le visage de l'enfant, et lui lécha la joue lorsqu'il fut à sa portée. Hélori, surpris par la rencontre avec l'animal, ne pleura pas. Au cœur de la clairière parsemé de fleurs blanches, ils s'installèrent tous trois dans le calme. Aelig s'endormit enfin, soulagée d'avoir trouvé une source d'apaisement pour eux deux.

Dans l'atmosphère rassurante de cette plateforme, elle osa enfin demander de l'aide aux esprits. Elle dansa dans l'herbe moelleuse, son petit serré contre son cœur. Cette intense communion la plongea dans une joie infinie. Elle tournait et tournait encore, enivrée par la douce chaleur d'Hélori. Dès qu'elle entra en transe, l'enfant hurla. Bouleversée par ses cris, Aelig ne parvint ni à le calmer ni à entendre les messages. Dans les jours suivant cette expérience, elle constata que cette aventure avec l'invisible avait renforcé ce qu'elle pressentait déjà : l'exceptionnelle puissance de connexion de son fils.

Saisie d'effroi, elle assista au bal des araignées, libellules et salamandres. Terrorisée à l'idée qu'ils soient reconnus par le Grand Ordre, elle n'osa plus sortir de chez eux et ne sollicita plus jamais les esprits. En pleine conscience et pour les sauver tous deux, elle choisit de rompre son lien avec l'invisible.

Fergal ne put admettre cette décision. Il comptait sur Aelig pour transmettre son don, à défaut d'en faire usage. Elle était le rouage indispensable à la survie de leur culture ; il n'entendait pas la laisser renoncer à ce rôle déterminant pour l'avenir d'Anturia. Il apprit que certains membres de la *lignée du Savoir* étaient encore en vie, et lui proposa de les rejoindre dans leur cachette, au cœur de la mer de roche. Aelig refusa de rencontrer ceux qui, sans doute, étaient ses amis rescapés du noviciat. Elle préféra rester en marge de tout ce qui concernait les lignées ancestrales.

Elle s'obstina à ignorer son don, comme les signes. Leurs disputes répétées n'y changèrent rien. Un jour, lasse de leurs conflits, Aelig révéla à son mari la prophétie reçue des ancêtres : une autre jeune fille prendrait la charge de la *lignée des Esprits.* Elle lui confia que sa mère avait consigné tous les savoirs de la lignée dans une grotte sacrée et ajouta avoir elle-même saturé sa roche de leçons. Elle lui promit, en remerciement de son dévouement à les protéger, elle et son enfant, de transmettre le don à celle qui lui succéderait. Les prémonitions étaient claires :

la jeune fille trouverait la voie. Les éléments la guideraient à chaque étape de l'initiation.

Fergal, conscient de la haute importance de ces informations, n'eut de cesse, sa vie durant, de relater tout ce qu'il apprenait d'Aelig aux membres de la *lignée du Savoir*.

Depuis ce temps-là, ils se préparent à accueillir l'élue.

Anturia, tiers 2 de l'an 800

Pendant les cours du matin, j'ai réfléchi si fort que ça a dû produire une fumée bien noire au-dessus de mon crâne. J'en suis arrivée à la conclusion suivante : je préfère éviter le blâme, j'ai eu ma dose de souffrance. Va pour la proposition de Griot.

À l'heure prévue, il m'attend sur le ponton d'accueil. Il déploie sa passerelle et m'embarque en direction de l'anneau périphérique, ce qui ne me surprend pas. Les mains sur le garde-corps, j'observe Anturia en me disant que j'ai quand même une drôle de vie.

Nous atteignons la mer de roche, puis la plateforme du N'importe quoi. Un instant, je pense qu'il m'emmène dans la bibliothèque interdite ; le souvenir de la Banshee me déclenche des frissons d'effroi. Je suis soulagée de constater qu'il emprunte un autre passage secret, dont le ponton se trouve à l'arrière d'un stand de babioles. Depuis cet embarcadère, il adopte un itinéraire étonnant : par sauts de puce d'une plateforme à une autre, comme s'il souhaitait semer quelqu'un. À chaque escale, il vérifie que nous ne sommes pas suivis. J'en déduis que notre destination est ultra secrète, ce qui n'est pas très rassurant.

Enfin, nous accostons sur une plateforme sauvage couverte d'une plaine arborée. Il marche, l'air décidé, vers un bosquet de chênes. Je lui emboîte le pas et reste sur mes gardes, prête à voir surgir une créature malveillante à tout instant. On ne me la fera plus, les charmes, je connais.

Monsieur Griot se faufile entre un massif de buis et le tronc du plus grand arbre. Là, se cache un escalier creusé à même le sol dans lequel il s'engage et m'invite à le suivre. La descente me paraît interminable, nous pénétrons marche après marche dans les profondeurs de la roche et accédons bientôt à un palier arrondi s'ouvrant sur plusieurs tunnels. Nous empruntons l'un d'eux jusqu'à atteindre un palier identique au premier. Serions-nous revenus sur nos pas ? Monsieur Griot choisit sans hésiter le chemin à prendre, tout en levant le pouce. Je comprends qu'il suit un décompte sur sa main pour se repérer dans ce dédale souterrain. Il lève parfois l'index, parfois le majeur, en marmonnant des paroles inaudibles. Je le talonne tout en admirant le magnifique enchevêtrement de roches et de racines. Les arbres ont profité du moindre interstice dans le minéral pour envahir les entrailles de la plateforme. Je lutte de toutes mes forces contre l'envie de me mélanger à ce décor magnifique. Je dois rester concentrée et vigilante. C'est étrange, je ne suis plus trop inquiète.

Au détour d'un tunnel, nous nous trouvons face à une imposante entrée en bois. Monsieur Griot frappe quelques coups sur le battant, puis d'autres encore, jusqu'à ce qu'il s'ouvre sur un vieillard minuscule.

— Mon ami, tu es venu avec elle ! s'exclame le vieil homme en plissant les yeux.

D'un geste, il nous invite à entrer dans une bibliothèque troglodyte. L'immense cavité creusée dans la roche comporte encore les traces de pioche, comme si l'on avait fini les travaux à la hâte. La salle est agencée en rangées concentriques d'étagères, percées de passages permettant l'accès au cœur du lieu : un espace de lecture décoré de canapés de cuir disposés en demi-cercle. Les nombreuses lampes à luciole créent une atmosphère paisible. Rien ici n'est comparable à l'impressionnante bibliothèque visitée avec Annabelle. Le professeur lui-même me semble moins inquiétant. Il aide notre hôte à s'installer, tire une table basse et un fauteuil, et m'invite à m'asseoir avant de s'éclipser. J'ai l'intuition que tous les événements survenus ces derniers temps m'ont poussée vers ce moment. Comme un courant inexorable contre lequel je n'aurais pu lutter.

Une fois installée, j'observe le visage ridé de l'inconnu face à moi et comprends d'un coup ce qu'est la sagesse, bien mieux qu'avec un cours de philosophie. Ce personnage dégage une sérénité profonde, sans aucune trace de doute. Une pointe d'espièglerie dans son regard raconte qu'il n'a pas oublié son âme d'enfant. Et, surtout, il respire l'amour. Un amour infini qui me donne envie de me jeter dans ses bras. Comme je suis bien élevée, je n'en fais rien.

— Que puis-je pour toi ? me demande-t-il.

N'étant pas à l'origine de cette rencontre, l'introduction me laisse perplexe. En même temps, je ferais bien de profiter de l'aide qu'il me propose, car c'est la première fois qu'un adulte m'offre son soutien.

Je me lance sans filet, en commençant par le plus important :

— Mon père appartient à la lignée des loups.

Les dés sont jetés. Pas de chichis et droit au but. On verra où ça nous mène.

— Je sais ! me répond-il d'un ton enjoué.

Mon secret est moins bien gardé que je ne le pensais.

— Je m'appelle Chura.

— Bonjour Chura, je m'appelle Chloé.

— Nous t'attendons depuis longtemps, Chloé des loups.

À ce stade, je n'ose pas demander qui se cache derrière ce nous, ni pourquoi ce « nous » m'attend… C'est pas grave. Je ne dois pas me disperser.

— Vous savez, je ne suis pas celle que vous croyez. Enfin, pas vraiment. Je ne suis pas l'héritière de cette lignée.

Il me pointe gentiment du doigt.

— N'en serais-tu pas la dernière descendante ?

Cette phrase si souvent répétée par mon père me braque malgré moi. Je prends toutes les précautions pour répondre sans être agressive :

— Sur la forme, oui, je suis la dernière. Mais sur le fond… disons que… je ne suis pas des leurs.

— Pourtant, la louve t'a reconnue.

La louve ! C'est vrai. Je l'avais presque oubliée. Voilà pourquoi Griot m'a amenée ici. Annabelle n'a pas su tenir sa langue… Quelle déception !

Chura continue d'une voix très douce :

— Peut-être es-tu la seule digne héritière que cette lignée ait engendrée depuis des générations.

— Pardonnez-moi, Chura, je crois que vous faites erreur sur la personne.

Il me répond avec sévérité :

— Ce sont tes aïeux qui ont fait erreur ! Ta famille se complaît dans cette aberration depuis trop longtemps.

Les mots virevoltent autour de moi, comme des libellules. Leur sens m'échappe. C'est toujours comme ça, lorsque mes émotions prennent les commandes, je ne comprends plus rien.

Chura se lève.

— Faisons un petit tour dans cette bibliothèque, veux-tu ? Pendant ce temps, mon ami Griot préparera le thé.

Je le suis tout en m'adaptant à ses petits pas mal assurés, j'ai l'impression qu'il pourrait tomber à chaque instant.

— Sais-tu où l'on se trouve, Chloé ?

— Non, Chura.

— Ce lieu rassemble les ouvrages les plus précieux d'Anturia.

Bien sûr, je pense au *Grand Livre des lignées*, mais n'ose pas non plus le questionner. Je le ferai plus tard si l'occasion se présente. Comme s'il avait entendu mes pensées, il me demande, tout en marchant :

— Que sais-tu des lignées ?

J'explique avoir récemment découvert l'existence de celles du Savoir, des Esprits et du Pouvoir. Il semble très surpris.

— Épatant ! Tu es bien renseignée…

Je préfère ne rien ajouter pour ne pas compromettre mon amie. Je ne voudrais pas que son père nous entende. Chura ajoute (posséderait-il un sixième sens ?) :

— Connais-tu cette chère Annabelle ?

Je lui réponds d'un air gêné :

— Oui, c'est ma meilleure amie.

— Épatant ! Les grands esprits se rencontrent toujours.

Nous longeons les rangées de livres ; il répète « Épatant » tout en hochant la tête. Il s'arrête pour prendre un ouvrage et souffle sur la couverture poussiéreuse.

— Voici un document très secret, qui dresse le portrait des personnages les plus célèbres de la *lignée des Esprits.*

Je saisis l'ouvrage avec empressement et tourne les pages de manière frénétique, à la recherche des noms apparus dans mon carnet.

— Serais-tu intéressée par l'histoire de cette lignée ? me demande-t-il, intrigué.

Je lève la tête en rougissant.

— Oui… enfin… disons que…

Il tire une tablette pour que je dépose le livre. Ce faisant, je découvre le nom de l'auteur : *Ebhlinn des Esprits.* Ebhlinn… Voilà un prénom inscrit sur une page de mon carnet. J'en suis sûre.

Chura caresse du doigt les lettres gravées sur la couverture de cuir et soupire de tristesse.

— Sans elle, cette bibliothèque n'existerait pas. Elle avait pressenti les troubles à venir et imposé aux guides des lignées de protéger leur savoir. Les travaux sur cette plateforme furent organisés dans l'urgence et terminés juste avant le Grand Massacre. Cette grande guide a sauvé notre culture. Nous lui en sommes tellement reconnaissants… Malheureusement, elle n'a pas eu le temps de dévoiler le lieu secret dans lequel elle a sécurisé les savoirs de sa lignée, celle des *Esprits*. Pour le retrouver, il nous faudrait questionner les forces invisibles… Un talent que nous ne possédons pas ! Il ne s'est plus manifesté depuis huit siècles. Te rends-tu compte ? Mais…, ajoute-t-il d'un air entendu, il se pourrait bien que les choses aient changé.

Absorbée par ses propos, j'ai refermé le livre. Mon air concentré le fait rire.

— Mes histoires te passionnent, n'est-ce pas ?

— Continuez, s'il vous plaît ! Vous en étiez à la communication avec l'invisible, un talent perdu.

Il me conduit vers deux sièges encastrés dans une des étagères et me prend les mains.

— Des trois lignées, celle des *Esprits* avait la charge des affaires spirituelles. Ses membres vivaient sur la première révolution, en périphérie de notre galaxie, à proximité des endroits sauvages. Comme toi, ajoute-t-il.

Trop impatiente d'entendre la suite, je ne relève pas.

— Leurs dons étaient multiples. Le plus puissant d'entre eux leur permettait de communiquer avec l'esprit des ancêtres. De ces dialogues, ils rapportaient des savoirs immémoriaux et des conseils pour le peuple d'Anturia.

— Ils parlaient avec les morts, c'est ça ?

— Exactement, avec leur esprit. Sais-tu parler aux défunts, Chloé ?

L'image de la belle inconnue me revient en tête. Chura m'observe avec attention et reprend :

— Un autre de leurs dons consistait à entrer en contact avec l'esprit des végétaux et de la roche. Ils apprenaient ainsi à prodiguer des soins. Ils étaient de grands médecins, Chloé.

Soudain, il s'interrompt en grimaçant : accaparée par son récit, je broie ses mains dans les miennes.

— Pardon, Chura ! Je vous fais mal.

Il rit de bon cœur.

— On les appelait chamanes, ou druides, ou sorcières, selon les époques. Cela dépendait de la personnalité de leur guide, qui pouvait faire évoluer les pratiques.

— Il s'agissait de femmes ?

— Oui, en majorité. Néanmoins, on trouve quand même quelques portraits d'hommes formidables dans cet ouvrage, ajoute-t-il en clignant de l'œil.

— Moi, je suis tombée dans une lignée masculine, c'est pas de chance.

— Tu sais, la réalité n'est pas toujours celle qu'on croit.

Il se tait, me laissant réfléchir à sa remarque. Enfin, j'imagine. Du coup, je pense à la chrysalide et commence à angoisser. Pour la première fois depuis le début de notre conversation, Chura poursuit sans rebondir sur mes pensées :

— Sais-tu comment ces personnes extraordinaires accédaient au monde invisible, Chloé ?

— Non…

— Réfléchis bien.

Je fais un effort pour chercher.

— Je ne sais pas, Chura.

— Chaque guide avait sa propre méthode. La dernière connue inventa une pratique très particulière…

Il marque une pause en plein milieu de la phrase ; je trépigne d'impatience.

— Dites-moi !

— … la danse.

J'écarquille les yeux.

— Tu vois, tu connaissais la réponse…

— Pas vraiment ! Je suis juste étonnée. Il m'arrive de danser, moi aussi…

Il hoche la tête.

— Ces Anturiens possédaient un autre don remarquable : faire alliance avec les éléments. Aelig, par exemple, était sous la protection du vent.

Mes mains tremblent. La protection du vent ? Vraiment ?

Je viens de réaliser qu'Aelig est le dernier prénom inscrit sur la page de mon carnet.

— Vous voulez dire qu'elle pouvait commander le vent ?

— Disons plutôt qu'il avait accepté de coopérer pour la protéger.

Chura me sonde, j'essaie de cacher mon trouble, sans grand succès, puisqu'il coupe court à la conversation.

— Le thé doit être prêt, déclare-t-il en se levant. Aimes-tu le thé, Chloé ?

Je m'empresse de lui répondre par l'affirmative. Cet intermède me permet de reprendre mon souffle. Pas longtemps.

— Sais-tu comment étaient désignés les guides de la *lignée des Esprits* ?

— Je pense que vous allez me l'apprendre…

— Je ne t'apprends rien, Chloé.

— Comment pouvez-vous dire ça ! Je bois vos paroles !

Pour toute réponse, Chura pose sa tête contre mon épaule.

— Chloé, je suis très chanceux, déclare-t-il.

— Chura, vous ne m'avez toujours pas expliqué comment ils étaient désignés !

— Ah, l'impatience de la jeunesse…

— Vous n'allez pas vous en tirer si facilement, je veux savoir !

Il retrouve son air sérieux.

— Un jour ou l'autre, Chloé, tout membre de la *lignée des Esprits* est contacté par un loup.

Mes yeux s'embuent sans que je puisse rien faire. Évoquer les loups me plonge dans une tristesse insondable.

— Les loups que je connais sont enfermés dans des cages et prêts à tuer, Chura.

— Pas tous, Chloé, pas tous.

J'essuie mes larmes d'un revers de la main.

— Allons prendre ce thé, me propose-t-il.

Le regard insistant de monsieur Griot me gêne, et je fais en sorte de m'asseoir face à Chura. Celui-ci nous sert avec délicatesse, en prenant le temps de verser le liquide doré dans chaque tasse.

— Avant de poursuivre cette histoire, il me faut t'en raconter une autre, qui lui est liée. Une histoire très dure, ajoute-t-il d'un air grave. J'espère ne pas te choquer, Chloé.

— Oh, vous savez, la violence, je connais.

Le professeur me pose la main sur l'épaule. Son geste me surprend, et, comme toute gentillesse à mon égard, il appelle mes larmes. Je me fatigue moi-même ! Un instant, je suis emballée par les propos sur les lignées, celui d'après, je pleure. Bon. J'inspire bien fort pour lutter contre la peine.

— Tes souffrances sont en lien avec cette histoire, Chloé, m'annonce Chura.

Je ne sais plus si j'ai envie d'entendre la suite. Je me sens seule. Tellement seule.

Chura entame son récit. L'étincelle dans ses yeux a disparu.

— Il y a quelques siècles se produisirent des événements dramatiques sur Anturia. Des épreuves d'une brutalité sans précédent. Tu dois comprendre, Chloé, que les changements qui en résultent ne sont que des anecdotes à l'échelle de l'histoire millénaire de notre galaxie. Pas plus. Pourtant, ils vont compter pour toi.

Je retiens ma respiration.

— Il y a huit siècles, advint l'époque des idéologies nouvelles. Pour asseoir leur domination, elles dévastèrent les équilibres en place et s'acharnèrent sans pitié contre les lignées ancestrales qui en constituaient le principal rouage. Jugées trop puissantes, trop influentes, les lignées virent leurs croyances discréditées, leurs membres pourchassés et persécutés. Les ténèbres s'emparèrent d'Anturia. De cette époque, il nous reste la peur viscérale de parler d'elles.

— Les tabous et interdits sont liés à cette partie de notre histoire ?

— Oui, Chloé. Le gouvernement porta un coup fatal à notre culture en la déclarant taboue. En ces temps difficiles, la *lignée des Esprits* venait tout juste d'être confiée à Aelig, cette jeune fille très douée. Elle n'avait que dix-sept ans et représentait l'espoir d'un avenir meilleur. En quelques jours, elle perdit parents, mari, amis et professeurs. Tous furent exécutés dans des circonstances épouvantables.

La voix brisée de tristesse, Chura s'interrompt pour prendre une gorgée de thé. Dans ce silence lourd d'émotion me vient l'envie de me livrer. Sans fard.

— J'ai vu cela, Chura. J'ai eu des visions des corps égorgés.

— Puissent les esprits t'épargner d'en voir plus, ajoute Chura.

Un silence lourd comme la mort s'abat sur nous trois.

— Ceux qui réchappèrent aux massacres – quelques survivants issus de la *lignée du Savoir* – trouvèrent refuge dans la mer de roche pour y perpétuer leur enseignement dans la plus grande discrétion... Jusqu'à aujourd'hui.

J'observe les deux personnes assises à mes côtés. Seraient-elles des descendantes des rescapés ? Seraient-elles le fondement de la résistance ? Ça expliquerait tant de choses... Et Annabelle, dans tout ça ? M'aurait-elle caché l'essentiel ?

Perdue dans mes questionnements, je n'entends pas que Chura a repris la parole. Il patiente jusqu'à regagner mon attention.

— Nous savons peu de choses d'Aelig. Elle était enceinte, a vécu quelque temps sur Loriah...

Interloquée, je lui coupe la parole :

— Sur Loriah ?

— En effet. Tu connais cet endroit, n'est-ce pas ?

— Oui. Je l'ai découvert récemment.

Le souvenir de la louve couchée à mes pieds me fait froid dans le dos.

— Sur cette plateforme, Aelig fut protégée par une louve. Ensuite, elle trouva refuge auprès d'un ancien des clans qui s'occupa d'elle et de son enfant. Elle changea d'identité et cessa de pratiquer. Les massacres l'avaient anéantie.

En moi, les pièces du puzzle s'imbriquent enfin. Un visage apparaît : celui de l'inconnue aux cheveux roux. Aelig, c'est elle, j'en suis sûre. J'ai perçu la tragédie dans son regard grave. La louve, l'appel de l'alvéole, le prénom sur mon carnet, tout m'a menée à elle. J'en parlerai à Chura plus tard. Je veux d'abord élucider le mystère de la lignée des loups.

— Chura, quel est le rapport avec ma famille ?

— L'enfant d'Aelig, un garçon, naquit violent et doté d'un don hors norme. Sa mère se refusa à l'initier, pour le protéger du Grand Ordre mais aussi de lui-même. Ce garçon, coupé de tout repère et submergé de signes de l'invisible, perdit la raison. De notre côté de l'histoire, nous n'avons pas d'informations sur ce qui le motiva à créer de toutes pièces la lignée des loups. Nous ignorons tout des rituels qu'il a inventés. Voilà un récit que tu connais mieux que nous, Chloé.

J'ai la gorge sèche. La vision des créatures enfermées dans les geôles de mon père me serre le cœur. Je dois pâlir un peu.

Chura observe une pause pour servir le thé.

— Ce que tu connais, Chloé, est une déviance.

Je balbutie :

— Mais… les cages… les sous-sols… les bêtes à affronter…

— … sont des inventions tardives très éloignées de l'esprit originel.

Cette phrase déclenche une colère qui ne demandait qu'à se déverser. Je crie :

— Des inventions ?

Chura reste muet devant ma réaction.

— Je ne peux pas le croire ! Savez-vous qu'on m'a dressée pour que je prenne la relève ?

— Non, Chloé, je ne le sais pas.

— J'ai été humiliée et traitée comme une ratée.

— Crois-moi, Chloé, ton courage a prouvé que tu es digne de tes ancêtres.

— Je ne veux pas être digne d'eux !

— Je comprends.

— Non, vous ne comprenez pas !

Je me lève d'un bond ; il reste assis et me sourit tristement. Son calme attise ma fureur.

— Vous savez à quoi ressemble une bête brisée ?

— Non, Chloé.

— Eh bien, je vais vous le dire. Elle a dans les yeux un vide qui vous frappe. Quand elle comprend qu'on va la tuer, elle attend, soumise, la délivrance.

Chura ferme les yeux.

Je perds le contrôle et hurle la suite :

— J'ai vu les portraits et les loups empaillés, tous crocs dehors. J'ai vu les dagues et les geôles. J'ai vu les fouets ! Ce que vous dites n'a pas de sens.

— Tu as vu tout cela.

— Mon père avait scellé une cage contre ma chambre ! La louve qu'il m'avait réservée est terrifiante, peut-être même qu'elle me tuera. C'est la triste réalité, Chura. Rien n'est inventé.

Monsieur Griot m'observe. La compassion dans son regard transmute ma fureur en une honte colossale. Elle me cloue dans mon siège avec une telle violence que je peine à prononcer la suite.

— Ils abattent les bêtes les moins féroces…

Secouée par les sanglots, je me recroqueville sur moi-même.

— Ils abattent les faibles, Chura… Je l'ai vu !

Chura se lève, pose la main sur mon épaule et s'adresse à mon professeur :

— Je crois que notre amie en a assez entendu pour aujourd'hui. Peux-tu la raccompagner, s'il te plaît ?

Je me lève d'un bond et m'engage vers l'entrée en criant :

— Je n'ai besoin de personne !

Je pousse le battant et, portée par une intuition venue de nulle part, je sors du dédale sans me perdre, lance ma passerelle et disparais sur-le-champ.

Anturia, tiers 2 de l'an 800

En chemin, je ne cesse de penser à mon père. Je l'imagine dans la caverne, assis, regardant les ombres projetées sur le mur du fond, convaincu de sa propre puissance et de la grandeur de son destin. Je le vois en pantin, et j'ai mal. Mon père réduit à rien, alors qu'il pense être tout.

Je devrais me réjouir d'avoir compris que tout ça n'était que folie… À la place, je suis en miettes. Parce que j'ai pris le pouvoir en sachant qu'il se trompe sur toute la ligne. J'ai honte de son ignorance.

Finalement, j'aurais préféré ne rien savoir. Pour nous garder tous deux à notre place : un père puissant et sa fille faible. Ce schéma, je le connais par cœur et m'y suis adaptée.

Mais dans ce schéma, il y a un loup sur ma belle löcelle…

Que faire ?

Ne rien dire. Pour préserver ce qu'il reste de cette famille et éviter à mes parents de souffrir. Pour ne pas faire sombrer mon père, aussi. Faire semblant, c'est dans mes cordes. Suis pas sûre que cette attitude soit très lumineuse, mais elle part d'une intention louable. Ce qui n'est déjà pas si mal.

Le savon que je vais passer à Annabelle, lui, ne va pas être louable du tout.

Anturia, tiers 2 de l'an 800

J'arrive chez Annabelle hors de moi.

— Tu m'as trahie !

Sous le coup du stress, elle fait des va-et-vient désordonnés sur son esplanade.

— Chloé, je ne pensais pas que mon père te convoquerait. Je suis tellement désolée.

— Pourquoi as-tu pris ce risque ?

— C'était pas censé être risqué ! me répond-elle, désemparée.

— Tu lui a même parlé de la louve. Tu te rends compte ? Je ne te ferai plus jamais confiance !

— Je voulais trouver de l'aide.

— Il fallait me demander mon avis !

— Me l'aurais-tu donné ? Hein ?

— Je t'interdis de prendre des décisions à ma place. T'as compris ?

Un vent glacial s'installe entre nous.

— Chloé, tu ferais mieux de me raconter ce qu'il s'est passé. Ça serait plus utile.

— Encore un seul sarcasme et tu peux faire une croix sur notre amitié.

Elle se tord les mains d'angoisse. Nous entendons les accroches de son ponton d'accueil s'ouvrir.

— Oh, merde ! Mon père débarque !

— Encore lui. Ouh… Je te déteste !

Monsieur Griot arrive, tout essoufflé.

— J'étais sûr que vous seriez ici.

— Je vous déteste ! Tous les deux.

— Chloé, calmez-vous. Revenez auprès de Chura. L'entrevue n'est pas terminée.

— Je ne ferai rien du tout. C'est lui qui a dit que j'en avais assez découvert pour aujourd'hui.

— Je ne partage pas son avis.

— Je m'en fiche !

— Je vous déconseille de m'énerver ! me prévient-il en me pointant du doigt. Le blâme vous pend toujours au nez. Je peux même le prolonger d'un jour pour attitude agressive envers un enseignant.

— Ça va pas, de la menacer comme ça ? l'interpelle Annabelle.

— Vous prenez des risques inconsidérés. Ça suffit, maintenant. Toi aussi, tu viens avec nous, dit-il à sa fille en lui saisissant le bras avec fermeté.

— Comment ça, on prend des risques ? lui demande Annabelle.

— Vous êtes trop peu discrètes. Vos petits manèges ne passent pas inaperçus, figurez-vous. Vous allez finir par nous mettre tous en danger. Allez, en route ! crie-t-il en déployant sa passerelle.

Annabelle file dans sa chambre, en revient précipitamment et attend que nous soyons installées pour glisser dans ma poche mon carnet et l'enveloppe.

— Tu les avait oubliés la dernière fois, me chuchote-t-elle à l'oreille.

Inquiète que son père ait remarqué son geste, je fais comme si de rien n'était. Je n'en pense pas moins. Seraitelle devenue complètement folle ? Je lui lance un coup d'œil. Sur ses lèvres, je peux lire : « Désolée ».

Le périple se passe comme la première fois, dans un silence chargé de tensions. Annabelle nous suit, stupéfaite.

— Je ne te reconnais pas, dit-elle à son père. Où est-ce que tu nous emmènes ?

Il ne prend pas la peine de lui répondre.

Lorsque nous arrivons à destination, Chura ne semble pas avoir bougé. Il nous accueille avec un sourire enjoué, ce qui a le mérite de me détendre.

— Mon ami, tu as réussi à la convaincre, ça n'a pas dû être facile ! Tiens, tiens… qui vous accompagne ? demande-t-il en désignant Annabelle.

Monsieur Griot présente sa fille.

— Épatant !

Subjuguée, Annabelle nous oublie et déambule dans la bibliothèque. Son père la rappelle à l'ordre. Elle le fixe d'un regard lourd de reproches. Il lui répond d'un haussement d'épaules.

— Je vous écoute, commence Chura.

Comme une question me brûle les lèvres, j'ose me lancer :

— Chura, le *Grand Livre des lignées* est-il dans cette bibliothèque ?

— Tu connais son existence ?

— J'en ai même quelques fragments, si je ne me trompe pas.

— Les aurais-tu avec toi ?

— Par un étonnant hasard, oui…, dis-je en étalant le contenu de l'enveloppe devant lui.

Il inspecte les lambeaux de papier et montre le plus long.

— Le *Grand Livre des lignées* comporte trois parties. Ton extrait appartient à la première, le *Livre des Temps*, qui retrace l'histoire d'Anturia.

— Il existe encore ?

— Par chance, oui.

— Il est ici ?

— Oui.

Mon cœur bat la chamade. Annabelle trépigne sur son fauteuil.

— On peut le voir ? lui demande-t-elle.

— Patience !

Chura saisit l'autre fragment, celui sur lequel il est écrit :

Que faut-il connaître ? Telle est
la question du novice.

— Remarquable ! s'exclame-t-il en l'observant avec attention. Cette citation est issue de la deuxième partie, le *Livre des Questions*, qui a disparu. Ton extrait est très précieux, Chloé.

Une étrange ambiance s'installe dans la pièce, mélange d'inquiétude et de profonde communion. Comme si l'instant était déterminant pour chacun de nous. Monsieur Griot se gratte la tête, Annabelle cherche une explication à cette scène imprévue – elle réfléchit, je le vois à sa mine concentrée –, Chura est absorbé tout entier par les lambeaux de papier.

— Quelle est la dernière partie ?

— Il s'agit du *Livre des Noms.* Dans les temps d'avant le Grand Ordre, chaque nouveau guide signait son engagement sur ce registre. Il a été volé pour qu'on puisse identifier les membres des lignées et les exécuter.

Des ombres vieilles de plusieurs siècles envahissent la salle. Elles portent en elles les massacres d'antan et la folie de notre époque actuelle.

— J'imagine qu'il a ensuite été détruit, ajoute Chura.

— Chura, des pages de ce livre apparaissent dans mon carnet de notes.

Il tapote sa tasse du bout des ongles.

— Je crois que tu n'as pas fini de nous surprendre, Chloé !

S'il savait pour l'alvéole, le collier et les leçons dans la roche…

Je lui montre la page.

— Les ancêtres ont trouvé un canal de choix pour s'exprimer, n'est-ce pas ?

Grosse boule d'angoisse dans ma gorge.

— Vous voulez dire que les ancêtres écrivent dans mon carnet ?

— Je ne pourrais l'affirmer…, me répond-il d'un air espiègle. Qu'en penses-tu ?

— Rien du tout. Je ne comprends rien à cette histoire.

Chura marque un silence avant de glousser :

— Quelle chance d'avoir mon cher ami Griot comme recruteur ! Il est sans pareil pour débusquer les talents.

Annabelle me lance un coup d'œil appuyé, puis à son père.

Chura se lève avec difficulté ; le père d'Annabelle se précipite pour l'aider.

— Mes enfants, je crois qu'il est temps pour un vieil homme comme moi de se reposer. Annabelle, je te revois pour ton dix-huitième anniversaire. Chloé, tu peux venir me questionner à ta guise.

Chura nous salue chaleureusement et nous presse vers la sortie.

— Laissez-moi, maintenant.

Avant de partir, je lui demande :

— Chura, pourquoi ces informations viennent-elles à moi ?

— Parce que tu as cherché, Chloé. Tu as voulu comprendre et payé le prix fort pour voir clair. Aucune lignée ne serait confiée à un esprit docile.

Soupir.

Un trait de malice illumine son regard.

— La question passionnante serait plutôt : pourquoi la louve sauvage s'est-elle manifestée ?

Re soupir.

— Chura, j'ai décidé de ne pas perpétuer cet héritage.

— Ta lignée t'appelle, il me semble.

— Cette lignée n'a aucun sens, vous me l'avez dit !

— Ah ! Bien sûr… Cette lignée-là peut s'éteindre. Puisqu'elle n'a jamais existé.

Mon cœur bat à toute vitesse.

— Chura, de quoi me parlez-vous ?

— Ai-je dit autre chose ? Ma mémoire me joue des tours ! Je suis vieux, à présent.

Monsieur Griot passe nerveusement la main dans ses cheveux. Une question me brûle les lèvres. Chura perçoit mon hésitation et s'approche de moi.

— Je t'accorde encore une question, pour aujourd'hui.

— Qui êtes-vous, Chura ?

— Je suis le guide de la *lignée du Savoir.*

Il pose une main sur mon épaule.

— Certains vieux bougres comme moi sont encore là pour honorer notre passé et préparer la relève.

— La relève ?

Chura et Griot échangent un regard complice.

— À bientôt, Chloé.

Il nous pousse vers l'entrée, puis nous salue de la main.

— Vous deux, soyez prudentes. J'ai cru comprendre que vous manquiez de discrétion.

Sur le ponton, Annabelle interpelle son père :

— Je crois que tu as des choses à m'expliquer.

— Le temps viendra, ma fille, il viendra bien assez vite.

— Qu'est-ce qui se passe pour mon dix-huitième anniversaire ?

— Inutile de me harceler, je ne dirai rien, ajoute-t-il en lançant sa passerelle.

En quelques secondes, il a disparu.

Nous nous retrouvons seules.

— Chloé, je voulais m'excuser du fond du cœur. Je t'en prie, rends-moi ta confiance.

— Je crois que je ferais bien de passer l'éponge.

— Oh, merci, merci ! s'exclame-t-elle en applaudissant. Je ne supporterais pas de te perdre.

— Moi non plus, tu sais…

Elle hésite, puis me demande :

— T'as compris quelque chose, toi ?

— Disons que… c'est un peu comme dans la bibliothèque, avec Théodore. Mes émotions font barrage. Ça m'a l'air clair, pourtant je ne comprends rien.

— Moi non plus.

— On va prendre un peu de recul, je crois.

— C'est ça.

— À demain, au lycée.

— À demain, ma Chloé.

Avant de partir, elle se retourne.

— Tu crois que c'est nous, la relève ?

L'air se densifie. Aucune de nous n'oserait répondre à cette question.

Lorsque j'ai quitté Chura, je n'ai pas eu le courage de rentrer chez moi, ni d'aller voir quiconque. J'avais vraiment besoin de mettre de côté le sujet des lignées. Le seul endroit qui pouvait m'apaiser était ma bibliothèque.

J'ai accosté en silence sur la plateforme du lycée, et demandé de l'aide au vent pour ne pas être repérée par les gardes. (Oui, je suis comme ça, maintenant.) Une brise fraîche s'est levée instantanément. J'ai souri, et tout s'est bien passé. Dans la forêt. Je n'ai même pas eu peur, bien que la pénombre ait commencé à s'installer sur Anturia.

Une fois dans la salle, j'ai pris *Le grand livre des définitions essentielles à la vie*. Comme j'avais honte de m'être laissée déborder par mes émotions devant Chura et le père d'Annabelle, j'ai cherché à comprendre la colère.

C'est un vaste sujet ! Voici ce que j'en retiens :

• Il en existe trois stades : L'irritation, la colère et la rage. Je vois bien la différence entre les trois :

— J'étais irritée par les professeurs qui me posaient sans cesse la question : « Qu'avez-vous choisi comme orientation ? »

— J'étais en colère contre Annabelle car je pensais qu'elle m'avait trahie.

— J'étais en rage contre mon père le jour de mon anniversaire.

• En fonction de ces stades, mon comportement est différent :

— Au stade de l'irritation, je suis énervée. Mes mots peuvent dépasser ma pensée, sans que ça soit méchant. J'ai encore cette capacité à prendre de la distance et à garder le contrôle.

— Au stade de la colère, mes émotions l'emportent sur ma capacité à réfléchir et à prendre du recul par rapport à la situation. Je peux avoir des gestes ou mots violents envers les autres ou envers moi-même.

— Au stade de la rage, je ne suis plus du tout en capacité de me contrôler. La colère a pris le pouvoir sur moi, elle est aux commandes. (Comme cette poison, la peur).

• J'ai compris qu'en matière de colère, il valait mieux me méfier des broutilles. Elles peuvent me faire passer d'un stade à un autre si elles s'incrustent un peu trop. (Il m'est déjà arrivé de me mettre dans tous mes états pour une chose anodine. Ce qui est parfaitement idiot.)

Voilà pour la description. Plus loin dans le chapitre, il était expliqué que la colère a toujours la même cause : un besoin non assouvi. Le livre donne même des exemples : Besoin de calme, d'amour, de reconnaissance, de temps, de repos, d'écoute, de compréhension, de sécurité... Ah ! La liste est longue !

Ça m'a fait un choc de prendre conscience que le problème était en moi. (Quand je suis en colère, je pense plutôt que tout est de la faute de l'autre.)

Mais alors, si le problème est en moi, la solution aussi, non ?

Exactement !

On fait souvent fausse route avec la colère :

Soit on cherche à la calmer et à la maîtriser (sans traiter la cause).

Soit on cherche à changer les autres, ce qui ne mène nulle part.

En fait, il vaut mieux identifier nos besoins et trouver comment les satisfaire.

Franchement, je ne regrette pas d'avoir lu ce chapitre.

Par exemple :

- Si j'ai besoin de calme, je prévois des moments dans la journée pour être tranquille (sinon, gare à la surchauffe).
- Si j'ai besoin de temps, j'en libère dans mon agenda (au lieu d'être sous pression quand je n'ai pas fini un devoir).
- Si j'ai besoin d'être comprise, ou écoutée, ou reconnue, ou aimée, je cherche dans mon entourage quelqu'un en capacité de m'offrir tout ça.

Le plus beau de l'histoire, c'est que je peux compenser. Par exemple, je peux remplacer le manque d'écoute de ma mère par l'écoute d'Annabelle.

J'ai donc cherché à identifier mes besoins les plus urgents :

- J'ai besoin d'aide pour trouver une idée d'orientation. (Si les étoiles pouvaient m'envoyer une idée, ça serait sympa.)
- J'ai besoin qu'Annabelle respecte mon avis. Elle décide trop de choses à ma place, sans me consulter. (Je pense avoir réglé ce problème-là.)
- J'ai besoin de me sentir en sécurité. (J'ai aussi réglé celui-là, enfin je crois.)
- J'ai besoin que mon père m'aime comme je suis. (Là, c'est peine perdue, il vaudrait mieux trouver l'amour ailleurs. Trouver l'amour ailleurs ? Elle est pas mal, cette idée !)

Je peux même ajouter une chose que j'ai découverte moi-même : Ma colère est plus forte que ma peur. Sans elle, je n'aurais jamais osé briser le ponton de mon père. Des loups rôderaient encore sur ma löcelle.

Anturia, tiers 2 de l'an 800

Ce matin, ma mère frappe à ma porte. Maintenant, il va falloir faire comme si de rien n'était, alors que, justement, tout a changé. En vrai, on fait comment ?

Je lui ouvre.

— Bonjour Chloé, comment vas-tu ?

— Ça va, merci.

Elle ne fait pas de commentaire sur la cage. Moi non plus.

— Ça se passe bien, le lycée ?

— Oui, pourquoi ?

— Comme ça, je voulais savoir…

Ce n'est pas franchement dans ses habitudes de s'inquiéter de ma vie d'étudiante. Il y a anguille sous roche.

— Tu devrais aménager une terrasse. Tu as une jolie vue, maintenant.

— Bon, maman, je ne crois pas que tu sois là pour me parler du lycée ou de la terrasse. Ne tourne pas autour du pot, s'il te plaît.

Ma remarque ne la fâche pas, elle me sourit tendrement.

— Ce que je vais te demander ne va pas t'enchanter. J'aimerais, s'il te plaît, que tu acceptes quand même.

Tant de précautions m'inquiètent. Je suis sur mes gardes.

— Ton père souhaite que nous dînions ensemble pour parler de ton orientation.

Soulagement ! Tant qu'il ne me parle pas de loups… Et puis, cette histoire de métier me dépasse : je n'ai aucun enjeu personnel à défendre. S'il veut m'obliger à choisir une section plutôt qu'une autre, grand bien lui fasse. Je peux lui accorder cette victoire.

— OK.

Elle écarquille les yeux de stupéfaction.

— Bien. Rendez-vous ce soir ?

— Je te préviens : je déguerpis s'il aborde un autre sujet.

— D'accord. On ne parle que d'orientation. Promis.

J'ai un peu de temps devant moi ; je m'empresse de noter dans mon cahier tout ce que j'ai appris aujourd'hui. Et puis hier. Avant-hier, aussi… Enfin, ces dernières semaines, plutôt. Un vrai roman. J'écris avec une telle frénésie que je ne vois pas le temps passer.

L'obscurité est tombée lorsque je me rappelle avoir accepté de dîner avec mes parents. Ma mère m'attend chez elle, nous nous préparons, chacune à sa façon. Je tente d'y aller sans camisole, elle tente l'enthousiasme. C'est la nouvelle donne…

Alors que nous nous engageons sur la passerelle menant chez mon père, elle m'interpelle :

— Sais-tu que tes changements ont profondément modifié notre famille ?

— C'est une critique ou un compliment ?

— Un compliment. Je suis convaincue que nous pouvons recomposer quelque chose de plus… apaisé.

Je hausse les sourcils.

— Sérieux ?

— Laisse-nous cette chance, s'il te plaît.

Mon père nous accueille dans une ambiance austère. Il se débat avec sa colère, je le sens.

Je m'assieds à la grande table du salon. La pièce me semble moins impressionnante depuis que je l'ai fouillée. Elle est plus… banale.

La grande bibliothèque veille sur nous. Je cherche machinalement l'emplacement du volume au coffret. Je pose mes mains à plat sur le plateau de bois et inspire profondément. Mon père me tend un verre de vin et porte un toast silencieux. J'en prends une gorgée pour masquer mon embarras.

Il parle enfin :

— Ma fille, puisque tu refuses de porter haut le flambeau de notre lignée, daigne au moins exceller dans tes études.

Je n'allais pas espérer une gentillesse ! Voilà la raison de sa colère maîtrisée : sauver les apparences. Ma mère le foudroie du regard, il se ravise. Enfin, il essaie, à sa manière :

— Je voulais dire que nous sommes là pour décider de ton orientation.

— Pour discuter ensemble de ton orientation, rectifie ma mère, un peu tendue.

Échaudée par l'entrée en matière, je me tais.

— J'ai bien réfléchi. Tu devrais choisir la section « régulation des conflits ».

Chapeau… Il pouvait difficilement trouver un meilleur faire-valoir. Grand régulateur, c'est classe. Juché sur un pupitre pour faire appliquer les lois.

— Il faut réfléchir plutôt qu'agir, ce métier est pour toi.

Les attaques sont à peine déguisées. Pourtant, je ne m'énerve pas. J'ai décidé que cette soirée ne partirait pas en vrille à cause de moi.

— Qu'en penses-tu ? me demande ma mère.

— Rien. Si vous voulez que je fasse ces études-là, c'est OK pour moi.

— Affaire conclue ! s'empresse-t-elle d'ajouter.

En contrepartie de ma coopération, elle occupe tant bien que mal le temps du repas, et nous mène jusqu'au soir sans crise. Pour une fois, je la vois s'engager et prendre sa place. C'est vrai qu'ils ont changé, eux aussi.

— Je suis allé chercher un dossier à l'université. On va le remplir dès ce soir, annonce mon père.

Ma mère, qui apporte le dessert, semble prise de court.

— Chloé s'occupera de ces documents elle-même !

— Laisse tomber, maman. On va le remplir ensemble, ce papier.

Je commence à renseigner le formulaire. Les données administratives d'abord, le cursus scolaire ensuite, puis le choix de section. Alors que je parcours la liste alphabétique à la recherche de la case « régulation des conflits », une ligne me saute aux yeux. La discipline m'apparaît comme une révélation. Elle fait un petit tour rapide de moi-même, sans rencontrer de résistance.

J'ai trouvé !

Quelle joie !

Pourtant, je dois me calmer pour être tactique et obtenir l'accord de mon père.

— En fait, je voudrais plutôt choisir médecine.

— C'est quoi, cette lubie ? répond mon père, étonné par ce revirement de situation.

— Quelle bonne idée ! s'exclame ma mère. Ce choix te correspond très bien, Chloé. Tu as cette façon si particulière d'être en lien avec ce qui t'entoure… En complétant ce talent avec des connaissances universitaires, tu seras un grand médecin.

Ça alors… Ma mère aurait-elle vu qui je suis ? Et puis… elle a dit « grand médecin », non ? Mon petit cœur palpite.

— C'est n'importe quoi ! déclare mon père.

— Pas tant que ça, réplique ma mère. Aurais-tu oublié que ton arrière-grand-mère pratiquait des soins ?

— On a des soignants dans la famille ? Pourquoi ne m'en avoir jamais parlé ?

C'est sorti plus fort que je ne l'aurais voulu.

— Depuis quand tu t'intéresses à la famille ? me rétorque mon père d'un ton menaçant.

Ma mère, navrée de nous voir engagés sur ce terrain glissant, se lève d'un bond. Cette soirée, qu'elle a portée à bout de bras, ne sera pas gâchée par mon père.

— Enfin ! Cette orientation n'est pas moins prestigieuse que « régulation des conflits » ! Pour quelle raison refuserais-tu ce choix ?

Un ange passe. Nous sommes trois à savoir que tout se joue en cet instant. Soit on bascule, soit on tient.

— Je ne m'attendais pas à ça de la part de Chloé… mais je suis d'accord.

On a tenu.

— Allez allez, Chloé, tu remplis le formulaire et tu vas te coucher.

Je ne me fais pas prier et regagne ma passerelle d'un pas ultra léger.

Médecine !

Dans le secret de la roche,
par-delà le temps,
l'espoir et le renoncement,
deux guides se rencontrent.

Anturia, hors du temps

Portée par sa promesse,
Aelig sollicita sa roche
Pour instaurer le lien.

Poussée par la nécessité
de retrouver la belle au collier
Chloé partit pour Ancestria.

Aelig laissa ses pensées vagabonder.
Elle savourait cette ultime connexion minérale.

Chloé s'émerveilla de cette parfaite
communion avec la roche de l'inconnue.

Aelig oublia ses contours pour se fondre au granit.
Son énergie se déploya avec amplitude,
au-delà de la löcelle, au-delà même d'Anturia.

Chloé sut que l'extase était proche.
Elle entreprit un périple extraordinaire,
aux frontières de l'inconnu.

Aux confins de l'immensité,
surgit le bord du temps,
marqué d'un voile fin.

De l'autre côté du voile
apparut la jeune femme rousse.
Celle qu'elle avait déjà rencontrée
en vision.
Celle qui lui ressemblait à s'y méprendre.

Elle lui sourit de toute son âme
et s'émut de recevoir
autant d'amour en retour.

L'autre avait souffert
des torrents de larmes,
comme elle-même.
Un chemin de douleur,
en miroir.

Leurs paumes bien ajustées
sur le voile du temps,
deux jeunes femmes tissaient le fil interrompu
de leur lignée.

Alors survint la danse.

Sur la Colline sacrée,
le cœur léger,
Aelig s'unit à la ronde de toutes les femmes.

Dans le cercle de pierres dressées,
Chloé prit sa place parmi les siennes.

Aelig concentra la somme de tous ses pouvoirs
pour les offrir.
La prophétie pouvait s'accomplir.

Chloé reçut l'offrande sans la comprendre,
le cœur grand ouvert,
l'âme disposée à entreprendre sa vie.

À leur cou, le collier de pouvoir
scella la rencontre.

Anturia, tiers 2 de l'an 800

Depuis notre détour par la plateforme du N'importe quoi, les événements se sont enchaînés à marche forcée pour me pousser vers Chura.

Aidée d'Annabelle et de Raphaël, j'ai survolé des contrées inconnues, reçu des leçons de vie et découvert, çà et là, des secrets bien gardés. Surtout, j'ai beaucoup moins peur. Je devrais plutôt dire que j'ai appris à avancer avec ma peur, sans la laisser décider à ma place. J'ai bravé les dangers pour m'engager sur mon chemin, le mien, à moins que ce ne soient les dangers qui m'aient poussée. Allez savoir dans quel sens ça marche.

Et puis j'ai dansé ! La ronde avec Aelig et toutes ces femmes m'obsède. Les mains serrées dans les leurs, je me suis sentie vivante. Avec tout ce que j'aime en moi, y compris mes bizarreries. Je tournais et tournais encore, avec d'autres qui me ressemblent. Je n'étais plus seule, j'étais à ma place.

Maintenant, je sais qui je suis (même si je ne suis pas encore capable de l'expliquer). Sur cette belle colline, le meilleur de moi-même s'est condensé. J'ai dix-huit ans et je peux inventer ma vie.

Par quoi commencer? D'abord, je voudrais tout apprendre sur les lignées. Et puis écouter toutes les leçons d'Aelig. Et les partager, aussi. Ça serait du gâchis de garder pour moi ces pensées très lumineuses. (Ouh là là, il est hautement tabou, ce projet!) Une chose est sûre : cette Anturia vide de sens n'est plus supportable. C'est décidé, je m'engage dans la résistance. Annabelle a bien raison, même si elle m'inquiète avec ses idées d'infiltrer le gouvernement. Je vais devoir la surveiller de près.

Enfin, je suis soulagée d'avoir trouvé mon orientation. Qui sait? Aelig a peut-être laissé des leçons dédiées aux soins?

Un instant, l'idée que mon père pourrait embrouiller ces belles résolutions me traverse l'esprit… Eh bien, qu'il vienne! Il verra à qui il a affaire.

Je prends mon beau carnet pour écrire le mot « Médecine » en grand. Je dessine autour un nuage d'étoiles et de petits points dorés. C'est ma première page en couleurs…

Je feuillette mes notes lumineuses à la recherche de cette liste qui m'a tant fait peur. Bien sûr, je la trouve du premier coup. Aurait-elle été dictée par les ancêtres?

Vraiment ? Elle est belle, avec son écriture à l'ancienne et sa colonne de prénoms bien centrée, on dirait presque un poème. Je la lis à voix haute : *Iarlaith, Aidlinn, Dairine, Madailein*… Je ne suis pas sûre de bien prononcer, mais peu importe, les mots me bercent doucement. Je ferme les yeux pour les laisser m'imprégner. Je relis la liste ; elle est plus longue que la dernière fois. *Anwen, Calbach, Aslinn, Oisin, Aenor*… Les sonorités sont tellement belles, j'en frissonne.

Dehors, le vent se lève.

— Bonjour, le vent ! Suis-je sous votre protection, moi aussi ?

Je poursuis ma lecture, deux pages de prénoms, puis encore une autre. Un souffle fait passer sous ma porte une drôle de poussière ocre, qui se déploie en volutes dans ma chambre et s'enroule autour de moi. Je toussote un peu. Elle s'insinue partout et s'agglutine en petits paquets jaune foncé sur mes cils.

Puis survient un orage soudain et brutal. Mon habitation résonne des milliers de gouttes frappant mon toit. L'ambiance est électrique, un peu bizarre. Inquiète, je ferme les volets sous une pluie battante. En quelques secondes, je suis trempée.

— Bonjour, l'eau !

Pourquoi ai-je dit ça ? Je me surprends moi-même et m'assois sur le lit. Je sens bien qu'il se passe quelque chose. Le vent fait vaciller la flamme d'une bougie posée sur mon bureau. Ça produit de beaux reflets dansants sur le mur. Je pose mon carnet pour me rapprocher de la chandelle, de fines étincelles grésillent à la base de la mèche. Après le vent et l'eau, voici le feu…

— Oh hé ? Les ancêtres ?

Je fais mon intéressante, alors que j'ai la trouille. En réponse, un faucon crie au loin.

OK, j'ai compris, un message se prépare. Pour moi. J'ai peur, hein, mais je suis une grande fille qui a appris à surmonter la panique… Je respire fort, reprends ma lecture et attends… Quand je pose le regard sur la page, un gémissement m'échappe, je perds l'équilibre et laisse mon carnet tomber.

Sous le prénom d'Aelig, juste en dessous, il est écrit *Chloé*.

Dans ma tête résonne la voix de la Banshee. Elle me dit : *« Tu es celle d'après Aelig. »*

Anturia, tiers 2 de l'an 800

Depuis des heures, je fixe mes lucioles. Je n'ai pas pu dormir, pas une seconde. Je suis restée, comme ça, happée par la lueur verte, la tête vide. Ça m'a fait un bien fou. Une sorte de grand *reset*. On efface tout, et on recommence.

Dans l'ordre.

Je suis cette Chloé-là, et je l'aime beaucoup.

Elle est bien entourée.

D'ailleurs, ma löcelle vient d'accepter une visite.

Je m'avance vers le palier, en pyjama et mal coiffée. Sur mon ponton d'amour, se tient Raphaël.

Sa chemise danse dans le vent et souligne sa silhouette élancée. Il est là, souriant. C'est tellement doux. Le genre de douceur qui balaye mes dernières défenses d'un souffle léger.

Autant d'émotion dans un face-à-face, c'est inouï. L'image brouillée par mes larmes ne m'empêche pas de le voir, pour la première fois.

Lorsqu'il s'approche, mon cœur crépite. Ça donne un drôle de tempo, ces minuscules détonations. Je respire en pointillé. Je lis dans son regard les mois d'attente et de doutes. Je lis cet espoir vulnérable et pose ma main sur sa joue.

— Pardon.

Un soupir soulagé lui échappe.

— Il y a longtemps que je t'aime.

Il dessine du doigt le contour de mon visage, juste à la naissance de mes cheveux, et dépose un baiser sur mes paupières.

Je la découvre enfin, cette petite vibration qui me raconte une histoire d'amour, avec le soleil dedans.

Fallait-il en détruire, des barricades, pour pouvoir l'aimer.

Fallait-il en détruire, des barricades, pour pouvoir m'aimer moi-même.

Le chemin est un maître puissant.
La destination n'offre qu'une halte pour saisir
la force d'inventer
un ailleurs lumineux.

Remerciements

Une nuit, Chloé m'a choisie. Au détour d'une insomnie, dans l'énergie puissante d'un fjord norvégien, elle m'a murmuré son histoire, celle de son père, et raconté Anturia. Son cadeau a changé ma vie.

Je la remercie, de tout mon cœur.

Dans son sillage, d'autres femmes se sont manifestées, offrant à ce roman une orientation nouvelle. Je les remercie pour leur présence inspirante. En portant le thème des lignées, je suis à ma place.

Depuis la genèse de ce roman, j'ai eu la chance d'être soutenue et très entourée.

Merci à Glenn Tavennec d'avoir osé ce projet un peu fou et de m'avoir guidée avec bienveillance sur le chemin le plus audacieux.

Immense gratitude à Julien Schloupt, pour sa foi inébranlable en moi et mes projets. Notre amour accélère les particules de l'accomplissement.

Toute ma reconnaissance à Alain Ghazal qui veille sur moi et mes aventures artistiques.

Je remercie avec émotion les membres de mon comité de lecture : Emmanuelle Jappert, Aurélie Lataix, Adélaïde Gérard, Aurélie Schloupt, Céline Coste, Annaig Benoît, Natalie Kumps. Vous avez accompagné le plus difficile – les débuts – et m'avez confortée dans cette voie.

Merci à mes Fabuleuses, votre enthousiasme sans faille me donne des ailes. Merci à la belle et soutenante communauté Wake Up, menée par Christine Lewicki. Christine… que serait ce projet sans toi ? Je remercie Zuzana Zeleznikova d'être la fée de ce roman, Valérie Rocoplan, Blandine Pessin-Bazil, Tiphanie Forget-Zolver et Oraline Agnès pour leurs encouragements constants. Merci à maman d'avoir posé un regard admiratif sur ce cheminement d'autrice.

CJ, ce projet est aussi dans la lumière grâce à toi. Ma gratitude est immense.

J'ai beaucoup de chance d'avoir été accompagnée par les géniales équipes de la collection R et de Robert Laffont. Je remercie en particulier Nathalie Théry pour ses conseils et son engagement sur ce projet, et Fabien Le Roy pour ses lectures avisées.

Enfin, merci à la team Primo pour cette exceptionnelle aventure.

Retrouvez *Chloé des loups*
en livre audio chez

LIZZIE

disponible dès maintenant en téléchargement
et en CD MP3 à partir du 14 novembre 2019

Scannez
le QR-code
pour écouter
un extrait.

Avec, en bonus,
deux pensées lumineuses
inédites

LIZZIE LES LIVRES ONT TROUVÉ LEUR VOIX

Retrouvez le catalogue complet des livres audio Lizzie sur www.lisez.com

Les 7 Vies de Léo Belami

de Nataël Trapp

Demain je vais mourir… et ce ne sera pas la première fois.

Léo, 17 ans, jeune homme solitaire et sans histoires, compte les heures avant la fin des cours. Il se prépare pour la fête du lycée, organisée cette année en hommage à Jessica Stein, une élève assassinée trente ans auparavant.

Mais lorsqu'il se réveille le lendemain matin, c'est dans la vie d'un autre, dans la maison d'un autre… en 1988.

Au gré d'allers-retours entre 1988 et 2018 dans des corps différents, Léo va tout tenter pour empêcher ce meurtre et découvrir l'identité du tueur. Pourra-t-il changer le destin ?

À la croisée de *Riverdale* et de *Stranger Things*,
Les 7 Vies de Léo Belami
est un thriller dont vous ne ressortirez pas indemne !

si loin de toi

de Tess Sharpe

Sophie Winters a failli mourir. Deux fois.

Survivante

Blessée à vie, elle est accro aux antidouleurs.

Droguée

Mina, sa meilleure amie, a été tuée sous ses yeux.

Traumatisée

Personne ne croit à sa version des faits
Ni la police. Ni sa famille.

Seule au monde

Unanimement salué par la critique aux États-Unis, ce roman ravira les fans de *Nos étoiles contraires.*

NOS *faces* CACHÉES

d'Amy Harmon

Ambrose Young est beau comme un dieu. Le genre de physique que l'on retrouve en couverture des romances. Et Fern Taylor en connaît un rayon, elle en lit depuis ses treize ans. Mais peut-être parce qu'il est si beau, Ambrose demeure inaccessible pour une fille comme elle. Jusqu'à ce qu'il cesse de l'être…

Nos faces cachées est l'histoire de cinq amis qui partent à la guerre.

L'histoire d'amour d'une jeune fille pour un garçon brisé, d'un guerrier pour une fille ordinaire.

L'histoire d'une amitié profonde, d'un héroïsme du quotidien bouleversant.

Un conte moderne qui vous rappellera qu'il existe un peu de Belle et un peu de Bête en chacun de nous…

Coup de cœur du blog Le Boudoir écarlate :

« C'est poignant, magnifique, magique !
Comme dans Nos étoiles contraires *de John Green,*
on ne cesse de pleurer, mais pour ne retenir à la fin
que les messages d'espoir et d'amour, la leçon de vie. »

Autres romans de l'auteur :
L'infini + un
La Loi du cœur
Le Chant du cœur

ELIZA
ET SES MONSTRES

de Francesca Zappia

Son histoire est un phénomène,
sa vie est un désastre.

Dans la vie de tous les jours, Eliza Mirk est une fille timide, intelligente, un peu étrange et… qui n'a pas d'amis. Dans sa vie en ligne, Eliza est LadyConstellation, créatrice anonyme de *La Mer infernale*, un webcomic extrêmement populaire.

Avec des millions de followers et de fans à travers le monde, son alter ego est une véritable star. Mais Eliza ne peut s'imaginer aimer le monde réel plus qu'elle n'aime sa communauté numérique.

Puis, un jour, Wallace Warland arrive dans son lycée et Eliza va vite se demander si la vie ne mérite pas d'être vécue hors ligne…

Le nouveau roman écrit et illustré
par Francesca Zappia,
la talentueuse auteure de *Je t'ai rêvé.*

FOLLOW ME BACK

de A.V. Geiger

Tome 1

Follow me. Love me. Hate me.

Agoraphobe, Tessa Hart ne parle à presque personne au quotidien, exception faite des réseaux sociaux où elle nourrit sa passion pour Eric Thorn, le prodige pop-rock de sa génération. Prenez-la pour une folle si vous voulez, mais il est le seul qui semble la comprendre, alors même qu'ils ne se sont jamais rencontrés…

Pris au piège entre son contrat et des fans envahissants au point de lui faire craindre pour sa vie, Eric se crée un faux compte Twitter pour troller l'un de ses plus gros followers, @Tessa♥Eric. Au lieu de ça, la relation qu'ils tissent sur Twitter dépasse vite tout ce qu'ils auraient pu imaginer. Et lorsque les deux se donnent rendez-vous dans la vraie vie, ce qui aurait pu être la plus belle rencontre de tous les temps vire au cauchemar…

Tome 2 : *Follow Me Back 2*

ET ILS MEURENT TOUS LES DEUX À LA FIN

de Adam Silvera

« Nous sommes au regret de vous infomer
que vous allez être frappé par une mort prématurée
dans les prochaines vingt-quatre heures.
Toute l'équipe de Death-Cast
est sincèrement désolée de vous perdre.
Vivez pleinement cette journée, ok ? »

Le 5 septembre, un peu après minuit, les services de Death-Cast appellent Mateo Torrez et Rufus Emeterio pour leur annoncer une bien mauvaise nouvelle : c'est aujourd'hui qu'ils vont mourir.

Mateo et Rufus ne se connaissent pas, mais, pour des raisons différentes, ils cherchent tous deux à se faire un nouvel ami en ce jour final. La bonne nouvelle ? Il existe une appli pour ça ! L'appli s'appelle Le Dernier Ami, et grâce à elle, Rufus et Mateo vont se rencontrer pour une ultime grande aventure : vivre toute une vie en une seule journée.

« Sublime et envoûtant. » Lauren Oliver,
auteur best-seller de *Before I Fall*

Du même auteur :

Tu ne m'as laissé que notre histoire
À paraître : *Infinity Son T1* (printemps 2020)

BIG BONES

De Laura Dockrill

Je ne suis pas grosse,
j'ai juste de gros os !

Salut, moi, c'est Bluebelle, alias BB, alias Big Bones, rapport à mes « gros os ». J'ai seize ans, je suis une gourmande, et je ne m'en cache pas. En même temps, ce serait un peu difficile à dissimuler, vu mes rondeurs…

Seul souci, après une crise d'asthme, maman m'a emmenée chez un médecin qui m'a obligée à tenir un journal de ce que je mange. Sauf que moi, je m'aime comme je suis, et je n'ai aucune envie de guérir puisque je ne suis pas malade !

Bourré d'humour et d'amour,
***Big Bones* est un délicieux pied-de-nez à la grossophobie.**
À consommer sans modération !

LA CITÉ DU CIEL

de Amy Ewing

« Dans trois jours, Sera Lighthaven procédera au plus grand acte de foi qu'une Céruléenne puisse accomplir, annonça la grande prêtresse. Elle plongera du promontoire situé dans les jardins Nocturnes et répandra son sang pour rompre le cordon. Elle sera honorée et chérie par nous toutes tandis que nous voyagerons vers notre nouvelle destination. »

Sera se sentait comme engourdie. Son cerveau refusait de faire le lien avec ce qu'elle venait d'entendre, comme si la grande prêtresse parlait de quelqu'un d'autre.

Nous sommes les Céruléennes, notre sang est magique.

Ces mots prirent un sens nouveau et absolument terrifiant à ses oreilles. Son sang allait causer sa mort…

Avec ce premier volet d'un diptyque, Amy Ewing nous offre un univers fabuleux peuplé de créatures enchanteresses.

Par l'auteure de la série best-seller *Le Joyau*.

LA FAUCHEUSE

de Neal Shusterman

Tome 1

Priez qu'elle ne vienne pas pour vous !

MidMerica, milieu du 3e millénaire. Dans un monde où la maladie a été éradiquée, on ne peut plus guère mourir qu'en étant tué aléatoirement (« glané ») par un faucheur professionnel. Citra et Rowan sont deux adolescents qui ont été sélectionnés pour devenir apprentis Faucheurs ; et, bien qu'ils aient cette vocation en horreur, ils vont devoir apprendre l'art de tuer et comprendre en quoi cette mission est bel et bien une nécessité.

Mais seul l'un des deux adolescents sera choisi comme apprenti à part entière, et lorsqu'il devient clair que la première tâche du vainqueur sera de glaner la vie du perdant, Citra et Rowan se retrouvent dressés l'un contre l'autre bien malgré eux…

Tome 2 : *Thunderhead*
Tome 3 : *Le Glas*

La photocomposition de cet ouvrage
a été réalisée par
GRAPHIC HAINAUT
30, rue Pierre Mathieu
59410 Anzin

Cet ouvrage a été achevé d'imprimer en septembre 2019
dans les ateliers de Normandie Roto Impression s.a.s.
61250 Lonrai (Orne)
N° d'impression : 1904540
N° d'éditeur : 59296/01

Imprimé en France

FSC
www.fsc.org
MIXTE
Papier issu de sources responsables
FSC® C003309

L'éditeur de cet ouvrage s'engage
pour la préservation de l'environnement
et utilise du papier issu de forêts gérées de manière responsable.